Marie Brunntaler

Eine Liebe von Bern

MARIE
BRUNNTALER

Eine Liebe von Bern

Roman

EISELE

Besuchen Sie uns im Internet:
www.eisele-verlag.de

MIX
Papier
FSC FSC® C014496

ISBN 978-3-96161-155-3

Satz: LVD GmbH, Berlin
Gesetzt aus der Centennial LT
Druck und Bindearbeiten: GGP Media GmbH, Pößneck
Printed in Germany

BERN, IM SEPTEMBER 1967

1

Heidi Maisonge verließ den unterirdischen Kopfbahnhof. Die Rolltreppe war außer Betrieb. Es dauerte eine ganze Weile, bis sie mit ihrem Koffer die Stufen ans Tageslicht geschafft hatte. Der Schweiß brach ihr aus, der Schwindel kam wieder. Oben angelangt setzte sie sich auf den Koffer. Rund um Heidi das hektische Drängen und Rennen der Menschen, die zum Zug wollten, in die Stadt, jeder wollte irgendwohin. Heidi wartete, bis sich der Schwindel legte.

Ein freundlicher Beamter der Schweizerischen Bundesbahn erkundigte sich, ob sie Hilfe brauche.

»Das wäre nett. Ich habe mir nämlich den Knöchel verstaucht.«

Der Blick des SBB-Mannes wanderte zu Heidis Füßen. Sie steckten in Stiefeln, eigentlich zu warm für die Jahreszeit, aber die Mädchen trugen das heutzutage. Dazu ein schwingender Rock und eine Jacke, die in mehreren Farben spielte.

Der Beamte nahm Heidis Koffer auf. »Wollen Sie zum Taxistand?«

»Nein, danke. Mein Freund holt mich ab.«

An der Seite des SBB-Mannes erreichte sie den Hauptausgang des Berner Bahnhofs. Kaum jemand wusste, dass sich an dieser Stelle bis vor hundert Jahren das erste Schweizer Gefängnis befunden hatte. Geschichte, Naturkunde, Politik, Heidi wusste auf vielen Gebieten Erstaunliches. Sie dankte dem Mann von der SBB und nahm den Koffer entgegen.

»Wo ist denn Ihr Freund?« Er blickte sich auf dem Platz um.

»Dort!« Sie zeigte auf eine dunkle Limousine.

»Dann ist es ja gut. Salü, Fräulein. Und gute Besserung.«

»Wofür?«

»Für Ihren verstauchten Knöchel.«

Deutlich hinkend lief sie auf die Limousine zu. Bevor sie das Auto erreichte, drehte sie sich um; der Beamte war in die Bahnhofshalle zurückgekehrt. Heidi beobachtete, wie der dunkle Wagen wegfuhr. Sie bog nach links ab. Durch die Neuengasse wäre sie schneller ans Ziel gekommen, doch dafür hätte sie die Unterführung benutzen müssen. Keine weiteren Stufen, beschloss Heidi und nahm den Umweg in die Aarbergergasse. Obwohl ihr Koffer nicht schwer war, musste sie mehrmals stehen bleiben und ausruhen. Erschöpft sah sie der Straßenbahn hinterher, die vom Bahnhof zur Zytglogge fuhr. Als Heidi endlich den langgestreckten Waisenhausplatz erreichte, musste sie unbedingt etwas trinken. Die Lokale hatten noch die Stühle im Freien, auch die Sonnenschirme, die um diese Jahreszeit manchmal als Regenschirme dienten.

Im Hutterli ging die feine Berner Gesellschaft ein und aus, Bundesräte, Anwälte, Ärzte. Konnte sich ein verschwitztes junges Mädchen einfach ins Hutterli setzen? Heidi verstaute ihren Koffer unter dem Tisch und nahm in einem Korbstuhl Platz.

»Haben Sie vorbestellt, Mademoiselle?« Der Kellner war schneller bei ihr, als eine Wespe von Limonade angelockt wurde. »Dieser Tisch ist reserviert.«

»Natürlich, für mich«, antwortete Heidi.

»Auf welchen Namen?«, entgegnete der Kellner ungläubig.

Heidi glaubte auf dem kleinen Schild *U. Burckhardt* zu entziffern. »Ich bin mit meinem Vater verabredet.« Mit der Stoffserviette tupfte sie sich die Oberlippe ab.

»Die Reservierung lautet aber auf Frau Ursula Burckhardt.«

»Das ist meine Mutter«, bestätigte Heidi. »Und ich bin sicher, meine Mutter hätte etwas dagegen, wie Sie mich behandeln.«

Der Kellner schien abzuwägen, mit welcher Antwort er die wenigsten Schwierigkeiten bekommen würde. »Was darf ich Ihnen bringen, Fräulein Burckhardt?«

»Ein Rivella Blau.« Sie schlug die Karte auf. »Wie lange dauert ein Schinken-Käse-Toast?«

»Nur ein paar Minuten.«

»Den nehme ich.«

Der Kellner zog sich zurück.

Heidi überlegte, ob sie es schaffen würde, den Toast zu verdrücken, bevor ihre *Mutter* auftauchte und feststellte, dass sie gar keine Tochter hatte.

* * *

Bern war nicht nur eine der einwohnerreichsten Städte der Schweiz, sondern auch die Stadt mit den reichsten Einwohnern. Die Hauptstadt mit den vier Namen. *Berne,* sagte die Genferin, *Berna* nannte sie der Mann aus dem Ticino, und der Einheimische hatte den freundlichen Namen *Bärn* für sie.

Bern war Zentrum des gleichnamigen Kantons und Sitz der städtischen, kantonalen und eidgenössischen Verwaltung. Das schwäbische Fürstengeschlecht der Zähringer hatte die Stadt 1191 gegründet; manche Bauten von damals standen heute noch.

Die Aare definierte Bern, wie kaum sonst ein Fluss einer Stadt ihren Charakter gab. Wien und die Donau wurden besungen, doch die Donau floss praktisch unbeachtet am Stadtrand vorbei. Die Aare zerschnitt Bern, erschuf es, umklammerte, umarmte es.

Warum war Bern nicht berühmter, wieso reihte es sich nicht in die Liste der Welthauptstädte ein? Paris, London, Berlin, Wien – Bern? Niemandem wäre das in den Sinn gekommen. Hatte Harry Lime im *Dritten Mann* etwa recht, wenn er behauptete: »Unter den Borgias gab es in Italien Mord, Terror und Folter und zugleich Michelangelo, Leonardo da Vinci und die Renaissance. In der Schweiz gab es fünfhundert Jahre brüderliche Liebe, Demokratie und Frieden, und was kam dabei heraus? Die Kuckucksuhr.«

Falsch, überspitzt, die Aussage eines Filmschurken? Vielleicht, doch wer heutzutage auf die Berner Straßen trat, sah Tradition, Geschichte, hörte Beschaulichkeit und jede Viertelstunde das Glockenspiel der Zytglogge, eines der ältesten Glockentürme der Schweiz.

Zwei Weltkriege waren im 20. Jahrhundert gekommen und gegangen, Kaiserreiche hatten ihren Sturz erlebt, zwei Ideologien teilten Europa. Die Landkarte hatte sich in den siebenundsechzig Jahren dieses Jahrhunderts einschneidender verändert als in den Jahrhunderten davor. Nur die Grenzen der Schweiz waren um keinen Zentimeter verrückt worden. Harry Lime hatte recht: fünfhundert Jahre Frieden, auch in diesem Jahr – 1967.

2

Bam bam bam, klar und edel, schlicht und getragen klang es auf dem Waldhauser-Flügel, solides Instrument des einzigen Schweizer Klavierbauers. Mit milden Augen schaute Herr Ungefahr in den matt erleuchteten Saal, während er zum ungezählten Mal die Quadrille spielte. Ungefahr brauchte dafür längst nicht mehr in die Noten zu schauen.

»Balancé«, sagte eine schneidende Stimme, auf die alle hörten. Bewegung entstand im Saal, Gleichmaß, und die Schönheit einstudierter Ordnung.

»Compliment«, ertönte die Stimme.

Junge Schweizer beugten ihre Köpfe, junge Schweizerinnen das Knie. Fünfzig Paare schritten vom Kopfende des Saales auf Léon Seematter zu. Der Tanzmeister stand erhöht da und hatte jede Nuance im Blick.

»Abfallen!«, befahl er.

Die Gruppen fielen auseinander.

»Traverser«, ordnete er an.

Paarweise durschnitten und durchkreuzten sie den Saal.

»In Linie bleiben!« Die Stimme des Meisters wurde schärfer. Er war oberster Richter und wurde zum Scharfrichter, wenn das Gesetz der Quadrille missachtet wurde. »Spyri, glauben Sie, ich sehe das nicht?«

André Spyri, der seit Jahr und Tag Tanzkurse bei Seematter belegte, aber immer noch zu den Anfängern zählte, war Berner Oberländer. Groß, blond, mit schweren Händen, noch schwereren Füßen, dazwischen das Fass seines kerngesunden Körpers. Spyri hatte eine verzweifelte Sehnsucht nach dem Zarten, Musischen, dem Tänzerischen, das jedem Menschen innewohnte, aber nicht bei jedem zum Ausdruck kam. Verbissen kämpfte er gegen das Handicap seines stämmigen Körpers. Rückschläge akzeptierte er nicht. Die Schelte und Demütigungen Seematters nahm er als Ansporn, es stets von Neuem zu versuchen.

»Großes Compliment«, rief Seematter in die Klasse.

Herr Ungefahr beendete die Quadrille mit einer Verzierung in Es-Dur und schlug das Notenheft zu.

»Ich hatte gehofft, dass Sie ein besonders graziöser Tanzkurs werden«, sagte Seematter in die Runde. »Leider habe ich mich getäuscht. Es gibt noch viel zu tun.« Er klatschte in die Hände. »Alles aufstellen zum Anstandsunterricht!«

Die Herde folgte ihm in den Vortragsraum. Seematter wartete, bis es mucksmäuschenstill wurde. »Der Tanzboden ist der Ort, an dem sich die Geschlechter auf korrekte Weise miteinander vermischen.«

Ein verstohlenes Kichern wies ihn darauf hin, dass seine Wortwahl missverständlich war. Einige Eltern wohnten dem Kurs am Rande des Saales bei, Eheleute, die ihrer schüchternen Tochter Zuversicht gaben, Mütter, denen der Stolz auf den tanzenden Sohn ins Gesicht gemalt war. Seematter korrigierte sich vor allem der Eltern wegen.

»Ich meine natürlich den Ort, wo Beziehungen seriös geknüpft werden können. Der junge Mensch muss lernen, die richtige Form und die rechten Worte zu finden. Was spricht man also während des Tanzens?«

Schultern strafften sich, junge Männerköpfe gingen hoch. Das war ein interessanter Punkt. Meistens, während sie auf ihre Schritte achteten, fiel ihnen keine geistreiche Konversation ein.

»Spricht ein Tänzer seine Partnerin mit den Worten an: *Schwitzen Sie auch so stark?*, so ist das ungehörig«, fuhr Seematter fort. »Schwitzen tut ein Pferd. Ein Mensch transpiriert. Sollte ein Herr tatsächlich ungewöhnlich stark transpirieren –« Seematters Blick wanderte tadelnd zu Spyri. »Dann darf ich auf meinen Parfum-Automaten aufmerksam machen. Er hängt im Übungszimmer. Nach Einwurf von zwanzig Rappen wird Ihnen ein Parfum auf das Taschentuch gespritzt, und Sie erfreuen sich eines erfrischenden Fluidums.«

Seematter nahm die zwei Stufen nach unten und trat unter die Schüler. Sobald er das Podium verließ, wurde sichtbar, was sein lebenslanges Handicap darstellte: Seematter war ein kleiner Mann. Den Makel, dass die meisten seiner Tanzpartnerinnen größer gewesen waren, hatte er durch napoleonisches Selbstbewusstsein überwunden. Er stand kerzengerade da, das Kinn erhoben, um wenigstens ein paar Zentimeter an Augenhöhe zu gewinnen. Mit den Jahren war er kräftiger geworden, zu seinem Vorteil, wie er fand. Der Springinsfeld, den er während seiner Ballettjahre am Stadttheater abgegeben hatte, war Vergangenheit. Wegen seiner mangelnden Größe hatte er es nie zum Ersten Solotänzer gebracht und sich mit kleinen Partien wie der Hexe im Weihnachtsmärchen oder dem Derwisch zufriedengeben müssen. Heute war Seematter untersetzt, sein aschblondes Haar bändigte er mit Brillantine, vergaß aber nie, sich die Napoleonlocke in die Stirn zu frisieren. Ihm wohnte die Grazie eines Schmetterlings und die Kraft eines Panthers inne. Seine Augen sprühten Feuer, seine Schultern und Beinmuskeln erzählten von jahrelangem Training. Léon Seematter strotzte vor Kraft und bewerkstelligte das Paradoxon, diese Kraft in Eleganz zu verwandeln.

»Wir üben das Promenieren zu zwei und zwei im Saal«, rief er mit heller Stimme. »Es ist das Ziel der jungen Damen und Herren, ein angeregtes Gespräch zu führen. Aufstellung!«

Wie an einer Schnur gezogen, begaben sich alle in die vorgegebene Formation.

»Herr Ungefahr, Untermalungsmusik!«

Untermalung bedeutete für den Pianisten die *Serenade* von Enrico Toselli. Ungefahr spielte sie mit viel Gefühl.

Während sich die Paare in Konversation übten, trat Seematter auf eine Dame der besten Berner Gesellschaft zu.

»Ich habe mich gefragt, wieso es plötzlich so hell wurde im Saal«, scherzte er. »Ich glaube, das hatte mit Ihrem Erscheinen zu tun, verehrte Frau Burckhardt.« Er machte eine untadelige Verbeugung.

Seematter war Schweizer. Er verfügte über alle bekannten Schweizer Tugenden, schmeichelte sich aber, eine unschweizerische hinzuzählen zu dürfen, seinen Witz. Er war überzeugt, dass ihn bei den

Damen vor allem seine Wortgewandtheit auszeichnete.

Ursula Burckhardt lachte gutmütig. Ihre Tochter Regula trat neugierig zur Mutter.

»Bitte einreihen, Fräulein Regula«, sagte Seematter. »Der Anstandsunterricht ist genauso wichtig wie das Tanzen.«

Während die Tochter zu ihrem Partner zurückkehrte, überreichte Frau Burckhardt Seematter ein hübsch verschnürtes Paket. »Ich habe Ihnen eine Kleinigkeit mitgebracht.«

Er zögerte. »Aber doch nicht hier, liebe Frau Burckhardt. Wenn ich Sie in mein Büro bitten darf?« Mit einer Geste forderte er seine Assistentin Lore auf, die Kursleitung zu übernehmen.

Erst im Kontor nahm Seematter das Geschenk entgegen. »Das wäre doch nicht nötig gewesen.«

Die Burckhardts besaßen eine Privatbank in der Rathausgasse, außerdem eine Kette von Delikatessengeschäften. *Mostbröckli Burckhardt* war ihr Verkaufsschlager, die Räucherspezialität aus Pferdefleisch.

Seematter schnupperte. Die Mostbröckli verströmten ihren strengen Duft. »Sie verwöhnen mich.«

»Lieber Herr Seematter, Sie stellen nicht nur ein Bollwerk an Anstand und Lebensart in unserer Stadt dar, sondern gewissermaßen auch die einzige Eheanbahnungsagentur.«

Für einen Moment zuckte er zurück. »Obwohl in meinem Institut schon viele Herzen zueinander gefunden haben, möchte ich mich doch nicht als Agentur bezeichnen.«

»Alles in Ehren natürlich.« Mit einem tiefen Atemzug öffnete Frau Burckhardt die Jacke ihres moosgrünen Kostüms. »Es wird allmählich Zeit, dass meine Regula unter die Haube kommt.«

»Aber sie ist ja noch so jung!« Seematter lächelte, weil er den Sinn ihres Besuchs endlich verstand. »Allerdings, in letzter Zeit wirkt sie doch recht aufgeblüht.«

»Das meine ich auch«, nickte Frau Burckhardt. »Ich möchte in diesem Punkt bei Regula nichts dem Zufall überlassen. Mir schwebt ein besonderer Typ von Schwiegersohn vor.«

Seematter stellte das Päckchen auf den Aktenschrank. »An welche der Berner Familien haben Sie gedacht? Zurzeit habe ich einige interessante junge Herren in meinem Kurs.«

»Ihre aktuellen Schüler habe ich mir gerade angeschaut. Die Stettlers, die Graffenrieds, die Tschiffelis haben ihre Söhne in den Kurs geschickt. Aber von denen kommt keiner infrage.«

»Wieso nicht?«

»Ich denke in diesem Punkt anders als mein seliger Walter. Das Finanzielle soll bei der Wahl keine Rolle spielen.«

»Natürlich, die Burckhardts haben ja selbst …« Vergebens suchte Seematter nach einer Umschreibung für das schnöde Wort Mammon.

»Mein Schwiegersohn soll zwar aus einer anständigen Familie kommen und über Manieren verfügen, in erster Linie benötigt er aber Ausstrahlung.«

»An welche Art Ausstrahlung denken Sie?«

»Sie sprachen vorhin von Fluidum, Herr Seematter. Ich meine damit nicht das Fluidum, das Ihr Parfumautomat versprüht.«

»Ich ahne, worauf Sie abzielen.«

»Bedauerlicherweise kommt Regula ganz nach ihrem verstorbenen Vater. Für einen Unternehmer wie Walter mochte das angehen, aber nicht für ein siebzehnjähriges Mädchen. Regula ist zu ernst, zu gewissenhaft. Würde ich meine Tochter mit einem typischen Berner verheiraten, wäre ich in größter Sorge um den Charakter meiner Enkelkinder.«

»Was suchen Sie genau, Frau Burckhardt?«, entgegnete Seematter, von der Fülle der Anforderungen verwirrt.

»Einen lebensfrohen jungen Menschen, der ein wenig Leichtigkeit in unsere Familie bringt.«

Léon nickte problematisch. »Ausgerechnet *Leichtigkeit*?«

»Sie haben recht, ich verlange das Schwerste, das Seltenste, Herr Seematter. In den Mauern unserer Stadt bedeutet Leichtigkeit eine enorme Anstrengung.«

»Ich würde eher sagen, es bedarf einer gehörigen Portion Glück.«

»Das Glück, das dem Tüchtigen winkt. Und was die Zusammenführung der Geschlechter betrifft, sind Sie der Tüchtigste unter unseren Bürgern.«

»Ich danke für Ihr Vertrauen.«

»Ich komme mit der Sorge einer Witwe zu Ihnen, Herr Seematter.« Frau Burckhardt sah auf die Uhr. »So spät schon? Ich bin im Hutterli verabredet.«

Seematter brachte sie zur Tür. »Gottlob ist das Hutterli nur wenige Schritte entfernt.«

»Lassen Sie sich die Mostbröckli schmecken«, sagte Ursula Burckhardt zum Abschied.

3

Wenn man von der Tanzschule Seematter mit bester Adresse im Herzen der Stadt nordwärts ging, durch das Zibelegässli in die Brunngasse einbog und schließlich die Brunngasshalde erreichte, befand man sich immer noch in der Altstadt, doch die Atmosphäre hatte sich verändert. Die Häuser wirkten schmucklos, es gab keine Arkaden, die zum Verweilen luden; sie hätten den Verkehr behindert. Die Brunngasshalde war eine Durchgangsstraße. Hier floss der Verkehr jener Autos, die von der Untertorbrücke rasch auf die Schnellstraße Richtung Basel kommen wollten. Rechts der Brunngasshalde ging es urwaldähnlich steil bergab, der Abgrund fußte an der Aare, die tief unten ihre Schleife zog.

Im Haus einer Nähmaschinenreparaturwerkstatt war neulich der dritte Stock vermietet worden. Das Gebäude hatte stets Gewerbebetriebe beherbergt, aber noch keinen wie diesen. Eine Tanzschule in der Brunngasshalde, das war, als wollte man ein Chateaubriand in der Bahnhofskneipe essen.

Im dritten Stock befanden sich rechts hinter dem Eingang die Garderoben, linker Hand die Toiletten. Durch die Teeküche kam man in eine Halle, wo früher der Schlosser gehämmert und geschweißt hatte. Georges Szell setzte alles daran, aus der alten Gewerbehalle einen funkelnden Ballsaal zu machen.

Georges saß einer jungen Frau gegenüber; kurzer Rock, mintgrüner Pullover, langes blondes Haar, sie hieß Brigitte.

»Ich habe mir die neuesten Beat-Platten angehört«, sagte Brigitte. »Die Musik hat mir gefallen. Aber so richtig gepackt hat es mich erst, als ich den Beatles-Film *A Hard Day's Night* gesehen habe. Kennen Sie *A Hard Day's Night,* Herr Szell?«

Georges fröstelte. In der Halle war es kalt. »Natürlich.«

Brigitte schlug die Beine übereinander. »Als eine englische Band nach Zürich gekommen ist, bin ich zu dem Konzert gefahren. Oh weh. Da hat mich so ein Beat-Musiker angelächelt, wissen Sie. Und ich bin einfach auf die Bühne gesprungen und dem um den Hals gefallen.«

»Wirklich?«

»Ich habe mich mitreißen lassen.«

»Also gut, Brigitte.« Georges schob ihr das Anmeldeformular hin. »Wir nehmen in dem Kurs sämtliche Tänze durch, die in Mode sind.« Er legte einen Kugelschreiber bereit. »Wenn Sie bitte dort unterschreiben?«

Brigitte faltete das Blatt zusammen und steckte es in die Brusttasche ihrer Jeansjacke. »Ich werde es meinen Eltern zeigen.«

Georges sog die Unterlippe zwischen die Zähne. »Natürlich, lassen Sie sich Zeit, Brigitte. Aber nicht zu lange. Unsere Eröffnungsparty ist bereits kommenden Freitag. Was die Beat-Musik betrifft, kommen Sie bestimmt auf Ihre Kosten.«

Brigitte stand auf. »Ja, das habe ich schon gehört.«

»Von wem?«

»Von meinen Freundinnen.«

Auf ein Geräusch hin drehte sie sich um. Eine große schlanke Frau betrat die Halle.

»In Bern gibt es bisher nur die Tanzschule Seematter. Wir jungen Leute waren froh, als es geheißen hat, da kommt ein Neuer, und der spielt andere Musik.«

»Freut mich zu hören«, erwiderte Georges. »Ich habe übrigens nichts dagegen, wenn Sie das unter ihren Mitschülerinnen weitererzählen.«

Brigitte gab ihm die Hand. »Ich habe Ihren Aushang bei uns am Schwarzen Brett gesehen.«

»Wirklich?« Sein Gesicht hellte sich auf.

Corinne Dumarchellier kam näher. »Dein Aushang im Lyzeum war eine glänzende Idee«, sagte sie.

»Darf ich vorstellen? Das ist meine Partnerin.«

Corinne schüttelte der Schülerin die Hand.

»Und das ist Brigitte.«

»Salü, Brigitte.«

Brigitte steckte eine Karte mit den Terminen ein und machte sich auf den Weg zur anderen Seite der Halle, wo der Ausgang lag. »Bis nächsten Freitag also.«

»Eine Neue?« Corinne ordnete die Unterlagen auf dem Tisch.

»Hoffentlich.« Er sah der Schülerin nach.

»Wie viele sind es inzwischen?«

»Zu wenige. Viel zu wenige.« Georges fiel Corinnes Strickjacke auf. Es war früh kühl geworden in diesem Jahr. Wollte man nicht heizen, musste man sich warm anziehen.

»Alle sind gespannt auf eine Tanzschule, in der moderne Musik gespielt wird«, entgegnete Corinne.

»Bedauerlicherweise zahlen nicht die Jugendlichen die Kursbeträge, sondern ihre Eltern. Und die Berner schicken ihre Kinder lieber zu Seematter.«

»Die Kundschaft kommt bestimmt nach und nach.«

»Nach und nach nützt uns leider nichts. Ich hatte die exorbitanten Berner Preise vergessen.« Er machte eine Geste in den Raum. »Diese Etage kostet eine Stange Geld. Kommen keine Schüler, können wir uns höchstens zwei Monate halten.«

Plötzlich sprang Georges auf. »Aber nein, meine Damen!«

Drei Frauen und ein Mann drehten sich um. Sie trugen Arbeitskittel und Schürzen, zwei hatten Bürsten unter die Füße geschnallt.

»Das soll Hochglanz sein?« Er blickte in vier ernste Gesichter. Eine der Frauen schob ihr Kopftuch aus der Stirn. »Dieser Boden muss spiegeln. Schweben muss man darauf können! Beim Tanzen darf man nicht spüren, dass man einen Fußboden unter sich hat.«

Georges fasste eine der Frauen um die Taille und deutete ein paar Tanzschritte an. Sie erstarrte, sie verweigerte. Nach nur einer Drehung ließ er sie wieder los.

»So etwas kann ich nicht«, sagte sie in tödlichem Ernst.

»Deshalb eröffne ich ja eine Tanzschule, damit Sie es lernen.« Sein Lächeln wurde unsicher.

»Ich will nicht tanzen lernen.«

»Ich meinte ja nur … Bitte bohnern Sie weiter. Der Boden muss glänzen.« Georges kehrte zu Corinne zurück. »Ich werde noch wahnsinnig mit diesen Leuten.« Er wollte weiter ins Büro.

Sie hielt ihn fest. »Ich will das nicht tun, Georges.«

Er sah sie an und verstand. »Es ist von großer Bedeutung für mich.«

»Ich weiß ja, dass du, bevor wir beginnen, alte Rechnungen begleichen willst. Aber ich lasse mich dafür nicht einspannen.«

Er streichelte ihre langen Finger, berührte die unsichtbaren Härchen ihres Unterarms. »Es liegt mir viel daran. Tu mir den Gefallen.«

»Warum gehst du nicht selbst zu Seematter?«

Das Telefon im Büro läutete. Georges lief zwischen den Frauen mit ihren knirschenden Bürsten hindurch und erreichte sein Kontor. Noch fehlte die Einrichtung, das Telefon stand auf dem Boden. Georges riss den Hörer hoch.

»Tanzschule Georges Szell. Womit kann ich dienen?«

Es war keine neue Anmeldung, wie er gehofft hatte, keine Mutter, die sich nach Terminen erkundigte, auch niemand von der Tanzlehrer-Innung.

»Polizei?« Den Hörer am Ohr beugte Szell sich vor. »Bitte sagen Sie den Namen noch einmal. – Maisonge? Ich kenne niemanden, der …« Georges unterbrach sich. Corinne war eingetreten. »Ich verstehe. Ja. Ich komme sofort.« Er legte auf.

»Was gibt's denn?« Corinne lehnte im Türrahmen.

»Ich muss auf die Stadtkanzlei. Meine Konzessionierung liegt zur Unterschrift vor.«

»Das ist ja wunderbar.« Sie trat ein. »Warum machst du dann so ein Gesicht? Soll ich dich begleiten?«

»Ich überlege …« Georges rückte das Telefon an die Wand, damit man nicht darüber stolperte. »Ich überlege, auf dem Rückweg gleich die Vorhänge für den Übungssaal abzuholen. Mir wäre lieber, du achtest darauf, dass die Arbeiten hier vorangehen.«

Sie umarmte ihn. »Georges, das ist großartig. Du wirst sehen, jetzt fügt sich alles noch zum Guten.«

Über Corinne hinweg starrte er in die Gewerbehalle, die noch nicht die geringste Tanzsaalatmosphäre verströmte. Nachdenklich streichelte er Corinnes Rücken. »Natürlich, aber natürlich.«

4

Mädchen-Lyzeum – die geschwungene Schrift in Bronze hatte Patina angesetzt. Mit Hut und Überzieher trat Léon Seematter ein und lief auf den Schulwart zu.

»Guten Morgen, Herr Struck.«

»Salü, Herr Seematter.« Der Pedell bediente gerade die Glocke, die in der Kuppel des Treppenhauses hing. Der schrille Ton drang in sämtliche Klassenzimmer.

Seematter warf einen Blick auf die Uhr. »Sie läuten jetzt schon die Pause ein?«

»Ich läute jeden Tag zur gleichen Zeit die Pause ein«, antwortete der Pedell würdevoll.

»Mir scheint, bei Ihnen gibt es mehr Pausen als Unterrichtsstunden«, scherzte Seematter.

Der Schulwart verzog keine Miene. »Wie darf ich das verstehen?«

»Ich meine, so gut möchte ich es auch einmal haben. Ich weiß manchmal nicht mehr, wie ich die ganze Arbeit schaffen soll.« Er zog ein hektografiertes Schreiben hervor. »Jetzt muss ich noch einen Faschingskurs einschieben.«

»Wir haben erst September«, gab Struck zu bedenken. »Die Fasnacht beginnt im Februar.«

»Lernen müssen die jungen Leute die Tänze aber jetzt, um sie zur Fasnacht zu beherrschen. Bitte, Herr

Struck, würden Sie diesen Zettel für mich aufhängen?«

Der Pedell reagierte abweisend. »Schon wieder? Unsere Vitrine ist den öffentlichen Bekanntmachungen des Lyzeums vorbehalten.«

Seematter steckte ihm eine Münze zu, die der andere verschwinden ließ, ohne einen Blick darauf zu werfen.

»Ich habe Ihnen gerade zwei Franken gegeben.«

»Herzlichen Dank«, sagte Struck.

»Ich dachte, Sie haben es vielleicht nicht bemerkt.«

Der Pedell nahm Seematters Aushang entgegen und öffnete die Vitrine.

»Was ist denn das?«, rief Seematter überrascht.

»Das ist der Aushang eines gewissen Herrn Szell.«

»Warum hängt der hier?«

»Er eröffnet eine Tanzschule in der Brunngasshalde.« Struck nahm eine veraltete Liste ab und pinnte Seematters Ankündigung an das Brett.

»Szell? Was will Georges Szell in Bern?«

Struck musterte ihn überrascht. »Sie haben gesagt, die Arbeit wächst Ihnen über den Kopf. Da müsste Ihnen eine zweite Tanzschule wie gerufen kommen.« Missmutig betrachtete er das Gesamtbild der Vitrine. Die Zettel überlappten einander. Struck ging daran, die Aushänge neu zu ordnen.

Währenddessen las Seematter den Anschlag genauer. »Hier steht, Szell will eine Eröffnungsparty machen.«

»Warum soll er denn keine Party machen?«

»Weil er nicht darf«, stellte Seematter fest. »Laut Statuten ist jede Festlichkeit verboten, solange eine

Tanzschule den Betrieb noch nicht aufgenommen hat.«

»Aber er nimmt ihn ja auf.«

»Paragraf elf lautet: *Es ist verboten* …« Seematter unterbrach sich. »Gut, dann mache ich auch eine Party, und zwar am selben Abend.«

»Das ist aber nicht nobel von Ihnen, Herr Seematter.« Struck verschloss die Vitrine. »Sie sind eine eingesessene Berner Institution. Wenn Sie am selben Abend ein Fest geben wie Szell, wie soll der Mann denn hochkommen? Außerdem – haben Sie das gelesen?«

»Was?« Seematter ging ein zweites Mal auf die Zehenspitzen.

»Herr Szell kündigt sein Fest als *Beat-Party* an. Sie wollen doch nicht etwa auch eine Beat-Party veranstalten? Das passt nicht zu Ihrem Institut.«

»*Beat-Party* …« Aus Seematters Mund klang das Wort wie ein Fluch. »Sperren Sie die Vitrine noch einmal auf, Herr Struck.

»Wieso?«

»Der Aushang muss verschwinden.«

»Was fällt Ihnen denn ein?«

»Beat-Party?!« Seematter wurde laut. »Mit solchen Mitteln arbeitet dieser Mann? Er verführt die Jugend, er zettelt Orgien an? Und Sie machen bei diesem Sodom und Gomorrha mit, Herr Struck? Sie sind ja bestochen!«, setzte er nach, während von allen Seiten Schülerinnen aus den Klassenzimmern strömten.

»Was erlauben Sie sich?«, ereiferte sich der Schulwart. »Weil Sie mir zwei läppische Franken geben, glauben Sie, Sie können mich beleidigen? Das ist unglaublich!«

Unter den vielen Mädchen blieb eine auf der Treppe stehen. Kurzer Rock, mintgrüner Pullover, blondes Haar. Brigitte warf einen langen Blick auf den hinauseilenden Tanzmeister. Schritt für Schritt kam sie nach unten und trat auf Herrn Struck zu.

»Was wollen Sie?«, fragte er aufgeregt.

»Ich möchte nachsehen, wann die Beat-Party steigt.«

Mit einer wegwerfenden Geste zeigte Struck auf den Aushang und wandte sich wichtigeren Aufgaben zu.

* * *

Mit schuldbewusstem Gesicht trat Heidi vor die Polizeiwache. »Es tut mir leid, dass ich die Zeche geprellt habe.«

Wenn ein Mensch nicht zu seiner Umgebung passte, zu dem Hintergrund, vor dem er stand, wurde der Mensch mit einem Mal fremd. Georges betrachtete seine Tochter. In diesem Augenblick kam er sich selbst wie ein Fremder vor. Er hasste dieses Gefühl, fremd in der Heimat, fremd in der Welt zu sein. *Étranger*, das war kein Zustand, sondern ein Charakter. Zeit seines Lebens war Georges ein Étranger gewesen. Er verfluchte Heidi, die ihn bei jeder ihrer Begegnungen daran erinnerte, weil sie Georges so ähnlich war. Weil er seine eigene Natur in Heidi wiederfand und fürchtete, sich selbst an Heidi weitergegeben zu haben.

Die Angelegenheit war glimpflich abgegangen, aber Georges hatte seine Personalien angeben müssen. Außerdem musste er ein Rivella Blau und einen Schinken-Käse-Toast bezahlen. Die Kantonalpolizei hatte den Vorfall registriert. Georges Szell, der in Bern ein Gewerbe eröffnen wollte, war durch ein junges Mädchen namens Heidi Maisonge auffällig geworden.

»Wieso hast du diesen Namen angegeben?« Zusammen traten sie aus den Arkaden auf die sonnendurchflutete Kramgasse. Die Septemberluft tat Georges wohl.

»Es ist der Künstlername meiner Mutter«, antwortete Heidi.

»In deinen Papieren steht nicht Maisonge, sondern Szell. Du hast die Polizei verwirrt. Du hast sie noch mehr verwirrt, weil du dich zunächst als Heidi Burckhardt ausgegeben hast.«

Sie brachte ihre großen blauen Augen ins Spiel. »Das habe ich nur getan, weil der Kellner so unfreundlich zu mir war.«

»Der Kellner hat nichts weiter getan, als die Tischreservierung zu prüfen.«

»Er hätte mich trotzdem nicht anzuschnauzen brauchen.«

»Was wolltest du überhaupt im Hutterli?«

Sie senkte den Kopf und seufzte, als wollte sie ihrer Erregung Herr werden. Georges durchschaute sie. Mit diesem Seufzer verschaffte Heidi sich Zeit, um nachzudenken.

»Da war ein Mann«, begann sie. »Der hat mich verfolgt. Seit dem Bahnhof war er hinter mir her.«

»Ein Mann also.« Er unterdrückte seine aufsteigende Wut. »Wie sah er aus?«

»Ein älterer Mann. Grauer Hut, er trug eine Sonnenbrille.«

»Es hat geregnet.«

»Er wollte etwas von mir.«

»Und vor diesem Mann bist du ins Hutterli geflohen?«

»So war es.«

»Was hat der Mann mit der Sonnenbrille getan, nachdem du dich in das Lokal gesetzt hast?«

»Er hat gesehen, dass ich mit dem Kellner spreche, und ist abgezogen.«

Georges wollte nicht länger vor der Polizeiwache stehen bleiben und lief los. »Es gibt diesen Mann überhaupt nicht! Du hast ihn erfunden.« Er wandte sich nicht zur Brunngasshalde, von wo er kam, sondern bog in die Straße zum Bundesplatz ein.

»Da war wirklich ein Mann!« Sie folgte ihm mit hopsenden Schritten; anders war das Laufen in den hohen Stiefeln unmöglich. »Er hatte eine Glatze und eine dicke Nase ...«

»Wie konntest du seine Glatze sehen, wenn er einen Hut trug?«

Heidi wollte etwas entgegnen.

»Sei still. Um Gottes willen, sei still! Du hast dich als Tochter der Familie Burckhardt ausgegeben, einer der bekanntesten Familien Berns. Du hast im Hutterli gegessen und getrunken, bist aufgestanden und gegangen, ohne zu bezahlen. Der Kellner hat dich beobachtet und ist dir nachgelaufen. Er hat dich angezeigt.«

Heidi holte ihn ein. »Ich hätte ja bezahlt. Ich habe es nur vergessen.«

»Womit wolltest du denn zahlen?«

»Mit meinem Geld.«

»Gut, dann zeig mir das Geld, mit dem du den Schinkentoast und das Rivella bezahlt hättest. Zeig es mir!«, rief er so laut, dass sich Touristen, unterwegs zum Berner Münster, nach ihnen umdrehten. »Du bist im Internat. Dort brauchst du kein Geld. Ich weiß nicht, wer dir die Bahnfahrt bezahlt hat, ich war es jedenfalls nicht. Und damit sind wir bei dem entscheidenden Punkt: Wieso bist du hier?«

»Ich bin hier geboren.«

»Falsch. Du wurdest im Krankenhaus Neuchâtel geboren. Aber das spielt überhaupt keine Rolle. Du solltest in Grenoble bleiben, im Internat!«

»Ich will dort nicht länger bleiben, Georges.«

»Warum?«

»Weil es schrecklich ist. Ich möchte lieber bei dir sein.«

Diese Lüge Heidis tat ihm am meisten weh. Seine Tochter war eine notorische Lügnerin. Bei Kindern und Jugendlichen, hatte der Internatspsychiater versichert, seien solche Zustände nicht ungewöhnlich. Sie entsprangen einem mangelnden Selbstwertgefühl oder übersteigertem Geltungsdrang. Diese Phase würde sich von selbst legen. Trotzdem werde er Heidi im Auge behalten, schloss der Psychiater: Das *Lycée au ciel ouvert* sei kein Institut für schwer erziehbare Mädchen, sondern ein Internat von erstklassigem Ruf.

Heidi blieb stehen. »Wo gehen wir überhaupt hin?«

»Ich bringe dich in die Jugendherberge.«

»Du willst mich in ein Hotel abschieben?«

»Ich schiebe dich nicht ab. Aber du überfällst mich zu einem sehr ungünstigen Zeitpunkt. Ich stehe kurz vor der Eröffnung. Ich habe jetzt keine Zeit ...«

»Keine Zeit für deine Tochter?« Ihr Blick, ihre Haltung waren dazu angetan, sein schlechtes Gewissen zu wecken.

»Du kannst im Augenblick nicht in die Brunngasshalde mitkommen.«

»Warum nicht?«

»Weil dort … noch nichts fertig ist. Es ist ungemütlich. Es würde dir nicht gefallen.«

»Du willst nicht, dass Corinne mich sieht«, erwiderte sie.

»Da hast du verdammt recht!«, brach es aus ihm heraus. »Ich will nicht, dass sie überhaupt weiß, dass du hier bist. Wir nehmen jetzt ein Zimmer in der Herberge, und dann entscheide ich, wann du zurückfährst. Wo hast du dein Gepäck gelassen? Am Bahnhof?«

Ehrlich erstaunt sah sie ihn an. »Nein. Es muss …«

»Ja?«

»Ich glaube, der Koffer steht noch im Hutterli.«

5

Rosalino Montegiallo fuhr mit seinem Neffen Peter die Strecke von Herzogenbuchsee nach Bern. Der Onkel chauffierte ein Fahrzeug, das er selbst entworfen hatte, den *Montegiallo Shark,* kurz MGS. Rosalino hatte sich aus einfachen Verhältnissen emporgearbeitet. Sein Vater war Besitzer einer Lkw-Werkstatt gewesen. Nach einer Ausbildung zum Kfz-Mechaniker hatte Rosalino den Betrieb übernommen und zu einer Vertretung für Luxusfahrzeuge und Rennwagenhersteller ausgebaut. Er war der Erste, der Ferrari in der Schweiz vertrat, daneben Bentley und Maserati. Rosalino hatte nie geheiratet und seinen Neffen Peter an Sohnes statt angenommen.

Von Herzogenbuchsee benötigte man mit dem Auto gewöhnlich eine knappe Stunde. Rosalino legte die Strecke im *Shark* in weniger als dreißig Minuten zurück.

»Du wirst uns noch umbringen, Onkel.« Peter starrte auf die kurvenreiche Strecke. Phantomhaft imitierten seine Füße das Spiel von Gas und Kupplung, ohne auch nur das Geringste am Fahrstil des Onkels ändern zu können.

»Um diese Zeit ist wenig los auf den Straßen.« Rosalino überholte drei Fahrzeuge hintereinander.

»Das wird knapp!«, rief Peter. »Das wird zu knapp!«

Wenige Zentimeter vor einem herannahenden Laster scherte Rosalino wieder auf die eigene Spur ein. Der Laster ließ das Überlandhorn ertönen.

»Siehst du, gar kein Problem«, sagte der Onkel gelassen lächelnd.

Peter wischte sich die Hände an den Hosenbeinen trocken. Ein Blick zur Seite. Rosalino fuhr wie der Teufel, in seinem Smoking sah er dabei aus wie ein Bräutigam. Peter dagegen war in saloppen hellblauen Hosen unterwegs, dazu ein bordeauxrotes Sakko. Seine Krawatte spielte in beiden Farben.

»Dass du derart elegant zu den Burckhardts fährst, kommt mir verdächtig vor.«

Rosalino hupte einen Radfahrer an, der erschrocken zur Seite taumelte. »Was soll daran verdächtig sein?«

In der Einladung stand: *auf einen kleinen Imbiss.*«

»Du weißt doch, wie so etwas bei den Burckhardts aussieht. *Kleiner Imbiss* bedeutet, die lassen aus ihrem Delikatessengeschäft alles auffahren, was gut und teuer ist.«

»Ich komme mir vor, als ob ich bei einer Staatsprüfung antreten müsste.«

Darauf schwieg Rosalino eine Weile, ließ den MGS im zweiten Gang röhren und schaltete hinter einer Kuppe in den dritten. »Eine Prüfung ist es in jedem Fall.«

»Was willst du damit sagen?«

Sie erreichten die Anhöhe bei Ostermundingen, von wo aus man den schönsten Blick auf Bern hatte. Im Sonnenschein bot sich ihnen die mittelalterliche Stadt dar, die rotbraunen Dächer, das Münster, die smaragdgrüne Aare. Auch die Untertorbrücke sah man, über die jeder, der von Norden kam, in die Altstadt einfuhr.

»Was meinst du mit *Prüfung*, Onkel?«, wiederholte Peter.

»Gar nichts.«

»Ich verstehe schon.« Peter presste die Lippen zusammen. »Warum hast du mir nicht gesagt, dass du mich den Burckhardts als Zuchtbulle vorführen willst?«

»Du und deine Ausdrucksweise. Im Übrigen ist das maßlos übertrieben.« Rosalino nahm die Abwärtskurven schnittig.

»In dem Fall wäre ich nämlich gar nicht mitgekommen.« Zum Zeichen seines Protests lockerte Peter den Krawattenknoten.

»Du hättest ruhig einen dunklen Anzug anziehen können.« Rosalino drosselte das Tempo. »Ich finde es traurig, dass du so gar kein Verständnis für meine Pläne hast.«

»Du stehst bei der Burckhardt-Bank in der Kreide. Nur deshalb soll ich bei der Tochter einen guten Eindruck machen.«

»Geschäftsehen werden oft sehr glücklich«, stellte Rosalino fest.

Peter ließ das Fenster herunter. »Warum fusionierst du dann nicht selbst mit der Mutter Burckhardt? Sie ist eine lustige Witwe.«

»Ich werde mich hüten.«

Sie fuhren über die älteste Steinbrücke der Schweiz. Bereits in gallisch-römischer Zeit bestand hier ein hölzerner Steg über den Fluss.

»Ich sage dir klipp und klar, mir steht das Wasser bis zum Hals. Wenn du mir jetzt wieder einen Strich durch die Rechnung machst, setze ich dich vor die Tür, das schwöre ich dir. Dann kannst du dir eine Stellung suchen.«

»Gegen eine Stellung hätte ich gar nichts einzuwenden, Onkel.«

»Als was denn?«, lachte Rosalino. »Du kannst ja nichts. Du kannst nichts, dich interessiert nichts – ich möchte sehr bezweifeln, dass du dir auch nur einen einzigen Franken verdienen würdest.«

»Das käme auf einen Versuch an.«

Vor ihnen ragte das Bundeshaus auf. Bis zu den Burckhardts war es nun nicht mehr weit.

* * *

Heidi ließ sich nicht einsperren, ganz gewiss nicht von ihrem Vater. Er hatte ihr in der Jugendherberge ein Zimmer zu ebener Erde gebucht, es lag neben der Rezeption. Draußen hörte sie Georges mit der Herbergsleitung sprechen. Er hole nur rasch das Gepäck seiner Tochter; ob man solange auf sie aufpassen könne? Heidi solle im Zimmer bleiben und sich ausruhen.

»Zum Ausruhen bin ich nicht gekommen.« Sie öffnete das Fenster. Ein kleiner Sprung war nötig, um auf die Straße zu gelangen. Da der Verkehr an der Hausmauer entlangführte, musste Heidi warten, bis die Autos vorbeigefahren waren.

In diesen Stiefeln mit den hohen Absätzen konnte man nicht springen. Rasch zog Heidi den Reißverschluss auf und schlüpfte heraus. Ein Blick nach links: Der blaue Wagen, der sich näherte, war noch ziemlich weit weg. Sie warf den rechten Stiefel aus dem Fenster. Der linke Stiefel folgte.

Wie von Geisterhand war der blaue Wagen herangeschossen. Der Stiefel landete auf dem Autodach. Heidi erstarrte. Sie nahm an, der Fahrer würde halten und nachsehen, was passiert sei. Aber der blaue Wagen erreichte bereits die nächste Ecke.

Heidi lauschte. Draußen sprach ihr Vater immer noch an der Rezeption. Wenn sie ihm nicht in die Arme laufen wollte, musste sie jetzt springen. Sie setzte sich aufs Fensterbrett, schlug den Rock über die Beine und ließ sich in die Tiefe sinken, bis ihre Arme nachgaben – Heidi fiel. Sie landete sicher, griff nach dem rechten Stiefel, überquerte die Straße und begann zu rennen. Auf Strümpfen rannte sie über Kopfsteinpflaster. Das piekte, doch sie musste den blauen Wagen erreichen! Er hielt noch immer an der Kreuzung. Der Stiefel lag auf dem Autodach. Das Beifahrerfenster war heruntergelassen. Heidi hörte die Insassen reden.

»Dort kriege ich keinen Parkplatz«, sagte der Fahrer.

»Hallo?« Heidi hüpfte, so schnell sie konnte. »Hallo!«

Der Wagen fuhr an. Mit röhrendem Motor zwängte er sich in die enge Gasse, deren Mauern das Geräusch brüllend zurückwarfen. Barfuß, einen Stiefel in der Hand, blieb Heidi stehen, versuchte ihren Atem zu beruhigen und den Schwindel zu bekämpfen.

Zwei Straßen weiter ließ Rosalino Montegiallo das Fenster herunter. Der Portier, der auf ihn zutrat, trug das Emblem zweier Schwerter und eines Distelzweigs am Revers, das Familienwappen der Burckhardts.

»Hier ist es nur Mitgliedern des Direktoriums erlaubt zu parken«, sagte der Portier höflich.

Rosalino hob den Blick zu dem marmornen Portal des Bankhauses. »Ich bin bei Frau Burckhardt angemeldet.«

Der Portier nickte geduldig. »Trotzdem dürfen Sie hier nicht parken.«

»Für einen Gast von Frau Burckhardt ist es doch bestimmt möglich, eine Ausnahme zu machen. Wir bleiben sicher nicht lange«, setzte Rosalino auf den uneinsichtigen Blick des Portiers hinzu.

»Das Parken ist hier nur den …«

»Den Direktoren erlaubt«, fiel Rosalino ihm ins Wort. »Dann erklären Sie mir bitte, wo ich hier mein Auto abstellen kann!«

»Das können Sie eben nicht. Der nächste öffentliche Parkplatz befindet sich hinter dem Bundeshaus. Dort steht Ihnen das Parken gegen Gebühr offen.«

»Himmel Herrgott, vom Bundesplatz komme ich ja gerade!« Rosalinos südliches Temperament drohte mit ihm durchzugehen.

Während der Onkel mit dem Türsteher stritt, stieg Peter aus. Zu seinem Erstaunen entdeckte er einen einzelnen Stiefel auf dem Autodach. Noch erstaunlicher erschien ihm der Anblick einer jungen Frau, die mit wehendem kastanienbraunem Haar und flatterndem Rock auf ihn zu rannte. Im Übrigen war sie auf Strümpfen. Rennend hielt sie einen Stiefel in der Hand.

»Guten Tag«, sagte Peter. »Da habe ich ja einen aufs Dach bekommen.«

Ohne ein Wort der Erklärung sprang sie auf den Shark zu und wollte den zweiten Stiefel ergreifen.

Peter war schneller. »Ist das Ihr Stiefel?«

»Das sehen Sie doch. Geben Sie her.« Aus dunkelblauen, zornigen Augen sah sie ihn an.

»Nur wenn Sie mir sagen, mit wem ich das Vergnügen habe.«

»Geben Sie her!« Sie packte den Schaft und zerrte an ihrem Stiefel.

Er hielt die Ferse fest. »Haben Sie das Ding absichtlich nach mir geworfen?«

»Reden Sie keinen Unsinn.«

Unter ihnen heulte der Motor auf, Rosalino setzte zurück.

»Vorsicht!« Peter sprang hinzu. Bevor Heidi angefahren wurde, zog er sie zur Seite.

Rosalino hatte es nicht bemerkt. »Dieser sture Berner lässt mich hier nicht parken!«, rief er dem Neffen zu. »Ich fahre zum Bundeshaus. Du gehst hinauf und bittest Frau Burckhardt für die Verspätung um Entschuldigung. Ich komme, so schnell ich kann.«

»Burckhardt?« Heidi trat an die Fahrerseite.

»Ursula Burckhardt.« Rosalino blickte zu dem Mädchen mit dem Stiefel hoch. »Kennen Sie die Bankdirektorin?«

»Unsere Familien sind miteinander befreundet«, erwiderte Heidi gönnerhaft und schlüpfte in den rechten Stiefel. »Können Sie diesem unhöflichen Menschen sagen, er soll mir mein Eigentum zurückgeben?«

Verblüfft musterte Rosalino den Neffen. »Was machst du denn, Peter? Gib den Stiefel zurück. Wir sind ohnehin schon zu spät.«

Heidi wartete Peters Reaktion nicht ab, schnappte sich den Stiefel, schlüpfte hinein und lief durch die Marktgasse davon.

»Wer war das?« Rosalino legte den Rückwärtsgang ein.

»Keine Ahnung.« Lächelnd sah Peter der Davoneilenden nach.

»Wie gesagt, ich lasse mich bei Burckhardts entschuldigen und komme schnellstmöglich.« Rosalino wendete und fuhr in die schmale Gasse zurück.

Peter sah dem Mädchen in den Stiefeln nach und wandte sich an den Portier. »Wenn mein Onkel zurückkommt, richten Sie ihm bitte aus, ich habe noch eine wichtige Erledigung und komme später. Schönen Gruß an Frau Burckhardt.« Ohne eine Antwort abzuwarten, machte er sich auf den Weg in die Marktgasse.

Bei der ersten Gelegenheit bog Heidi in einen jener schmalen Durchgänge ab, die sich zwischen manchen Häuserzügen durchschlängelten. Auf der Zeughausgasse, nur ein paar Schritte von der Zytglogge entfernt, trat sie wieder ins Freie. Hier lag Heidis Ziel. Von Anfang an war es nicht die Brunngasshalde gewesen, wie ihr Vater annahm. Wäre die dumme Sache mit der Polizei nicht dazwischengekommen, hätte sie den Kornhausplatz früher schon erreicht.

Vor einem Haus aus dem 18. Jahrhundert betrachtete sie das glänzend polierte Messingschild. *Tanzinstitut ersten Ranges, Unterricht in Anstand und Perfektion,* kündigte es an. In noch größeren Lettern stand der Name des Leiters da, *Léon Seematter, ehemaliges Ballettmitglied des Berner Städtischen Theaters*. Heidi ordnete ihr Haar und trat ein.

6

Außer Atem vom Treppensteigen stellte sie sich vor den Spiegel. Im Saal hinter Heidi wurde getanzt. Sie hatte rote Flecken im Gesicht, ihre Bluse war aus dem Rock gerutscht. Dahinter, an der Garderobe, ließ sich ein Fräulein seinen Regenmantel geben, offenbar wollte sie früher gehen.

Die Garderobenfrau reichte ihn über den Tresen. »Die Unterrichtsstunde ist aber noch nicht zu Ende.«

Das Fräulein legte Handtasche und Tanzkarte ab. »Ich weiß. Aber meine Mutter braucht mich.« Sie schlüpfte in den Mantel.

Die Garderobenfrau bemerkte Heidi. »Wollen Sie etwa auch schon Ihre Garderobe?«

»Nein, danke.« Mit den Ellbogen stützte sie sich auf den Tresen. »Ich wollte fragen, ob Sie vielleicht ein Taschentuch für mich haben.«

Das Fräulein daneben nahm seine Handtasche. »Wo habe ich denn …?«, murmelte sie.

»Fehlt etwas?«, fragte die Garderobiere.

»Ich dachte, ich hätte meine Tanzkarte hier hingelegt. Sie wird in der Tasche sein. Ich muss los. Bis nächsten Mittwoch.«

Während die Schülerin hinauslief, sagte Heidi: »Danke, aber eigentlich brauche ich kein Taschentuch.« Sie drehte auf dem Absatz um, warf ihr Haar zurück und lief in den Saal.

»Wieso sind Sie nicht bei den anderen?«, fragte eine schneidende Stimme.

Léon Seematter leitete den Kurs nicht persönlich. Er beobachtete seine Assistentin, Frau Lori, die gerade die Schnellpolka unterrichtete.

»Ich war nur einen Moment …« Heidi deutete nach draußen. »Entschuldigen Sie.« Sie hielt ihm die Tanzkarte hin, zog sie aber gleich wieder zurück, bevor er den Namen lesen konnte, und wandte sich einem einzelnen jungen Mann in der Ecke zu. Der kräftige Kerl schien keine Partnerin gefunden zu haben.

»Darf ich bitten?« Heidi bot ihm den Arm.

André Spyri hatte den Ruf, seinen Tänzerinnen auf die Füße zu treten. Bei seinem Gewicht konnte das besonders während der Schnellpolka zu Verletzungen führen.

»Aber gern.« Er hakte sie unter. »Ich habe dich hier noch nie gesehen.«

»Wirklich?« Am Rand der Tanzfläche fasste sie seine linke Hand und hielt sich mit der Rechten an seiner Schulter fest. Schon ging es hinein ins Getümmel. André Spyri tanzte schlecht, Heidi dagegen beherrschte es vorzüglich. Ohne dass er es merkte, führte sie ihn federleicht übers Parkett und vermied es, unter seine trampelnden Füße zu geraten. Währenddessen war Heidis Blick nicht bei ihrem Tänzer, nicht bei den anderen Paaren, auch nicht im Saal, sie behielt den Besitzer der Tanzschule im Auge. Er verfolgte das Geschehen, während er seine Assistentin begutachtete. Die Polka trug Heidi durch den Saal. Bei jeder Drehung sah sie ihn.

* * *

Peter Montegiallo hatte sich verausgabt. Er rannte nie, da er rasche Bewegung beim Menschen für einen Ausnahmezustand hielt. Peter liebte die Ruhe. Er sah sich als den ruhenden Gegenpol zu seinem stets quirligen Onkel. Umso erstaunlicher fand Peter es, dass er wegen einer jungen Frau, die mit Stiefeln warf, seinen Grundsatz aufgab.

In der Marktgasse hatte er sie aus den Augen verloren. Sie war wie vom Erdboden verschluckt gewesen. Verdrossen, weil ihm die Zufallsbekanntschaft entschlüpft war, trottete er ans Ende der Gasse, die an der Zytglogge endete.

Er stellte sich in die Sonne, blinzelte ins Licht und dachte über die seltsame Begegnung nach. Eine plötzliche Heiterkeit erfasste ihn. Durch seine Verfolgungsjagd war ihm ein langweiliger Nachmittag bei den Burckhardts erspart geblieben. Da sein Onkel fuchsteufelswild sein würde, nahm Peter sich vor, wenigstens eine Stunde verstreichen zu lassen, bevor er mit einer Entschuldigung in der Burckhardt-Bank erscheinen würde. Danach fügte sich bestimmt alles irgendwie. Laut Peters Erfahrung fügten sich die Dinge meistens irgendwie, deshalb sah er es als das Sinnvollste an, sich durchs Leben treiben zu lassen.

Doch nicht jetzt, nicht in diesem Moment – denn da war sie wieder! Offenbar hatte sie einen Umweg durch die Zeughausgasse genommen. Die gestiefelte Frau überquerte den Platz, hielt vor einem Portal, betrachtete das Messingschild und verschwand in dem Haus.

Peter lächelte. Nun konnte er dem Fräulein in aller Ruhe folgen; so schnell kam sie bestimmt nicht wieder heraus. Sich treiben zu lassen bedeutete eben meistens den Schlüssel zum Erfolg.

Er überquerte den Platz. Nach einem Blick auf die Tafel begriff er, wohin das Mädchen geeilt war, trat ebenfalls ein, lief die Treppen hoch und betrat die Tanzschule. Als er die Unbekannte im Vorraum nicht entdeckte, wollte er weiter in den Saal, wo es lustig zuging. Die Paare galoppierten zur Polka im Kreis.

»Hallo, Moment«, sagte eine Stimme hinter Peter. »Was wollen Sie bitte?«

Er hatte für den kleinen Mann im schwarzen Anzug mit der sonderbaren Locke auf der Stirn kaum einen Blick. »Ich möchte tanzen«, sagte Peter über die Schulter.

Seematter begutachtete den Eintretenden. Die blaue Hose mochte noch hingehen, aber das rote Sakko ließ ihn skeptisch werden. »So einfach können Sie hier nicht tanzen«, gab er bekannt.

»Ach, dann ist das hier wohl eine Schwimmschule?« Peter fand die Bemerkung lustig.

Sie veranlasste den kleinen Mann, näherzutreten. »Bei mir verkehrt nur exklusives Publikum. Hier kann nicht jeder X-Beliebige von der Straße hereinkommen, um zu tanzen.«

Unbeeindruckt ging Peter auf den Eingang zu. Mit zwei pantherartigen Sprüngen verstellte ihm Seematter den Weg. »Ich sage es noch einmal, mein Herr. Kommen Sie in drei Wochen wieder, dann beginnt der nächste Kurs.«

Peter erkannte die bedrohliche Physis dieses Menschen. »Ich möchte aber heute schon tanzen. Am besten jetzt gleich«, entgegnete er freundlicher.

Seematter versuchte es mit Vernunft. »Sie sehen

doch, das ist ein Anfängerkurs. Hier lernen junge Damen vom Lyzeum und junge Herren vom Gymnasium die Grundschritte.«

Peter war fünfundzwanzig. Als Gymnasiast ging er tatsächlich nicht mehr durch. »Das stört mich nicht. Schreiben Sie mich bitte in den Anfängerkurs ein.« In diesem Moment entdeckte er das Mädchen mit dem kastanienbraunen Haar. »Ich will so schnell wie möglich anfangen.«

Seematter versuchte, eine weitere Barriere vorzuschieben. »Der Kursbeitrag wäre im Voraus zu entrichten.«

»Bitte.« Peter zog die Brieftasche. »Da, nehmen Sie.« Er wollte dem kleinen Mann einige Scheine in die Hand drücken.

Seematter richtete sich zu voller Größe auf. »Mein Institut erfreut sich des allerbesten Rufes. Das ist kein Spätausschank, wo man das Geld auf den Tresen wirft und Schnaps bekommt. Entweder Sie benehmen sich, wie es diesem Etablissement entspricht, oder ich verweise Sie meines Lokals. In dem Fall hätten Sie immerwährendes Hausverbot. Kommen Sie mit in mein Büro, dort erledigen wir die Formalitäten.«

Mit seiner Attitüde, den Tanzschulbesitzer zu überfahren, kam Peter nicht weiter. Er versuchte es mit Sanftmut. »Könnten wir das nicht nach der Stunde erledigen?«

»Nein. Jetzt ist der einzige Zeitpunkt dafür.« Ton und Haltung Seematters machten deutlich, hier gab es keinen Verhandlungsspielraum. Peter folgte ihm in das Kontor.

»Das hat Spaß gemacht.« Heidi ließ sich von André Spyri zur Fensternische führen. Sie war schrecklich außer Atem.

»Es hat dir also Spaß gemacht?«, fragte Spyri, ungläubig wegen der vielen enttäuschenden Erfahrungen, die er bei Mädchen gemacht hatte. Mit dem Taschentuch wischte er sich übers Gesicht.

»Wie heißt du?« Sie beobachtete seinen rührenden Versuch, sich trockenzulegen.

»André. Bitte entschuldige«, seufzte er. »Die Transpiration ist schlimm bei mir.«

»Beim Tanzen kommt jeder ins Schwitzen«, lachte sie, fächelte sich Luft zu und deutete auf die feuchte Stelle an ihrer Bluse.

Spyri faltete sein Taschentuch zusammen. »Herr Seematter hat uns beigebracht, dass es sich um *Transpiration* handelt.«

»Wenn er das behauptet, wird es schon stimmen. Ich bin Heidi.«

»Wieso kommst du heute erst? Der Kurs ist schon fast vorbei.«

»Oh, ein Walzer!«, ging sie darüber hinweg. »Den wollen wir nicht verpassen.«

»Soll ich nicht lieber zuerst zum Parfumautomaten?«

»Sei nicht albern. Wir tanzen Walzer und schwitzen gemeinsam.«

So ein unprätentiöses Fräulein hatte Spyri bei Seematter noch nie erlebt. »Bist du von hier?«, fragte er, während sie Haltung annahmen.

»Nein, aus Neuchâtel.« Mit Schwung und Geschick riss Heidi ihn hinein in den Dreivierteltakt.

»Name?« Seematter schlug das Register auf.

»Peter.«

»Zuname?«

»Müssen Sie das unbedingt wissen?«

»Natürlich. Wie soll ich Sie denn sonst aufrufen?«

»Mein Name ist …« Da lag das Problem. Der Name Montegiallo hatte über die Grenzen der Schweiz hinaus einen Klang. Rosalino Montegiallo war Rennfahrer gewesen und hatte vor Jahren sogar das *Mille Miglia* gewonnen. Seine Freundschaft mit Dino Ferrari und die Bekanntschaft mit dem letzten Kaiser von Äthiopien waren durch die Schweizer Zeitungen gegangen. Peter wollte jedes Aufsehen vermeiden. »Gelbberger«, antwortete er. »Peter Gelbberger.«

»Gelbberger? Ein ungewöhnlicher Name.« Seematter sah ihn an. »Beruf?«

»Ich bin …«

Der Neffe meines Onkels, wäre die einzig richtige Antwort gewesen. Als Rosalino seinen schweren Unfall gehabt hatte, war Peter da gewesen. Er war bei ihm geblieben, als Matthias auszog, die große Liebe seines Onkels. Peter war von nun an der junge Mann, der unauffällig in Rosalinos Haus leben konnte, ohne das Interesse der Presse zu wecken. Er wurde Zeuge des traurigen Versteckspiels seines Onkels, von dem jeder wusste, wieso er nie geheiratet hatte, der diesen Grund aber verbissen geheim hielt. Ein Rennfahrer, ein Abenteurer, ein Autokonstrukteur durfte in der Auffassung von Rosalino Montegiallo nicht schwul sein.

»Ich bin Automechaniker«, gab Peter an.

»Mechaniker?« Seematters Kugelschreiber schwebte über dem Formular. »Herr Gelbberger, ich habe Ihnen schon erklärt, wir sind sehr exklusiv. Bei mir verkehrt nur das allerfeinste Publikum. Sie dürfen mir nicht böse sein, aber …« Er legte den Kugelschreiber zur Seite.

»Eigentlich bin ich Lkw-Mechaniker«, warf Peter ein. »Ich habe meine eigene Werkstatt.«

Seematter wiegte den Kopf. »Das ist natürlich etwas anderes. Schreiben wir also: Unternehmer?«

»Warum nicht?«

»Noch eine Sache, Herr Gelbberger.« Seematter stempelte Peters Tanzkarte ab. »In meinem Institut halten wir auf Formen. Mir liegt daran, den jungen Menschen zu vermitteln, dass die äußere Form den inneren Gehalt widerspiegelt. Daher würde ich Sie in Zukunft bitten, so eine …« Er deutete auf Sakko, Hose und Krawatte Peters. »So eine Farborgie während der Stunden zu vermeiden.«

»Aber das ist jetzt modern«, entgegnete Peter überrascht. »Überall auf der Welt sind frische Farben in der Herrenmode angesagt.«

»Wir sind aber nicht *überall auf der Welt*, Herr Gelbberger. Wir sind in der Schweiz. Hier tragen wir Erdtöne. Grau und Schwarz, im äußersten Fall ein dezentes Blau.«

»Ich werde es beim nächsten Mal bedenken, Herr Seematter.« Peter grinste.

»Dann steht Ihrem Eintritt in mein Institut nichts mehr im Weg.« Mit Grandezza überreichte ihm Seematter die Karte. »Viel von der Stunde werden Sie nicht mehr mitkriegen, aber für den Walzer kommen Sie noch zurecht.«

Peter lief in den Saal.

Während Seematter dem farbenfrohen Gockel

nachsah, überkam ihn eine Eingebung. Der Junge entstammte ohne Zweifel keiner großen Berner Familie. Er verfügte auch nicht über nennenswerte Mittel, hatte im Leben aber bereits einen eigenen Betrieb auf die Beine gestellt. Was ihn allerdings vor den anderen Schülern auszeichnete: Dieser junge Mechaniker besaß Ausstrahlung. Er war frech, lustig und originell. Er stellte das Gegenbild eines typischen Berners dar, den Frau Burckhardt als Schwiegersohn ablehnte.

Seematter tippte auf den Namen im Register: Peter Gelbberger könnte tatsächlich den Anforderungen des Bankhauses Burckhardt genügen. »Lebensfroh und mit besonderer Leichtigkeit«, zitierte er Mutter Burckhardt. »Er könnte der Richtige sein.« In der Ausformung seiner Idee schlenderte Seematter in den Saal.

Peter ging direkt auf die Unbekannte zu, die sich mit einem Walross von Partner beim Walzer abquälte. »Sie gestatten?« Er legte die Hand auf Spyris Schulter und wollte abklatschen.

»Ja, natürlich. Bitte.« André war es gewöhnt, selten eine volle Runde durchzutanzen. Die meisten seiner Partnerinnen waren erleichtert, wenn sie abgeklatscht wurden. Er machte eine Verbeugung vor Heidi und wollte sich zurückziehen.

»Wieso denn?« Eisern hielt sie den kräftigen Burschen fest. »Wir tanzen das zu Ende.« Ohne Peter eines Blickes zu würdigen, führte Heidi Spyri in die nächste Runde.

Durch den Schwung des Dicken wurde Peter zur Seite gedrängt. So etwas war ihm noch nicht untergekommen. Das Mädchen mit den Stiefeln gab ihm einen Korb.

»Warum tanzen Sie nicht?«, hörte er Seematters Stimme hinter sich. Der Tanzmeister beobachtete ihn. »Zuerst kann es Ihnen nicht schnell genug gehen, und jetzt stehen Sie nur herum? Sehen Sie, dort drüben ist eine junge Dame frei.«

Peter entdeckte ein freundliches Vollmondgesicht. Diese Schülerin wirkte jünger als das Mädchen mit dem kastanienbraunen Haar, hatte aber schon erkennbare Formen. Er wollte Seematters Neugier nicht noch mehr herausfordern und wandte sich der Schülerin in der Ecke zu.

»Darf ich bitten?«

»Aber gern«, antwortete Regula Burckhardt.

7

Girl, you really got me now, You got me so I can't sleep at night. Oh yeah -

Georges Szell trug einen blauen Samtanzug mit Rüschenhemd. Frisch gewaschen fiel sein Haar bis auf den Kragen. Die Beat-Band, die er engagiert hatte, stammte aus Luzern, nette Jungs, bezahlbare Jungs. Sie nannten sich *Johnny and the Trendsetters*, tingelten durch die Schweiz und spielten, was das Publikum hören wollte. *Baby in Black* von den River's, *Poor Boy* von den Lords, *It's Been A Hard Day's Night* von den Beatles.

Mittlerweile spielten sie seit anderthalb Stunden auf Georges' Party, ihr Beat dröhnte durch die Gewerbehalle. Die Jungs waren in Schweiß gebadet, das geföhnte Haar hing ihnen ins Gesicht.

Vor der Bühne sprangen, hopsten und verrenkten sich die jungen Leute, die Georges als Schüler zu gewinnen hoffte. Sie warfen Arme und Beine in die Luft, wackelten mit den Köpfen, sie hatten Spaß, sie waren heiß.

Georges beobachtete die enthemmten Berner. Die Party war ein Erfolg, der Andrang überstieg seine kühnsten Hoffnungen. Dabei waren nicht nur Söhne und Töchter gekommen, auch manch streng blickender Vater, manch besorgte Mutter, die vor dem Teufelszeug der Beatmusik gewarnt worden waren.

Georges konnte mitansehen, wie sich die Mienen der Eidgenossen beim Lärm, den die *Trendsetters* veranstalteten, verdüsterten, wie Berner Väter Berner Müttern Blicke zuwarfen, die besagten, das Gekreische dürfe man keinesfalls Musik nennen. Georges wurde aber auch Zeuge einer wundersamen Verwandlung, wenn sich die Erwachsenen nach drei, vier Nummern zu entspannen begannen und ein Lächeln über ihre Züge flog, weil die Sprösslinge so frohgemut umhersprangen, als wären sie wieder Kinder. Es war das Kindliche, das den Erwachsenen die Scheu vor der Musik nahm. Sie war laut, sie war schrill, ohne Zweifel, aber sie erzählte von Unbeschwertheit und Freude.

Was die Jungen und Mädchen auf dem Parkett veranstalteten, widersetzte sich jeder tänzerischen Form. Diesem Umstand und diesem Vorurteil wollte Georges entgegentreten. Hätte die Beatmusik beim Tanzen keinerlei Form verlangt, wären er und seine Tanzschule überflüssig gewesen. Georges wollte den Bernern Finessen beibringen, die beim Tanzen besser aussahen als das hemmungslose Springen und Wackeln.

Corinne trat neben ihn. »Denkst du nicht …!«

Sie sah unglaublich schön und verführerisch aus. Für eine Frau wie Corinne schien die junge Mode gemacht worden zu sein. Sie trug ein kurzes Strickkleid in Gelb und Rot, auf den ersten Blick zu warm für den Anlass, aber die Maschen waren so weit gestrickt, das überall Luft durchkam. Das Kleid hatte keine Ärmel und einen dezenten Ausschnitt. Hohe Stiefel vervollständigten Corinnes Auftritt. Ihr prächtiges Haar fiel bis über den Rücken.

»Ist es nicht langsam so weit?«, schrie sie Georges ins Ohr und zeigte auf das Toben, die knallroten Gesichter, die Auflösung und Ekstase.

»Du hast recht«, brüllte er zurück. »Jetzt oder nie.«

»Die Band soll Pause machen.«

»Sag du es ihnen«, bat Georges. »Die Jungs sind völlig weggetreten.«

Corinne zwängte sich zwischen den Tanzenden hindurch, trat vor die Bühne und sprach den Bandleader an. »Johnny! Hey – Johnny!«

Der Sänger der *Trendsetters* brüllte ins Mikrofon. *»Mother teached me to say: Life is so hard each day!«*

»Hör mal!«, rief Corinne.

»Poor boy you must know«, sang Johnny.

»Mach mal halblang!« Sie knuffte ihn gegen das Hosenbein. Johnny spürte nichts, er grölte weiter.

Rund um Corinne grölten und hopsten sie ebenfalls. Diesem Hexenkessel schien man kaum Einhalt gebieten zu können. Corinne umkreiste die Bühne und trat an die hintere Wand. Was sie zu tun beabsichtigte, schadete den Instrumenten, aber es musste sein. Corinne zog den Stecker.

Das Schlagzeug hämmerte weiter, die Bassdrum wummste, im Übrigen war von Musik nichts mehr zu hören. Die Performance ging im Gejohle des Publikums unter. Die Gitarren kamen nur noch zirpend durch. Ohne Verstärkung brüllte auch Johnny hilflos ins Mikrofon. Das rhythmische Getrampel fiel in sich zusammen, die Tanzenden blieben stehen.

Diesen Moment nützte Georges, sprang auf die Bühne, nahm ein zweites Mikrofon zur Hand und warf Corinne einen Blick zu. Sie setzte die Anlage wieder unter Strom. Das krachte so erbärmlich, dass alle vor Schreck zusammenfuhren und sich die Ohren zuhielten. Die Basslautsprecher taten einen brüllenden Grunzer.

»Danke, vielen Dank, Johnny«, sagte Georges und wandte sich an das Publikum. »Ich habe den Eindruck, die Trendsetters haben genau euren Geschmack getroffen. Oder?«

Kräftiger Applaus schlug ihm entgegen.

»Kommt schon, zeigt mir, wie gut euch Johnny und die Jungs gefallen!«, motivierte er sie noch einmal.

Der Applaus steigerte sich zu einem einhelligen Jubel.

»Ich kann euch kaum hören!«, ließ Georges noch nicht locker.

Das Gejohle klang diesmal so erschütternd, dass sich die Eltern die Ohren zuhielten.

»Jetzt habe ich euch gehört«, lachte Georges. »Nun haben sich die Trendsetters eine Pause verdient.«

Unter neuerlichem Applaus komplimentierte Georges die Band von der Bühne.

»Wir kommen jetzt zu dem Programmpunkt, der uns in den kommenden Wochen öfter beschäftigen wird«, leitete Georges den Unterricht ein. »Der Beat ist nicht nur Ausdruck von Freude und Ausgelassenheit. Beatmusik kann zum tänzerischen Augenschmaus werden. Das wollen Corinne und ich euch jetzt vorführen.« Galant bat er seine Partnerin auf die Bühne. »Die Trendsetters haben zuletzt *Poor Boy* von den Lords gespielt. Was könnten wir dazu tanzen?« Er hielt Corinne das Mikrofon hin.

»Dazu können wir den Halli Galli tanzen.«

»Recht hast du. Haben wir den Halli Galli drauf?« Das Mikro ging hin und her.

»Lass es uns probieren, Georges.«

»Okay.« Er lächelte in den Saal. »Darf ich bitten, Corinne?«

Bevor sie zu ihm trat, bediente Corinne den Plattenspieler. Die Beatmusik, die nun erklang, war sanfter, gesitteter, hatte aber den gleichen Rhythmus. Georges und Corinne traten nebeneinander. Sie vollführten zwei synchrone Seitwärtsschritte, kickten nach vorne, schnipsten mit den Fingern, twisteten seitwärts und machten einen Ausfallschritt nach hinten. Es folgte ein rechter Hop, ein linker Hop, danach begann das Ganze wieder von Neuem. Ihr Tanz sah federleicht und unangestrengt aus, Georges und Corinne tanzten den Halli Galli so selbstverständlich, als seien andere Bewegungen zu dieser Musik unmöglich.

Die Jugendlichen drängten zur Bühne. Im Hintergrund hoben die Erwachsenen die Köpfe. Was nun geboten wurde, gefiel ihnen schon besser. Bei Georges und Corinne regierte nicht das Chaos den Tanzboden, nicht der Teufel gab den Takt an, die Musik wurde gebändigt, ohne etwas von ihrer Lebensfreude zu verlieren.

Das Tanzlehrerpaar beendete die Darbietung und nahm den Applaus entgegen. Georges griff zum Mikrofon. »Auch ihr werdet den Halli Galli rasch lernen«, rief er. »Wollen wir es probieren?«

Die Reaktion fiel nicht eben euphorisch aus. Es lag weniger daran, dass die Jugendlichen den Halli Galli nicht cool fanden, sondern weil sie auf einer Party nicht erwarteten, unterrichtet zu werden.

Georges ging über ihre Scheu hinweg. »Stellt euch auf. Jeder braucht rechts und links ein bisschen Platz.«

Während die meisten unschlüssig umherstanden, stellte sich ein großes blondes Mädchen als Erste in die Mitte und erwartete Georges' Anweisungen. Er winkte Brigitte freundlich zu.

»Da haben wir die erste Tapfere. Los, meine Herren, Sie werden sich doch nicht von Brigitte den Schneid abkaufen lassen.«

Tanzwillige junge Männer scharten sich um sie. Auch Peter Montegiallo und seine Partnerin waren darunter. Aber nicht das Mädchen mit dem kastanienbraunen Haar begleitete ihn, sondern das freundliche Vollmondgesicht aus der Tanzschule Seematter. Regula trug ein schwingendes geblümtes Kleid mit Stöckelschuhen.

Georges trat an die Rampe. »Wir beginnen mit einem Kick des rechten Fußes, und bei jedem Kick schnalzen wir mit den Fingern.« Corinne und er gingen in Formation, Georges behielt das Mikro in der Hand.

»Und – Kick, seit, schließt, seit, kick, seit, schließt, seit, kick, seit und schließt. Und gleich noch einmal.«

Peter kam mit den Schritten durcheinander. »Zuerst kick und dann schließen?«, fragte er Regula.

»Nein. Zuerst ein Seitwärtsschritt, dann schließen.« Bei Regula sah das Kicken und Schließen entzückend, geradezu erotisch aus.

Georges ließ sich vom Chaos und dem Unverständnis seiner Gäste nicht aus dem Konzept bringen. »Das lernt ihr schneller, als ihr glaubt. Wir kommen nun zur zweiten Figur des Halli Galli.«

Manche beschwerten sich, dass sie die erste Schrittfolge noch nicht einmal kapiert hatten. Georges ließ das nicht gelten.

»Und los! Kick, Twist, Twist, rechts Hopp, links Hopp, rechts drehen und rück, rück, rück, schließen. Und gleich noch einmal.«

Die Ekstase, ausgelöst von den Trendsettern, hatte den Blutdruck der jungen Leute in Schwung gebracht, nun kam die Konzentration dazu. Sie wollten es können, sie taten ihr Bestes, sie kickten und hoppten und schnipsten, dass es eine Freude war. Peter kollidierte mit der großen Blonden, entschuldigte sich, Brigitte lachte.

Bisher waren die Übungen ohne Musik erfolgt, nun setzte Corinne die Nadel wieder auf den Plattenteller.

»*Kick, seit, schließt, seit, kick, seit, schließt, seit, kick, seit, schließt, kick, twist, twist, rechts Hopp, links Hopp, rechts drehen und rück, rück, rück*«, schallte es aus den Lautsprechern.

Am Ende war Vieles schiefgegangen, aber sie genossen es. Sie lachten und fluchten und waren bei der Sache. An die hundert junge Leute kickten und twisteten in erstaunlicher Ordnung durch die Gewerbehalle.

Unter den reiferen Gästen war ein Mann aufgestanden, ein kühner, energetischer Mann. Rosalino Montegiallo hatte keine Scheu, sich unter die Jungen zu mischen und es mit Step, Kick, Twist zu versuchen. Er umarmte das Leben in vielen Formen, ab heute gehörte der Halli Galli dazu. Während er sich abstrampelte, beobachtete er seinen Lieblingsneffen. Peter war zwar sein einziger Neffe, doch heute Abend kürte er ihn zu seinem Liebling. Nachdem Rosalino den Halli Galli ausgiebig geübt hatte, kehrte er an seinen Tisch zurück, goss sich ein Glas Wein ein und suchte Peter. Er fand ihn im Foyer, wo er Regula nachsah, die mit anderen Mädchen verschwand, um sich frisch zu machen.

»Pietro!«, rief Montegiallo. »Pietro mio!« Mit ausgestrecktem Zeigefinger lief er auf den Neffen zu. »Ich schwöre dir, nach dem, was du dir gestern geleistet hast, wollte ich dich auf die Straße setzen«, rief er. »Als du mich schmählich bei Madame Burckhardt im Stich gelassen hast, war es vorbei mit meiner Geduld. Ich dachte: Der Junge ist nichts, er kann nichts und er tut nichts, als mir das Leben schwer zu machen. Da saß ich mit Frau Burckhardt, trank einen Kaffee nach dem anderen und habe dich verflucht. Ich war sicher, du gehst deinem Vergnügen nach und läufst hinter dem Mädchen in den hohen Stiefeln her.«

»So etwas glaubst du von mir, Onkel?«, entgegnete Peter entrüstet.

»Zu viele Beispiele deiner Unverlässlichkeit habe ich schon erlebt.« Obwohl er kleiner war, nahm Rosalino den Neffen in den Schwitzkasten und rüttelte ihn männlich, freundschaftlich. »Diesmal habe ich mich getäuscht. Denn du, du verdammter Tausendsassa, was tust du?«

»Was habe ich denn getan, Onkel?« Peter ächzte unter dem Griff des Älteren.

»Statt im Burckhardthaus Konversation zu machen, Mostbröckli zu futtern und dich der Bankdirektorin als Schwiegersohn zu präsentieren, dringst du gleich ins Zentrum der Ereignisse vor!« Er ließ den

Jungen los. »Du nimmst nicht den Umweg über die Mutter, sondern machst dich gleich an die Tochter heran – an Regula, dieses prächtige Geschöpf!« Rosalino zeigte auf die Tür zu den Damentoiletten. »Wie hast du herausgefunden, dass Regula gestern eine Tanzstunde hatte? Wie hast du das gemacht?«

»Ein paar Geheimnisse musst du mir schon lassen, Onkel«, antwortete Peter mit todernstem Gesicht. »Ich war zur rechten Zeit am rechten Ort.«

»Das warst du! Das warst du, Pietro mio!« Rosalino verpasste dem Neffen einen Knuff in die Rippen. »Ich habe dich falsch eingeschätzt. Ich gratuliere dir.« Er beugte sich nahe zu ihm. »Und? Wie läuft es? Seid ihr euch schon irgendwie ... nähergekommen, Regula und du?«

»Noch nicht. Ich möchte nichts überstürzen.«

»Richtig, mein Junge, eine kluge Taktik. Zurückhaltung ist die beste Verführung. Habt ihr gestern – ich meine nach dem Tanzkurs, habt ihr zusammen noch etwas unternommen?«

»Ich habe sie nach Hause gebracht.«

»Zu Burckhardts nach Hause?«

»Wohin sonst?«

»Gratuliere!«

Peter lächelte. »Bevor wir uns verabschiedet haben, fragte Regula, ob ich sie heute zu der Beatparty begleiten will. Deshalb bin ich über Nacht gleich in der Stadt geblieben.«

»Glänzend!« Rosalino stellte einem umhereilenden Kellner sein leeres Glas aufs Tablett. »Als du mir das Telegramm geschickt hast, wusste ich erst gar nicht, was du meinst. Warum hast du nicht angerufen?«

»Weil ich annahm, dass du sauer auf mich warst.«

»Stinksauer sogar, aber wie wunderbar hast du meine Vorwürfe zerstreut! Ihr seid ein schönes Paar, du und Regula. Ich dachte gleich …«

Rosalino verstummte. Hinter ihnen kam Fräulein Burckhardt auf Peter zu.

»Regula, darf ich dir meinen Onkel vorstellen?« Peter bot ihr den Arm an.

»Ich freue mich, Ihre Bekanntschaft zu machen, Fräulein Burckhardt.« Rosalino machte eine vollendete Verbeugung vor der jungen Frau.

8

Nach einem langen, arbeitsreichen Tag schnürte Léon Seematter die Tanzschuhe auf. Er saß in seinem Wohnzimmer, wo er von Erinnerungen umgeben war. Über dem grün gepolsterten Kanapee hingen gerahmte Fotografien. Die meisten zeigten Seematter selbst, mal als jungen Mann in Tanzpose, mal in Gesellschaft respektabler Berner Bürger oder im Kreise seiner Tanzschüler.

Daneben gab es einige wenige Fotografien einer jungen Frau. Sie posierte in klassischen Ballettkostümen. Die Bilder zeigten sie im Sprung oder während der Hebung im Pas de deux. Ein einziges Foto gab diese Frau privat wieder. Zart, durchsichtig, scheu und jung, auf dem Bild mochte man sie für einsam halten und die Fotografie für den Ausdruck eines Abschieds. Am unteren Rand stand eine hingekritzelte Zeile, inzwischen fast unlesbar, da das Sonnenlicht um die Mittagszeit das Bild ausbleichte.

Seematter warf nur selten einen Blick auf die Fotografien, er trug diese Bilder im Herzen. Das war sein Leben gewesen. Léon Seematter hatte etwas geleistet, worauf er stolz war. Jahr um Jahr fanden sich junge Berner bei ihm ein, um in seinem Etablissement ihrem Lebensglück zu begegnen. Bei ihm hatten sie oft die Frau getroffen, mit der sie später ihr Leben teilten, die ihnen in guten und schlechten Zeiten beistand, die oft genug das Geschäft und die gesellschaftliche Stellung übernahm, wenn der Mann zu früh aus dem Leben gerissen wurde.

Offiziell hatten die Schweizer Frauen noch nicht die Rechte, die sie sich im Rest Europas schon erkämpft hatten. Im Jahr 1959 waren zwar die Kantone Neuenburg, Waadt und Genf bereit gewesen, den Frauen das Wahlrecht zu geben, doch die übrigen Schweizer Regionen zogen nur zögerlich nach. Es würde wohl noch eine Weile dauern, bis Frauen auch das nationale Stimmrecht erhalten sollten.

In seinen vier Wänden im Dachgeschoss über der Tanzschule wohnte Léon Seematter im Bewusstsein seines Lebenswerkes. Er war ein Mann, den Bern brauchte und der Bern viel geschenkt hatte. Deshalb war diese Nacht düster und schwarz für ihn. Wie konnte er sich seiner Erfolge freuen, wenn an diesem Abend sein Monopol zerstört wurde? Er hatte nichts gegen eine zweite Tanzschule in Bern: Die Stadt wuchs ständig, seine Arbeit war kaum noch zu bewältigen. Einen jungen, strebsamen Menschen hätte er bei dessen Vorhaben, ein Tanzinstitut zu gründen, beraten und unterstützt. Aber nicht ihn, nein, diesen Menschen niemals! Viele Jahre lang war Seematter ein Monolith in Bern gewesen und jetzt kam Georges Szell in diese Stadt und veranstaltete als Erstes –

»Eine Beatparty«, knurrte Léon in sein stilles Zimmer.

Seematter war eine Persönlichkeit mit Vergangenheit, aber kein Mann von gestern. Er verfolgte aufmerksam, welche Revolution sich in der Musikwelt gerade abzeichnete. Während der traditionsbewusste

Berner weiterhin in klassische Konzerte ging, Hausmusik machte und sich zu liebgewordenen Weisen im Tanze drehte, war eine neue Generation dabei, dies alles auf den Müll der Geschichte zu werfen.

Schuld daran war der Krieg, so sah Seematter es. Eine Nation in Friedenszeiten pflegte und hegte ihre Traditionen. Normalerweise lernte die junge Generation von der älteren und gab das Erlernte an ihre Kinder weiter. Doch wenn ein Land, ein gesamter Sprachraum vom Erbe seiner Väter abgeschnitten worden war, musste Revolution die Folge sein. Die Deutschen und die Österreicher waren gezwungen, ihre Vergangenheit und ihre Taten der letzten Jahrzehnte zu verleugnen. Das Dritte Reich hatte sich als katastrophaler Irrtum erwiesen, selbst wenn nicht alle Schweizer das so sahen. Die Generation war stigmatisiert. Zum ersten Mal in diesem Jahrhundert, vielleicht überhaupt in der Menschheitsgeschichte verachteten die Jungen ihre Vorväter. Sie verdammten die Generation, die im Weltkrieg für die Hitlerdiktatur gekämpft hatte. Das fand auf vielen Ebenen statt, doch am vernehmlichsten, fand Seematter, auf dem Gebiet der Musik.

Das völkische Gedudel, das die Deutschen in den Nazijahren zu hören bekommen hatten, hing ihnen zum Hals heraus. Sie gierten nach jener Musik, die ihnen verwehrt worden war. Sie kam aus den Ländern des Feindes, von den Briten, den Amerikanern. Hottentottenmusik, sagten viele dazu, ohrenbetäubend, geschmack- und einfallslos. Wie konnten Menschen, die mit Beethoven, Strauß, Mozart und ihren Nachahmern groß geworden waren, zu einer Musik tanzen, die manchmal mit zwei erbärmlichen Harmonien auskam? Wie konnten sie Lieder singen mit Texten wie *Tutti frutti, oh rootie*? Wieso jubelten sie schwarzen Sängern zu, die auf den Namen *Little Richard* hörten und bei jedem Auftritt durch ihr vandalistisches Spiel einen Konzertflügel zerstörten?

Mürrisch zitierte Seematter, in seinem Sessel zusammengesunken, eine andere populäre Textstelle. »*Wop bop a luu bop a lop bom bom.*«

Er studierte diese Musik und ließ sich manchmal neue Schallplatten liefern, um hinter das Geheimnis zu kommen, weshalb die Jugend so etwas faszinierte. »*Tutti frutti*«, knurrte er und seufzte zugleich wohlig, weil er endlich die Tanzschuhe abgestreift hatte.

Er wollte seinen geschundenen Füßen heute Abend ein Fußbad gönnen. Vielleicht lenkte ihn das von der Tatsache ab, dass in diesen Stunden die Hottentottenmusik Einzug in Bern hielt. Georges Szell war sich nicht zu schäbig, seine Schule mit diesen Klängen zu eröffnen. Er biederte sich den Bernern und Bernerinnen an, indem er ihnen das haltlose Getrampel schmackhaft machte, das dazu die einzig mögliche tänzerische Form darstellte. Szell wusste natürlich, dass er anders gegen Seematter nicht hochkommen würde. Er trat als Rattenfänger von Bern auf, der die jungen Leute mit Pop, Beat und Rock in seine Falle lockte. Billig und erbärmlich fand Seematter diese Haltung, so wie Georges Szell immer schon billig und erbärmlich gewesen war.

Léon bewegte die befreiten Zehen in den Socken. Ach, wie gut das tat!

Es klingelte draußen.

»Was ist denn jetzt schon wieder?«

Es klingelte zum zweiten Mal.

»Hat man nicht einmal nach Kursende seine Ruhe?«, fluchte er, war aber doch neugierig genug, aufzuspringen und auf Socken zum Eingang zu laufen.

Ein drittes Klingeln.

»Ja! Jaa!«, schrie er dem Unbekannten vor der Tür zu und öffnete. »Ach, Sie sind es?«, fragte Seematter verblüfft. »Woher kennen Sie meine Privatadresse?«

»Adresse?«, entgegnete Heidi. »Ihre Wohnung liegt gleich über der Tanzschule.«

»Was wünschen Sie?«

»Ich möchte Sie sprechen, Herr Seematter.«

»Nicht außerhalb der Kursstunden. Wenn ich jedem Schüler und jeder Schülerin nach Kursende eine Audienz geben würde, käme ich ja überhaupt nicht mehr zur Ruhe.«

»Ich bin sicher, mir werden Sie eine *Audienz* gewähren, Herr Seematter.«

»Wieso?« Als kleiner, massiver Block blieb Léon in der Tür stehen, nicht willens, sie einzulassen. »Was bringt Sie zu der Annahme, Fräulein …«

»Maisonge«, sagte sie leise, aber deutlich. Heidi trat ins Licht der Treppenhausbeleuchtung.

In diesem Moment erfasste Seematter ein so namenloses Staunen, eine so existentielle Verwirrung und wilde Panik, dass er nach Luft schnappte, sich mit der Hand an die Stirn fasste und hauchte: »Mein Gott. Ach, du lieber Gott.«

Die Tränen schossen ihm unkontrolliert in die Augen. All das Gefühl, das er für Jahrzehnte in sich verschlossen hatte, brach in diesen Sekunden an die

Oberfläche. Léon Seematter weinte vor der jungen Frau.

»Maisonge heißen Sie?«

Heidi, selbst erstaunt über die unerwartete Reaktion, nickte nur.

»Und wie noch?«

»Heidi.«

»Heidi – Heidi«, wisperte Seematter. »Heidi Maisonge«, flüsterte er, als spräche er den Namen einer Heiligen aus. »Dann sind Sie ja … Aber dann bist du ja … ihre Tochter?«

»Das stimmt.«

»Heidi –« Plötzlich verhärtete sich Seematters Blick. »Aber wieso denn? Du … Sie waren vorhin im Anfängerkurs, und auf Ihrer Tanzkarte stand ein anderer Name.«

»Ich weiß. Ich habe mich mit einer fremden Karte bei Ihnen hereingeschwindelt, Herr Seematter, weil ich Angst hatte, Sie würden mich sonst nicht einlassen.«

Er zog ein Taschentuch aus der Hose und wischte sich die Augen ab. »Ach so war das.« Seematter wollte ihr ja glauben, er konnte gar nicht anders, als ihr zu glauben. Die Wahrheit schien zu offensichtlich: Mund, Nase, Stirn, sogar der Haaransatz des Mädchens stimmten genau. Ihm war, als träte Nelly durch seine Tür, Nelly Maisonge, Seematters größte, seine einzige Liebe, der er alles, auch sein Leben opfern hätte wollen, wenn sie ihm die Chance gegeben hätte.

»Komm herein. Komm, komm nur.« Er bat sie in den Vorraum. »Das ist mein kleines *Royaume des cieux,* mein Himmelreich«, fuhr er fort, denn wenn dieses Mädchen wirklich Nellys Tochter war, musste

Französisch ihre Muttersprache sein. »Hier draußen ist die Wohnung recht einfach, aber drinnen habe ich es sehr gemütlich. Bitte, komm.«

Heidi ließ ihn vorgehen.

»Ich hoffe, es stört dich nicht, dass ich die Schuhe ausgezogen habe«, sagte er über die Schulter. »Weißt du, in meinem Metier, da haben die Füße viel zu erdulden.« Er lachte und erwartete, dass sie ebenfalls lachte.

Heidi tat ihm den Gefallen.

»Sobald ich nach Hause komme, ist das Erste, die Schuhe loszuwerden. Wenn es endlich geschafft ist, höre ich regelrecht die Engel singen.« Seematter war plötzlich von einer Lustigkeit, Spritzigkeit und Emporgehobenheit, bis er plötzlich einen Tropfen Misstrauen in seine Magengrube fallen spürte. »Moment.« Er führte die Besucherin ins Licht. »Wenn du wirklich Nellys Tochter bist, dann wärest du ja ...« Er holte tief Luft. »Dann bist du natürlich auch *seine* Tochter. Nicht wahr, so ist es doch?«

»Ja, ich bin seine Tochter, aber ...«

Seematter, der Panther, sprang auf Heidi zu. »Hat er dich hergeschickt? Hat er, hat er?« Sie wich vor ihm zurück. »Ist das seine Intrige, sein durchtriebenes Gaunerstück, in Bern eine Tanzschule zu eröffnen, mir Konkurrenz zu machen und gleichzeitig seine Tochter zu mir zu schicken, um mich zu besänftigen und davon abzuhalten, ihm meinen Fehdehandschuh entgegenzuschleudern?«

»Nein, Herr Seematter.« Heidi stand mit dem Rücken zur Wand. Sie hatte Angst vor dem stämmigen kleinen Mann. »Georges weiß überhaupt nicht, dass ich hier bin.«

»Georges …?!« Der verhasste Name. »Weshalb kommen Sie sonst?«, fuhr er sie an.

»Ich wollte den Mann kennenlernen, den meine Mutter in Wahrheit geliebt hat.«

Wenn Léon vorhin von Engeln gesprochen hatte, waren plötzlich wahrhaftige Engelsscharen um ihn. Der Cherubim des Glücks, der Seraphim der Liebe, all die Erzengel, die sein Leben von diesem Augenblick an zu einem gesegneten Leben machten. Nelly hatte Léons Liebe erwidert; ihre Blicke, Nellys Worte waren also doch die Zeugen ihrer Zuneigung gewesen. So viele Jahre lang hatte er annehmen müssen, dass sie ihm gegenüber abweisend war, denn sie hatte den anderen geheiratet, den angeberischen Georges mit seinem gelockten Haar, seiner mannhaften Figur, seinem gewinnenden Auftreten. Georges Szell, das umschwärmte Männerbild, während die Leute oft genug über ihn, Seematter, und seine Statur gekichert hatten. Nichts mehr davon, ab heute nicht mehr! Die Wahrheit kam ans Licht. In der Person Heidis trat die Wahrheit durch Léons Tür. Nelly Maisonge hatte ihn geliebt.

»Bitte, nimm doch Platz. Hast du Hunger?«, fragte er und zog den Vorhang zur Kochnische auf.

Erst seine Frage machte Heidi deutlich, dass sie seit dem Schinken-Käse-Toast nichts mehr gegessen hatte. »Oh ja, sehr.«

»Weißt du was? Ich mache uns jetzt ein schönes Ham-and-eggs. Das kann ich nämlich gut, du wirst sehen.«

Heidi folgte ihm in die schmale Küche. »Kochen Sie denn immer für sich selbst, Herr Seematter?«

»Nein. Zu Mittag gehe ich ins Hutterli. Man kennt

mich dort und serviert mir das Mittagsmenü, ohne dass ich zu bestellen brauche. Nur abends, da mache ich mir manchmal eine Kleinigkeit zurecht.«

»Haben Sie niemanden, der für Sie kocht?« Sie sah zu, wie er von der Schinkenwurst schmale Schnitze heruntersäbelte, zwei Eier in einer Tasse aufschlug und verquirlte.

»Doch, ich habe jemanden, Frau Renoldner, aber die kommt nur am Nachmittag und macht sauber.«

»Verheiratet waren Sie nie?« Es war Heidi herausgerutscht, sie bereute die Frage im nächsten Augenblick. Zu ihrer Überraschung antwortete er mit großer Wärme.

»Wer diese Frau einmal gekannt hat, wer meine Nelly gekannt hat, deine Mutter, der schaut nie wieder im Leben eine andere an.«

»Das ist schön, was Sie sagen.«

»Es ist gleich so weit, das Ham-and-eggs.« Die Pfanne stand auf dem Herd, die blaue Gasflamme züngelte, Butter schmolz und knisterte, Schinken und Ei wurden gleichmäßig verteilt.

»Ich habe einen Bärenhunger«, gab Heidi zu.

Er hob die Eierspeise an mehreren Stellen an, damit sie nicht anbrannte. »Heute Abend hat dein Vater seine Eröffnung, nicht wahr?«

»Das stimmt.«

»Wieso bist du dann nicht dort?«

»Ich will da nicht hingehen.«

»Warum?« Aus dem Fässchen auf dem Bord nahm er eine Prise Salz und streute sie in die Pfanne.

»Mein Vater und ich, wir verstehen uns nicht besonders gut. Deshalb hat er mich ja auch in ein Internat gesteckt.«

Seematter hielt im Kochen inne. »Abgeschoben hat er dich? Sein eigenes Kind?«

»Georges hat inzwischen eine neue Frau«, erwiderte sie leise.

»Was?« Seematter packte den Pfannengriff, vergaß, dass das Gusseisen glühend heiß war, und fuhr zurück. Er hielt die Finger unter fließendes Wasser. »Solange Nelly schön und begehrenswert war, schmückte er sich mit ihr, aber als sie krank wurde, als sie nur noch dahindämmerte, da hat er sie …?!« Er trocknete sich die Hände ab. Mit einem Topflappen fasste er die Pfanne erneut. Léon Seematter stand da, die Pfanne wie einen Faustkeil erhoben, der kleine Mann, der Derwisch im Ballett, die Hexe im Weihnachtsmärchen, doch seine Empörung war riesig und zugleich tief wie das Meer.

»Ich wusste es nicht«, sagte er. »Ich hatte keine Ahnung, dass es Nelly so schlecht ging. Ich habe alles erst später erfahren.«

Seematters Hände zitterten. Heidi nahm ihm die Pfanne ab. »Ich weiß auch nur wenig darüber. Als es geschehen ist, war ich ja noch so klein.«

Obwohl Seematter wegen Nellys Schicksal tief und wahrhaftig durchschauert wurde, holte er zwei Teller aus dem Schrank, Besteck, einen Laib Brot und das Messer. »Und dein Vater, war er bei ihr, als Nelly …?«

Heidi stellte die Pfanne auf den Untersetzer im Salon. »Ich glaube nicht.«

»Wieso nicht?«

»Er war damals schon … Er hatte die neue Frau schon kennengelernt.«

»Während Nelly im Sterben lag?« Die Teller entglitten Seematter, fielen zu Boden und zerschellten.

Er sprang auf Heidi zu. »Dieses Monster! Dieser erbärmliche Charakter, für den ich ihn immer gehalten habe!«

Heidi wollte die Scherben aufheben.

Er sank neben ihr auf die Knie. »Lass nur, ich mache das schon. Du schneidest dich sonst.«

Als er schließlich aufstand, wurde ihm schwindlig. Seematter bebte am ganzen Körper. »Heidi –« Er drohte zu stürzen.

Sie öffnete ihre Arme und hielt den kleinen Mann fest. Sie fühlte seine Wärme, fühlte die Freude, weil Heidi heute zu ihm gekommen war.

9

Rosalinos Pläne waren Peter herzlich egal. Geld kümmerte ihn wenig, solange sein Onkel genügend davon hatte. Trotzdem ließ Peter den Onkel in dem Glauben, er habe die Burckhardttochter aus Kalkül auf die Party begleitet.

Weshalb war er wirklich mit Regula in die Brunngasshalde gekommen, statt mit dem Mädchen, das mit Stiefeln warf? Während der Tanzstunde hatte er sie beobachtet. Mit ihrem langen kastanienbraunen Haar gefiel sie ihm noch immer. Er war überzeugt gewesen, ihr auf der heutigen Party zu begegnen. Doch das Fest ging seinem Ende zu, und sie war nicht aufgetaucht.

Peter fand in Regula Burckhardt ein Wesen, das ihn seltsam berührte. Sie war sehr jung, mädchenhaft, ja kükenhaft, und doch spürte er bei ihr eine Verbindung zum Eigentlichen, zum Wesentlichen. Regula sprühte nicht vor Fantasie, sie plauderte nicht wie andere über jugendliche Sensationen. Regula war still, besonnen und trotz der wirbelnd sprunghaften Veranstaltung, die sie zusammen besuchten, seltsam bei sich. Wo sie stand, da stand sie. Was sie sagte, waren vielleicht nur kleine Einsichten, aber sie ergaben Sinn. Das war es, was Peter am besten an ihr gefiel, das Wahre, das Pure. Er selbst kam sich manchmal wie eine Feuerwerkstüte vor, die gleich platzen musste, so viel dummes Zeug steckte in seinem Kopf, so viele irisierenden Gefühle verschlangen sich in seinem Inneren. Wie seine Kleidung war auch er selbst ein Hans Dampf in allen Gassen. Sein Onkel hatte recht, wenn er sagte, Peter sei nichts, er könne nichts und interessiere sich für viel zu wenig. Peters magere Philosophie, sich durch das Leben treiben zu lassen, verlor in Gegenwart Regulas jeglichen Glanz. Dann durchschaute er sich als verzogenen, meist gelangweilten, oberflächlichen Bengel. Regula war das komplette Gegenteil. Ein unerklärlicher Zufall hatte sie zusammengeführt, so sonderbar, dass Onkel Rosalino natürlich annehmen musste, Peter habe die Begegnung geschickt eingefädelt.

Er wandte sich zu dem Stehtisch, wo Rosalino und Regula sich angeregt unterhielten. Der ergraute Faun, der Rennfahrer, der nur an Männern Gefallen fand, kam bei dem jungen Mädchen so in Fahrt, als werfe er sich als Verehrer selbst ins Zeug. Peter stand währenddessen am Tresen und wartete auf die beiden Rivellas, die er und Regula trinken würden. Rosalino wollte Weißwein. Die Kellnerin hinter dem Ausschank war von dem Andrang hoffnungslos überfordert.

»Wir kommen jetzt zum angekündigten Höhepunkt!«

Als Peter die Stimme des Hausherrn aus den Lautsprechern hörte, verdrehte er die Augen. Es wurde nun wirklich zu viel. Tanzmeister Szell hatte kein Gespür dafür, wieviel des Guten er seinem Publikum zumuten durfte. Die jungen Leute waren erschöpft. Sie wollten nicht noch einen Tanz erlernen, sich nicht noch eine Schrittfolge merken, die sie morgen ohnehin wieder vergessen haben würden.

In einer Ecke saß Johnny, der Sänger. Seine Trendsetters hatten sich zerstreut, Johnny kam sich sichtlich überflüssig vor.

Da es an der Bar noch dauern würde, schlenderte Peter zum Bandleader. »Wann seid ihr denn wieder dran?«

»Keine Ahnung.« Johnny sprach den schweren Luzerner Akzent, der sich vom Berndeutsch deutlich unterschied. »Nur gut, dass uns Szell zu Beginn bezahlt hat. Sonst findet er vielleicht noch, wir hätten für unser Honorar zu wenig gearbeitet.«

»Er ist selbst schuld daran.«

Johnny machte eine mutlose Geste in den Saal. »Sag ihm das mal. Jetzt bin ich müde und betrunken. Wo meine Jungs sind ... Wer kann das sagen?«

Nebenan betrat Georges Szell die Bühne, seine Partnerin bediente den Plattenspieler. »Liebe Gäste, nun folgt der Slop, auf den ihr bestimmt schon gewartet habt!«, rief Georges.

An der Reaktion der Anwesenden hätte er erkennen müssen, dass sie auf so Manches warteten, doch bestimmt nicht auf den Slop. Unerbittlich fuhr Georges fort. »Die Arme werden zunächst angewinkelt an den Körper gelegt. Wir starten vom linken Fuß zu einem Seitwärtsschritt.«

Corinne setzte die Nadel auf die Langspielplatte.

* * *

Der Gehweg an der Häuserfront der Brunngasshalde war zu schmal, um von dort zu den Fenstern des Gewerbegebäudes hochzusehen. Heidi stand auf der gegenüberliegenden Straßenseite, den Kopf zurückgelegt, den Blick erhoben. Im dritten Stock hämmerte die Musik, Gitarren kreischten, die Bassfrequenzen ließen die Fensterscheiben klirren. Lauter noch als die Musik hörte sie eine Stimme. Seine verhasste Stimme.

Jahrelang hatte Heidi mit sich und dem Gefühl gegen ihren Vater gerungen. Im Internat war sie christlich erzogen worden. Eine Tochter hatte ihren Vater nicht zu hassen, sie durfte nicht auf ihn herabsehen und brachte ihm auch keine Verachtung entgegen. Eine Tochter konnte anderer Meinung sein als der Vater, eine andere Richtung einschlagen als er, aber hassen durfte sie ihn keinesfalls. Nicht so wie Heidi Georges hasste.

Dieser dumme, eitle Mensch, der von Musik nichts verstand, sie aber für seine Zwecke missbrauchte, der sich den Strömungen und Veränderungen, die neue Musik in diesen Jahren durchlief, anbiederte.

Heidi hatte ihre Bildung nicht nur in Geschichte, Naturkunde und Politik gut genützt, sondern auch auf diesem Gebiet. Sie wusste das Neueste und das Älteste. Die aktuelle Musik ging auf die amerikanische Countrymusic zurück, der wiederum der Rythm and Blues zugrunde lag. Das Ergebnis war der Rock 'n' Roll gewesen. Bill Haley hatte dem Rock 1954 mit seinem *Rock around the clock* zum internationalen Durchbruch verholfen. Heidi kannte nicht nur die berühmtesten Vertreter – Elvis, Chuck Berry, Jerry Lee Lewis, Little Richard –, sie hatte deren Musik analysiert.

Stets lief die Tonfolge nach dem gleichen Schema ab: Grundton, Subdominante, Dominante, Coda. Rock 'n' Roll war eine Richtung, die nicht dazu diente, Musik zu genießen und ihren Feinheiten zu folgen;

kein Mensch setzte sich in Ruhe hin und *lauschte* Rockmusik. Man machte sich damit heiß, geriet in Dampf, man wollte Ekstase, und bald konnte man nicht anders, als Arme und Beine im Rhythmus des Beat von sich zu werfen, herumzuspringen und mit dem ganzen Körper zu zappeln. Diese Musik mündete nicht in einen Tanz, sie wurde zum Sport. Ziel und Aufgabe der Rockmusik war die körperliche Betätigung.

Dieser Effekt wäre unmöglich zu erreichen gewesen, hätte man Rock 'n' Roll auf traditionellen Instrumenten gespielt. Selbst ein Symphonieorchester wäre zu sensibel, zu zart, vor allem aber zu leise dafür gewesen. Der Rock brauchte Lärm, er brauchte elektrische Verstärkung. In den fünfziger Jahren wurde die Gitarre als neues Leadinstrument etabliert und verdrängte das bis dahin gebräuchliche Saxofon. Eine traditionelle Gitarre wäre nicht imstande gewesen, akustisch zu führen. Daher wurde eine Peripherie neuer technischer Geräte erfunden. Der Tüftler Leo Fender kreierte mit seiner *Telecaster* die erste Solidbody-E-Gitarre, die das lästige Feedback reduzierte, das bei Gitarren mit Vollresonanzkörper auftrat. Später setzte Fender mit dem ersten E-Bass einen weiteren Maßstab. Jim Marshall sorgte seit Beginn der sechziger Jahre mit seinen Verstärkern und Lautsprecherboxen für den Klang im erforderlichen Dezibelbereich. Außerdem wurden die auf E-Gitarren benutzten Banjo-Saiten durch dünnere, leichter zu spielende Metallsaiten ersetzt. Fender und Marshall arbeiteten mit Gitarristen wie Jimi Hendrix und Pete Townshend zusammen.

Solche Fakten hatte sich Heidi theoretisch angeeignet. Doch um die Musik vollends zu begreifen, brachte sie sich selbst das Gitarrenspiel bei. Sie fand es einfach; mit ein bisschen Übung konnte jedes Kind die simplen Griffe beherrschen. Heidi nützte ihre Freizeit im Internat, um zu üben. Sie hörte sich die neuesten Platten an und spielte sie nach. Die Musik war simpel, fand sie, oft bis zur Langeweile. Woran lag es, dass der Rock weltweit solche Begeisterung auslöste? Warum wurden Strawinsky, Penderecki, Honecker, Hindemith und andere Schöpfer neuer Musik in die Abstellkammer des *Komplizierten* verbannt, während der Rock den Globus eroberte? Die Strömung kam längst nicht mehr nur aus England und den USA. Es gab deutsche, französische, sogar schweizerische Bands. Heidi wusste das, sie hatte sich damit beschäftigt. Georges dagegen wusste nichts. Er folgte dem allgemeinen Strom, weil er Geld damit verdienen wollte.

Sie entspannte die Nackenmuskeln; vom langen Hinaufstarren war ihr Hals steif geworden. Immer noch rief die verhasste Stimme oben ins Mikrofon.

»Und noch einmal! Links – slop slop slop – und rechts – slop slop slop – und links slop slop slop! – Bei den Meisten funktioniert das schon ganz gut!«

Ein unangenehmes Quietschen war bis auf die Straße zu hören, Rückkoppelung. Heidi sah sich um. Niemand in den umliegenden Häusern schien sich über den Lärm aufzuregen. Die Fenster blieben dunkel. Es war geschickt von Georges, in das Gewerbegebäude auf der Brunngasshalde zu ziehen.

Heidi nahm ihre Verachtung für den Mann hinter den Fenstern auf ihrem Weg in die Jugendherberge mit.

NELLY

10

Am 17. September 1947 eröffnete das Stadttheater Bern seine Spielzeit mit der Oper *Stradella* von Friedrich von Flotow. Da dies ein kurzes Werk war, ergänzte man den Abend mit einem besonderen Genuss: Das Ballett des Stadttheaters brachte die *Puppenfee* zur Premiere. Die Titelrolle tanzte Fräulein Pagliero, die Primaballerina des Hauses. In der Rolle des Puppenmachers las man Herrn Léon Seematter auf dem Besetzungszettel.

Die letzten Proben gestalteten sich hektisch, wie sich letzte Proben zu gestalten hatten, doch man war zuversichtlich für den Premierenerfolg. Bis zu jenem Moment während der Hauptprobe, als Fräulein Pagliero ihrem Bühnenpartner vor dem Auftritt scherzhaft einen leichten Fußtritt versetzte. Herr Hamme, der erste Solotänzer, machte den Spaß mit, hielt Fräulein Paglieros Fuß fest und drehte sich dabei zu ihr um. Im Eifer des Gefechts kugelte er dabei das Knie der Primaballerina aus. Der Schmerzensschrei, den sie ausstieß, sei angeblich bis auf die Straße zu hören gewesen. Der herbeigeeilte Theaterarzt stellte fest, was jeder ahnte: Fräulein Pagliero würde die Premiere nicht tanzen können und vor Weihnachten überhaupt nicht mehr an die Arbeit zurückkehren.

Nachdem der Intendant, Herr Kohlund, der Tänzerin ausgiebig sein Bedauern ausgedrückt und den ersten Solotänzer mit einer Konventionalstrafe belegt hatte, eilte er ans Telefon, um das Kunststück zu wagen, innerhalb von zwei Tagen einen Ersatz für die Puppenfee zu besorgen, eine Tänzerin, die imstande sein sollte, sich in Windeseile mit der Choreografie vertraut zu machen.

Nur zwei Jahre nach dem Weltkrieg waren dessen Folgen noch lange nicht überwunden. Viele Ballettkompanien hatten sich aufgelöst, männliche Tänzer hatten an der Front gekämpft und waren gefallen. Tänzerinnen hatten ihre Familien durchbringen müssen, manche waren an Typhus gestorben, andere durch Unterernährung. Obwohl die Schweiz nicht an den Kampfhandlungen teilgenommen hatte, obwohl die Puppenfee ein häufig gespieltes Repertoirestück war, obwohl Kohlund Agenten in Österreich, Deutschland und Frankreich anrief, gelang es ihm nicht, einen Ersatz für seine Eröffnungspremiere zu finden.

Léon Seematter galt seit Jahren als solides Ensemblemitglied der Ballettkompanie. Man schätzte den kleinen, unauffälligen Tänzer, der sich nie darüber beschwerte, dass er eher unbedeutende Rollen bekam und oft im Hintergrund wirkte. Das lag weder an seinem Talent noch an seiner Technik; es war einfach schwer, sich Léon Seematter als Prinz in *Schwanensee* vorzustellen. Meistens tanzte er in dem Stück Benno, den guten Freund des Prinzen. Seematter galt als Stabilisator innerhalb des Ensembles. Kollegen kamen mit ihren Problemen zu ihm, er genoss das Vertrauen des Intendanten.

Nachdem die Generalprobe der Puppenfee zwar stattgefunden hatte, die Soloauftritte der Titelfigur aber übersprungen worden waren, wandte sich Seematter an Herrn Kohlund.

»Herr Direktor –« Er trug noch Kostüm und Maske des Puppenmachers, wenngleich sich der Schnurrbart gelöst hatte und die Perücke schief saß. Während der Arbeit schwitzte Seematter stark; vielleicht aus diesem Grund ließ er bei der späteren Gründung seiner Tanzschule als Erstes einen Parfumautomaten installieren.

»Machen Sie's schnell, Seematter«, entgegnete der angespannte Intendant. »Ich muss die Kasse anweisen, die Premierenkarten zurückzunehmen und unseren Abonnenten das Eintrittsgeld zu erstatten.«

»Das brauchen Sie nicht, Herr Direktor.«

Seematter legte sich ein Handtuch um den Hals, er wollte sich im zugigen Zuschauerraum nicht verkühlen.

»Wollen Sie mir bitte erklären, wie ich ohne Puppenfee das Ballett *Puppenfee* aufführen soll?«

»Es gibt jemanden, der die Premiere tanzen kann, Herr Direktor.«

»Das wäre das größte Wunder, das Bern je gesehen hätte.«

»Ich kann Ihnen dieses Wunder liefern«, antwortete Seematter optimistisch.

»Sagen Sie's schon.«

»Nelly«, erwiderte er. »Nelly hat die Puppenfee mitstudiert.«

»Nelly Maisonge, unsere kleine Nelly aus dem Corps?«, konterte der Direktor entgeistert. »Sie war nicht einmal die Zweitbesetzung für Fräulein Pagliero. Wie soll sie in nur einem Tag …?«

»Sie hat zwischen den Proben an der Rolle gearbeitet«, erklärte Seematter. »Natürlich hat sie nicht damit gerechnet, sie tatsächlich zu tanzen.«

»Das wird sie auch nicht«, schloss Kohlund kategorisch aus.

»Warum?«

»Eine Anfängerin in der Rolle der Primaballerina? Das hat es noch nie gegeben.«

»Morgen Abend könnte es das geben.« Seematter hatte nicht die Aura eines Revolutionärs, doch in diesem Moment forderte er den Umsturz alter Theatergesetze. »Auf Ihrer Bühne, Herr Direktor.«

Kohlund sagte Nein und ging in sein Büro. Doch Seematters Idee hatte ihre Wirkung nicht verfehlt. Nach halbstündiger Überlegung ließ Kohlund den Korrepetitor kommen, außerdem den Hausdramaturgen und Fräulein Nelly Maisonge.

»Versprechen Sie sich bitte nicht zu viel davon, Mademoiselle«, sagte der Intendant. »Ich erfahre, dass Sie die Puppenfee mitstudiert haben. Das finde ich löblich. Sie sind ein engagiertes Mitglied meines Corps de Ballet, ich will Ihnen aber nicht verhehlen, dass ich Sie für eine Hauptrolle noch nicht bereit finde.«

»Das sehe ich genauso, Herr Direktor«, antwortete Nelly mit ihrem federnden französischen Akzent.

»Gut, dass Sie sich keinen falschen Illusionen hingeben. Dann lassen Sie mal sehen, Mademoiselle.« Er gab das Zeichen, der Korrepetitor solle den Walzer in Es-Dur anstimmen.

Nelly Maisonge war vor Kurzem zwanzig Jahre alt geworden, zart von Wuchs, ein wenig zu groß für das Idealmaß eines Corpsmitglieds; die jungen Damen hatten als homogene Gruppe aufzutreten.

Weder sie noch die Direktion wussten, dass Léon Seematter, hinter einer Säule verborgen, dem Vortanzen zusah. Er liebte Nelly aus tiefster Seele. Ihm war noch nie eine Frau begegnet, die eine so vollkommene Grazie, Schwerelosigkeit und das Wesen einer Sylphide verkörperte. Diese Frau wollte er lieben, ohne jemals eine Gegenliebe von ihr zu erwarten. Léon war ein realistischer Mensch, er wusste um sein Aussehen. Manchmal trat er im Kostüm eines Bauern oder eines Soldaten vor den Spiegel der Künstlergarderobe und bestätigte sich selbst, dass er ein kleiner, wenig beeindruckender Mann mit einem Hang zur Korpulenz war. Sein Haupthaar wich zurück, weshalb er es von hinten nach vorn frisierte.

Und doch durfte er behaupten, dass Nelly und er vor Kurzem Freunde geworden waren. Respektvoll verbarg er seine Liebe vor ihr, stand ihr aber in allem mit Rat und Tat zur Seite. Von den männlichen Kollegen des Balletts hatte er kaum Konkurrenz zu befürchten, da sich die wenigsten von ihnen für Tänzerinnen interessierten.

Der Walzer in Es-Dur erklang. Nelly begann mit einigen raschen Fouettés, setzte zu den ersten Sprüngen an, absolvierte sie makellos, ließ einen Grand écart folgen und beeindruckte durch ihre perfekte Schulterführung. Sie tanzte das komplizierte Solostück mit nur einem Fehler, als sie sich in der Taktzahl irrte und zu früh einsetzte, diese Ungenauigkeit aber elegant überspielte.

Nachdem sie geendet hatte, steckten die Herren im Zuschauerraum die Köpfe zusammen, minutenlang, so lange, bis Nelly an die Rampe trat.

»Entschuldigung, darf ich mir etwas überziehen, Herr Kohlund? Ich verkühle mich sonst.«

Der Intendant stand auf. »Natürlich. Bitte entschuldigen Sie, Mademoiselle Maisonge«, rief er mit ungewohnter Höflichkeit und eilte durch den Mittelgang auf sie zu. »Darf ich Sie in zehn Minuten in meinem Büro erwarten?«

Nelly tanzte die Premiere und erzielte damit jenen Durchbruch, den niemand außer Léon Seematter ihr zugetraut hätte. Sie war zwanzig Jahre alt und erst seit drei Jahren im Berufsleben. In den Tagen darauf passierte das, wovon jeder und jede am Theater träumte, Schauspielerinnen, Tänzerinnen, Sängerinnen – Nelly Maisonge bekam Anrufe, eine Menge Anrufe, sie telefonierte im Halbstundentakt. Es meldeten sich vorwiegend Agenten, aber auch Intendanten waren darunter. Jeder erkundigte sich, was Nellys Pläne wären. Sie wusste keine Antwort darauf, weil sie bis jetzt keine Pläne gemacht hatte, die über ihr Engagement am Stadttheater hinausgingen. Sie fühlte sich hier bestens aufgehoben. Nelly wollte sich in Bern von Premiere zu Premiere emporarbeiten und eines Tages vielleicht Primaballerina werden.

Die findigen Agenten gaukelten ihr andere Szenarien vor. Nelly müsse die großen Rollen tanzen – Coppélia, Schwanensee, Nussknacker – und zwar sofort. Das wäre eine Sensation, wenn eine so junge Tänzerin schon solches Talent zeigte. Nelly dankte für das Interesse und legte auf.

Wie schon öfter in problematischen Situationen wandte sie sich an ihren Freund und Kollegen Léon. »Die wollen, dass ich in Bern aussteige«, erklärte sie lachend. »So eine verrückte Idee!« Freundschaftlich hakte sie den Kollegen unter, während sie an der Aare entlangspazierten.

»Obwohl du noch sehr jung bist, hast du das Talent, die großen Partien zu tanzen«, begann er.

»Das glaube ich auch, aber doch nicht jetzt gleich.«

Seematter tat einige schweigende Schritte. »Weißt du, wie das alte Sprichwort lautet?«

Nelly wusste es nicht.

»Es ist nicht schwer, große Rollen zu spielen, es ist schwer, große Rollen zu kriegen«, sagte er. »Aus deinem Berner Vertrag würdest du bestimmt irgendwie herauskommen. Wenn du wirklich gehen willst, kann Kohlund dich nicht halten. Der Mann ist Realist. Solltest du tatsächlich Angebote aus Zürich oder Wien bekommen, weiß er, dass er die schlechteren Karten hat.«

Nelly blieb stehen. »Du rätst mir also, zu gehen?«

Er nahm ihre beiden Hände. »Ich rate dir, zu bedenken, wie kurz die Spanne ist, die uns in diesem Beruf geschenkt wird. Als Primaballerina hast du vielleicht fünfzehn gute Jahre vor dir. Danach wird es mit jedem Jahr schwerer. Deine Füße sind am Ende, dein Kreuz macht das tägliche Training nicht länger mit. Außerdem drängen bereits die Jungen nach, die dich genauso ablösen werden, wie du die Pagliero abgelöst hast. Vielleicht willst du dann ein Kind bekommen, eine Familie gründen.« Mit gütigem Lächeln sah Léon sie an. »Jetzt ist deine Zeit, Nelly. Nur jetzt. Nütze sie. Man bietet dir den Flug zu den Sternen. Flieg los! Du kannst es.«

Sie musterte ihn aus Augen, die dunkel vor Ernst waren. »Ich wollte aber gar nicht fort von hier, Léon. Ich bin gern in deiner Nähe.«

»Ich bin auch gern in deiner Nähe«, erwiderte er und war sicher, sie müsse sein Herz klopfen hören.

»Du bist mir der liebste Mensch«, sagte Nelly nach einer angespannten Pause. »Der liebste von allen.« Sie küsste ihn auf die Wange, hakte Léon unter und setzte den Spaziergang fort.

* * *

Georges Szell hatte in seinem jungen Leben schon so viele Berufe ausprobiert, dass er ehrlich genug war, sich selbst als Chamäleon zu verspotten. In der französischen Schweiz hatte er vom Krieg nur so viel mitbekommen, dass die Armée Suisse zwar nicht mit einem Angriff Nazideutschlands rechnete, ihre Grenzen aber im Westen, nach dem deutsch besetzten Teil Frankreichs hin, verstärkten. Georges war nicht Soldat geworden. Er fand alles Militärische bestenfalls wegen der schneidigen Uniformen interessant, doch die Schweizer Uniformen waren alles andere als schneidig.

Georges war so etwas wie eine männliche Marketenderin gewesen. Er fuhr mit allerlei Waren zwischen den Regimentern umher und verkaufte Kämme, Taschenmesser, erotische Bildchen, Kaugummi und Schnaps. Das Geschäft lief schleppend und ernährte seinen Mann gerade so. Daher verdingte sich Georges, der eine passable Stimme hatte, als Sänger für Radiosendungen, die damals live ausgestrahlt wurden. Bis zum Ende des Krieges setzte man ihn auch als Conférencier bei bunten Abenden ein. Nachdem das Dritte Reich gefallen war, füllte sich die Schweizer Kulturszene wieder mit Künstlern, die gesund von den Fronten zurückgekehrt waren. Ein mageres Talent wie Georges Szell wurde nun nicht mehr gebraucht.

Es ging ihm schlecht. Nichts wollte ihm gelingen. Georges war erst in seinen Zwanzigern, doch der permanente Misserfolg nagte an seiner Ausstrahlung eines leichtlebigen jungen Mannes. Er kam an einen Punkt, an dem er keinen anderen Ausweg mehr sah, als sich an den Agenten Hans von Liebenfels zu wenden, der Georges einmal nach einer Radiosendung angesprochen hatte. Liebenfels war von Österreich in die Schweiz emigriert, wo er die dunklen Jahre gut überstand. Nach dem Krieg kehrte er nach Wien zurück und setzte seine Tätigkeit erfolgreich fort. Bei ihrer Begegnung hatte er keinen Hehl daraus gemacht, dass er an dem jungen Szell nicht als Künstler interessiert war. Georges hatte abgelehnt.

Mittlerweile konnte er sich nicht mehr leisten, irgendetwas abzulehnen. Er kratzte seine letzten Mittel zusammen und leistete sich die Fahrt dritter Klasse nach Wien. Hans von Liebenfels schenkte den Nöten des jungen Mannes Gehör. Er war allerdings nicht so schäbig, sie auszunützen, sondern erklärte, er brauche einen Vertreter für seine Agentur in Genf. Georges sagte zu und schlief in überschwänglicher Dankbarkeit sogar einmal mit Herrn von Liebenfels.

Georges Szell mietete ein elegantes Büro in Genf und führte die Aufträge aus, die Liebenfels ihm von Wien aus übertrug. Eine dieser Aufgaben bestand darin, zu erkunden, was es mit jenem ungewöhnlichen Talent in Bern auf sich habe. Die junge Tänzerin hieß Nelly Maisonge und hatte sich noch für keine Agenturvertretung entschieden. Georges sollte nach Bern fahren und persönlich mit ihr sprechen.

Nach mehreren erfolglosen Versuchen, sich mit ihr zu verabreden, fuhr Georges kurzerhand in die Hauptstadt, fing Nelly Maisonge am Bühneneingang ab und stellte sich als Vertreter der renommierten Agentur Liebenfels vor.

Die Tänzerin trat an der Seite eines untersetzten Tänzers aus dem Theater. »Ich kann jetzt nicht«, lehnte sie Georges Einladung ab. »Sie sehen doch, ich bin in Begleitung.«

Darauf entspann sich ein kurzer, intensiver Dialog zwischen Nelly und dem kleinen Mann. Georges bekam Bruchstücke mit. »Der Flug zu den Sternen. Was habe ich dir gesagt?«, ermunterte sie der Tänzer.

Überraschend verabschiedete sich Nelly von ihrem Kollegen und begleitete Georges ins Restaurant Hutterli. Am nächsten Tag trat sie in Verhandlung mit der Agentur Liebenfels.

11

Die kommenden Wochen waren die schrecklichsten und schönsten für Nelly. Sie empfand so viel für Léon. Sie spürte, in ihm den entscheidenden Seelenverwandten gefunden zu haben. Äußerlich war er nicht der Traum eines Mädchens, aber gerade darum fand sie ihn so entzückend. Für einen Tänzer mutete er behäbig an und kämpfte ständig mit seinem Gewicht. Immer wenn er mit nacktem Oberkörper zu tanzen hatte, zog er den Bauch ein. Dabei liebte Nelly gerade diesen wunderbaren, runden Bauch.

Trotz seiner Statur verfügte Léon nämlich über Grazie. Nelly sah in ihm einen Mann, der Kraft in Leichtigkeit verwandelte. Sie liebte es, ihm zuzusehen, wenn er den Derwisch tanzte. Was immer er auf der Bühne tat, war von echtem Gefühl durchdrungen und dabei von einer Fröhlichkeit, einem Enthusiasmus, den Nelly sich für sich selbst wünschte. Sie war eine gute Tänzerin, fleißig bis zur Verbissenheit, eine Perfektionistin, sie spürte aber, ihr fehlte noch jenes *Je ne sais quoi,* das sie zu einer großen Künstlerin machen würde. Dieses offene Herz, diese Liebe zu den Menschen, das Fehlen jeglicher Eitelkeit fand Nelly bei Léon, und dafür liebte sie ihn.

Nelly Maisonge liebte Léon Seematter, und darin bestand auch ihr Kummer. Sonderbarerweise benahm er sich, als finde er an ihr keinen Gefallen. Der zarte Kuss an der Aare hatte ihn bisher zu keinem weiteren Schritt veranlasst. Nelly glaubte zu spüren, dass auch er ihr zugetan sei, doch er zeigte es kaum. Niemals gingen ihre Begegnungen über das Freundschaftliche hinaus. Obwohl Léon nur ein paar Jahre älter war, benahm er sich wie Nellys väterlicher Freund. Das machte sie nervös und unwillig, und als Folge behandelte sie ihn manchmal ungerecht, suchte im Streit die erhoffte Explosion, mit der ihr gegenseitiges Gefühl sich entladen sollte. Aber das Gegenteil trat ein, Léon, scheinbar beleidigt, zog sich vor ihr zurück und hielt sich tagelang bedeckt.

Wie sollte Nelly ahnen, dass der kleine, erotisch wenig erfahrene Mann Angst hatte, sich vor der umwerfend schönen Kollegin, der eine Karriere weit über Bern hinaus geboten wurde, lächerlich zu machen? Wenn sie ihn ansah, mit Augen, die in seelenvollen Momenten ins Veilchenblaue spielten, wenn ihre feingliedrige Hand ihn berührte, wenn sie atemlos nach einem Auftritt auf die Seitenbühne taumelte, hatte Léon das Gefühl, er müsse vor so viel Liebe in seinem Inneren zerspringen. Er wollte sie augenblicklich küssen, vor ihr auf die Knie fallen und ihr alles gestehen, jedes lächerliche Detail seiner Liebe, all die schrecklich schönen Träume, die er von ihr träumte. Aber Léon Seematter tat nichts davon. Er tanzte auf der Bühne den Derwisch und musterte seinen schweißnassen Körper hinterher vor dem Spiegel.

»Du bist nicht der Mann, der sie lieben darf«, stellte er bitter fest. »Du bist Quasimodo. Du darfst dich Esmeralda niemals nähern. Begreif es endlich. Lerne, dich zurückzuziehen, mein Freund. Sonst wird dein Unglück mit jedem Tag größer.«

Léon gestand sich ein, dass eine Zurückweisung durch Nelly die größte Niederlage seines Lebens darstellen würde. Er hatte schreckliche Angst, von ihr belächelt und verspottet zu werden. So kam es, dass Léon Seematter Nelly unausgesetzt darin bestärkte, dem Ruf des Lebens zu folgen und ihre Karriere zu verwirklichen. Sie müsse fort aus Bern, betete er ihr vor und dachte dabei vor allem an seine eigene Seelenrettung.

Die besten Chancen für Nellys berufliches Fortkommen schien die Agentur Liebenfels zu bieten. Durch seinen Vertreter, Herrn Szell, machte der Wiener Impresario Nelly gleich mehrere Angebote. Er wollte ein Gastspiel an der Wiener Staatsoper arrangieren, die Bayerische Nationaloper zeigte ebenfalls Interesse.

Für Nelly gestalteten sich diese Wochen einerseits als nicht enden wollender Flug, zugleich als permanenter Absturz. Sie wusste nicht, wie sie Léon endlich ermutigen sollte: Im Jahr 1947 sagten junge Frauen zu jungen Männern nicht einfach: »Du, ich will dich.« Junge Schweizer Frauen taten das noch seltener, junge Tänzerinnen am seltensten. Eine klassische Balletttänzerin war schon von ihrer Ausbildung her dazu konditioniert, sich in einen egoistischen Kokon einzuspinnen, in dem es nur um Perfektion ging und um die Posen, die den Beruf umrankten. Tänzerinnen waren die selbstbezogensten Wesen der Welt. Und so verharrte Nelly in ihrem Kokon, und Léon blieb in seiner dunklen Kammer der eigenen Unzulänglichkeit. Die beiden konnten nicht zusammenkommen, und niemand war darüber trauriger als Léon und Nelly selbst.

Georges Szell war alles andere als traurig, durfte er doch häufig mit dem reizenden Talent zusammenkommen. Er konnte sich des Eindrucks nicht erwehren, dass der stämmige kleine Tänzer ihm Nelly regelrecht zuführte. Seematter begleitete sie ins Hutterli, verabschiedete sich aber sofort wieder. Manchmal, wenn Georges die Kleine von der Vorstellung abholte, hatte er den Eindruck, Seematter sehe ihnen sehnsüchtig nach, wenn sie ins Casino zum Soupieren gingen.

Für Georges war es eine unerwartet genussvolle Zeit. Er hatte zuletzt viel Unerfreuliches durchmachen müssen und liebte es, nun die Sonnenseite des Lebens kennenzulernen. Seine Aufgabe war es, Mademoiselle Maisonge fest an die Agentur Liebenfels zu binden. Andere Impresarios bemühten sich ebenfalls um sie; im Auftrag von Liebenfels sollte Georges Nelly *bei der Stange halten.* Nichts anderes tat er, als er sie eines Nachts nach einem späten Abendessen küsste. Er küsste Nelly eher beiläufig; sein Kuss sollte ein Dessert sein, nichts weiter. Deshalb war er überrascht, wie heftig, ja übertrieben sie reagierte. Ihre wilde Zärtlichkeit erschien ihm, als müsse sie sich von etwas befreien, und Georges komme dabei eher zufällig in den Genuss. Sie hätte in dieser Nacht mit ihm geschlafen, da war er sicher, doch Georges ließ es bei dem Kuss bewenden; als vollendeter Gentleman brachte er Nelly nach Hause. Über weitere Schritte wollte er sich erst mit Herrn von Liebenfels absprechen.

»Tun Sie's«, sagte der Agent am Telefon. »Tu es, Georges. Wenn es das ist, was uns den Fünfjahresvertrag bringt, muss es eben sein. Opfern Sie sich, Georges«, setzte er mit knurrendem Lachen hinzu. »Sind Sie dazu bereit?«

Georges Erfahrungen mit Frauen waren für ihn eher unbedeutend. Er fand die Sache im Bett nett, aber nicht lebensnotwendig. Seine Absicht, eine Lebenspartnerin zu finden und eine Familie zu gründen, hielt sich in Grenzen. Er fühlte, dass er einer Frau nicht viel geben könne, und wollte sich entsprechende Erfahrungen ersparen.

»Wie Sie meinen, Herr von Liebenfels«, antwortete er. Dieser Dienst war für ihn nur ein weiterer Auftrag, mehr nicht.

Nelly Maisonge und Georges Szell wurden ein Paar. Zwei Wochen später entließ Herr Kohlund sie schweren Herzens aus ihrem Vertrag. Wegen des Engagements beim Wiener Staatsopernballett musste Nelly umziehen und bat Georges, mitzukommen. Liebenfels stimmte dem ebenfalls zu; Georges Position in Genf war ersetzbar.

Nelly und Georges nahmen sich eine hübsche Wohnung im sechsten Wiener Gemeindebezirk mit Blick auf den Naschmarkt. Während ihre Proben an der Staatsoper begannen, arbeitete er im Hauptbüro der Agentur nahe dem Michaelertor.

In Bern tanzte Léon Seematter weiterhin den Derwisch und die Hexe im Weihnachtsmärchen. Er redete sich ein, erleichtert über die Geschehnisse zu sein, zugleich befiel ihn eine Todestraurigkeit, derer er sich nicht erwehren konnte. Er hatte den einzigen Menschen, dem sein Herz gehörte, ziehen lassen, mehr noch, er hatte Nelly fortgeschickt, um sich selbst zu schützen.

Erst nachdem sie und der Agent abgereist waren,

ermaß Léon, wie absolut Nelly die Freude seiner Tage, das Glück seines einsamen Daseins gewesen war. Er konnte Georges Szell nicht böse sein, einem jungen Mann, der im Grunde zu ihr passte. Georges war attraktiv, gewandt, heiter und in der Lage, sie beruflich zu unterstützen. Léon redete sich ein, Nelly habe eine gute Wahl getroffen. Er selbst hoffte auf die angebliche Heilkraft der Zeit und wusste zugleich, dass sein Leben in Bern einfacher und zugleich um Vieles ärmer geworden war. Léon begann sich in seiner Einsamkeit einzurichten.

12

»End of act one. The first act is over. We now have conversion to act two«, sagte die Stimme des Inspizienten aus dem Lautsprecher. *»Please everyone involved on stage. Miss Maisonge, please prepare for act three. Miss Maisonge –«*

Nelly war dem Inspizienten dankbar für diese Ansage, denn sie bereitete sich für ihren Auftritt nicht in der Garderobe vor, sondern bevorzugte es, bis zum letztmöglichen Moment im Ballettsaal zu bleiben. Das Royal Opera House in London war ein verwirrender Bau, nicht nur wegen seiner Größe, sondern weil ihn ein Labyrinth von Korridoren durchzog, in denen sich sogar feste Ensemblemitglieder verliefen. Jedes Theater, in dem Nelly bisher aufgetreten war, kam ihr wie ein Irrgarten vor. Wenn sie in Bern mit Freunden vor einer Vorstellung in der Kantine etwas trinken wollte, war sie an die Bühnenpforte gelaufen, um sie abzuholen und durch verschlungene Flure, Feuerschutztüren und plötzlich auftauchende Treppenhäuser zu führen. Auch in Wien hatte sie sich in den Räumen der Staatsoper lange nicht zurechtgefunden.

Ihr Londoner Gastspiel sollte nur zwei Monate dauern, deshalb hatten Nelly, Georges und Herr von Liebenfels beschlossen, das Engagement anzunehmen. Die Gage konnte man nur als sagenhaft bezeichnen. Nelly hatte sich immer noch nicht daran gewöhnt, so viel Geld für eine Tätigkeit zu bekommen, die sie glücklich machte.

Ihr großes Solo fand im dritten Akt statt, daher trainierte sie bis kurz vor ihrem Auftritt an der Stange. Ihr *schwarzer Schwan* sollte neue Maßstäbe setzen.

Heute, an diesem regnerischen Dezemberabend des Jahres 1952, beschloss Nelly zum ersten Mal, sich nicht an die Theaterregeln zu halten. Es war Advent, die beste Theaterzeit. In den Tagen bis Weihnachten nahm die Royal Opera so viel ein wie sonst während des ganzen Jahres nicht. Sie spielten das Ballett *Schwanensee* den Kalender hinauf und hinunter. Die Inszenierung operierte mit drei Besetzungen, anders wären die vielen Vorstellungen wegen der enormen Anstrengung nicht zu bewältigen gewesen. Als erste Besetzung spielte Nelly jeden dritten Abend. Da es kurz vor Weihnachten war, fühlte sie sich einsam. Sie hatte Sehnsucht nach ihrer Familie.

Was Nelly als Nächstes tat, war verboten, aber schließlich sah es ja niemand in dem matt beleuchteten Ballettsaal. Sie nahm den Hörer vom Wandtelefon, einem Hausapparat. Nur die Telefonzentrale konnte eine Leitung nach draußen freischalten, für Ferngespräche musste man bezahlen. Es gab allerdings einen Trick: Indem man den Gabelumschalter durch Antippen wie einen Telegrafenapparat bediente, konnte man die Zentrale umgehen und durch rasches Tippen die einzelnen Zahlen eingeben. Der Darsteller von Rothbart, dem Bösewicht in *Schwanensee*, hatte ihr diesen Kniff beigebracht. Er erforderte eine gewisse Übung.

Der zweite Akt dauerte fünfundzwanzig Minuten,

Nelly hatte also jede Menge Zeit. Sie wagte es und war erfolgreich. Nach der langen Ziffernfolge ertönte der erhoffte Ton am anderen Ende.

»Servus«, sagte eine vertraute Stimme, mehr als tausend Kilometer entfernt.

»Servus zurück.« Genüsslich presste Nelly den Hörer ans Ohr.

»Wann ist dein Auftritt?«, fragte Georges.

»Wir haben Zeit. Servus, Schorschi«, sagte sie zärtlich.

»Servus, Nellyschmelli«, ertönte ihr Kosename durch die Leitung.

Beide waren gebürtige Schweizer, doch wer sich für ein Leben in Wien entschieden hatte, nahm Duktus und Stil der Donaustadt schnell an. Das Wienerische klang noch ungewohnt bei ihnen, aber beide liebten diese Melodie.

»Was tut sich zu Hause?« Nelly bewegte die Zehen in den Ballettschuhen. Sie bereute, die Verschnürung nicht gelockert zu haben. Ihre Füße würden sie heute Nacht dafür bestrafen. »Wie geht es ihr?«

»Alles gut bei uns«, antwortete Georges.

»Hat sie gegessen?«

»Apfelbrei und anderthalb Fläschchen Hagebuttentee getrunken.«

»Anderthalb? So ein gieriges Tierchen«, lachte Nelly. »Und hat sie was gemacht?«

»Eine richtige Bombe war in der Windel.«

»Ach, wie schön!« Nelly zappelte in ihrem schwarzen Tütü auf und ab. In diesem Moment wollte sie zu Hause sein. Was sollte das gestelzte Getue, einen Schwan darzustellen, wenn man stattdessen mit Georges vereint auf dem Sofa sitzen und Heidi auf dem

Schoß schaukeln konnte? Die Kleine war anderthalb Jahre alt. Mein Gott, wie die Zeit verging! Nelly erschien es wie gestern, als sie in jenem Sommer durch die Schweiz gefahren waren und die Wehen vier Wochen zu früh eingesetzt hatten. Georges war es gelungen, Nelly gerade noch rechtzeitig ins Krankenhaus Neuchâtel zu bringen. Dort hatte sie ihr kleines Mädchen entbunden. Heidi, die entzückende Heidi, das Schönste, was Nelly je zustande gebracht hatte.

Georges war, seit er eine Tochter hatte, wie ausgewechselt. Er, der mit seinem Leben und seinen mangelnden Erfolgen haderte, vor dem Nelly ihre Karriere herunterspielen musste, um seinen Missmut nicht noch zu bestärken, er hatte eine neue, wunderbare Aufgabe gefunden: Georges war Vater. Im Grunde wollte er nichts anderes mehr sein. Das war allerdings auch die Voraussetzung dafür, dass Nelly weiter in ihrem Beruf arbeiten konnte. Georges übernahm, was Heidi betraf, alle Pflichten, Nelly war frei, Gastspiele in entfernten Städten anzunehmen, und lieferte zugleich die finanzielle Voraussetzung für dieses Arrangement. Georges hatte seine Stellung bei Liebenfels aufgegeben, um sich ganz um Heidi zu kümmern.

Sie plauderten darüber, dass es in London zwar wärmer, aber scheußlich ungemütlich sei, dass Wien einen Bilderbuchwinter erlebe und die Straßenräumung mit den Schneemassen nicht mehr nachkomme. Vormittags ging Georges mit dem Kinderwagen auf den Naschmarkt, kaufte das Nötigste ein und verschwand bald wieder in ihrer gut beheizten Wohnung. Er mochte dieses Leben und schien keine Sehnsucht danach zu haben, noch irgendetwas anderes zu erreichen.

Auf Nelly traf das nicht zu. Denn obwohl sie den heutigen Abend lieber mit Georges und Heidi verbracht hätte, liebte sie das Ballett und die legendären Partien, die man ihr anvertraute und die vor ihr Tänzerinnen wie die Pawlowa oder die Plissezkaja interpretiert hatten. Dass Nelly sich in ihrem Doppelleben nicht zerrissen fühlte, verdankte sie Georges.

Vor vier Jahren, als sie Léon zurückließ, hatte sie geglaubt, ihr Herz müsse brechen. Sie hatte Georges für einen vorübergehenden Begleiter gehalten, mit dem sie kurze Zeit verbringen, der aber bestimmt nicht in ihren Lebensmittelpunkt rücken würde. Sie hatte sich getäuscht. Georges war zum Mann ihres Lebens geworden, zum Vater von Heidi. Wenn Nelly sich heute so etwas wie Heimat vorstellte, tauchte sein Gesicht auf. Sie genoss dieses Gefühl, es gab ihr Sicherheit.

»*We are ready now for act three*«, kam die Stimme des Inspizienten laut und deutlich. »*Miss Maisonge please, Miss Maisonge and the swan ballet on stage.*«

»Ich muss hinauf, der dritte Akt«, sagte sie ins Telefon.

»Break a leg oder wie man dort sagt«, erwiderte Georges herzlich.

»Wird schon schiefgehen. Küss Heidi von mir.«

»Mach ich. Ich küsse dich.«

»Ich dich auch.«

In der Überzeugung, dass ihr Glück nicht größer sein könnte, legte Nelly auf. Sie machte noch eine kurze Dehnübung an der Stange und eilte ins Treppenhaus, um auf die Bühne zu gelangen. Noch aus ihrer Zeit in Bern beherzigte sie das alte Theatergesetz: Niemals während einer Vorstellung den Fahrstuhl benützen. Sollte er steckenbleiben und man verpasste den Auftritt, musste die Vorstellung abgebrochen werden.

Auf der Bühne erwartete sie ihr Kollege Sergej, der Darsteller des dämonischen Rothbart.

»All good?«, fragte der Russe mit seinem lustigen Akzent.

»All good.« Nelly trat in die Bühnengasse und spähte um die Ecke. Sie waren ausverkauft. Zweitausendzweihundertsechsundfünzig Zuschauer, die Stehplätze nicht mitgerechnet, erwarteten den Auftritt des *schwarzen Schwans*.

Als Nelly schließlich im Jubel des Publikums die Bühne verließ, fragte sie sich, weshalb ihr rechter Fuß sonderbar gefühllos war. Während der Sprünge war ihr aufgefallen, dass sie nicht so sicher landete wie gewohnt. Beim morgigen Training musste sie dem Phänomen ihre Aufmerksamkeit widmen.

13

Was für ein schöner Sonnentag! Der breite Korridor im Maria-Theresien-Schlössel wurde vom Licht des Vormittags durchflutet. Endlich war es Frühling geworden. Die Baumgartner Höhe im 14. Wiener Gemeindebezirk war eine regelrechte Krankenhaus-Stadt. Eine große Psychiatrie wurde hier betrieben, eine Lungenheilanstalt, ein sozialpädagogisches Institut und das neurologische Krankenhaus der Stadt Wien. Die Baumgartner Höhe existierte seit 1784 und wurde von den Wienern liebevoll als *Narrenturm* bezeichnet, obwohl sie als modernste psychiatrische Klinik Europas galt. In letzter Zeit rührte ihr zweifelhafter Ruf von den grausamen Praktiken her, die während des Krieges angewandt worden waren. Die als *erbkrank* eingestuften geistig behinderten Patienten waren von hier aus in die Vernichtungslager geschickt worden.

Das Maria-Theresien-Schlössel beherbergte die Neurologie, in der Nelly seit zwei Wochen untersucht wurde. Als Professor Hochsinger sie vorhin zu einer Unterhaltung auf den Anstaltskorridor gebeten hatte, war sie von einer Welle guter Laune durchflutet worden. Denn hätte er ihr etwas Schlimmes zu sagen gehabt, würde Hochsinger sie bestimmt in sein Büro bitten und nicht zwischen Tür und Angel auf dem Flur mit ihr sprechen.

»Es handelt sich um eine motoneuronische Erkrankung«, begann er.

Professor Hochsinger gehörte der Generation von Ärzten an, die noch Götter in Weiß genannt wurden. Er trug Schnauz- und Kinnbart und eine randlose Brille. Den fast bodenlangen weißen Mantel hatte er über einen teuer wirkenden Dreiteiler gezogen. Die Kette seiner Taschenuhr glitzerte im Sonnenlicht.

»Es ist eine fortschreitende neurologische Krankheit, die jene Zellen im Gehirn zerstört, die unsere Muskelaktivitäten steuern.«

Ich habe mich in den letzten Monaten übernommen, dachte Nelly, habe den Tanz mein ganzes Leben bestimmen lassen. Deshalb bin ich krank geworden. Mein Körper sagt mir, dass ich kürzer treten muss. Zu viele Rollen, das kräftezehrende Training, zu viele Vorstellungen. Mein Körper sendet mir eine Warnung, in Zukunft besser auf mich aufzupassen. Ich bin keine zwanzig mehr. Die Unfälle der letzten Zeit, schon in London hat das begonnen. Danach die Proben an der Staatsoper, das Gastspiel in Zürich, zu viel, alles zu viel. Kein Wunder, dass ich oft gestürzt bin und mich bei normalen Routinesprüngen nicht mehr fangen konnte, kein Wunder! Ich werde von nun an auf meinen Körper hören, es besser machen und mich schonen. Georges und ich haben Geld genug. Ich werde mich um Heidi kümmern und dann, nach ein paar Monaten, vielleicht im kommenden Herbst, werde ich wieder mit dem Training beginnen.

»Frau Szell?« Die Stimme des Professors.

Sie hatte nicht zugehört. Was war ihr entgangen? Für Nelly fühlte sich der Name Szell immer noch ungewohnt an. Auf den Theaterbühnen hatte sie ihren

Mädchennamen zum Künstlernamen gemacht. Jeder nannte sie nur *La Maisonge.* Im Krankenhaus war sie dagegen die verheiratete Frau Nelly Szell.

»Verzeihen Sie. Was haben Sie gesagt? Ich werde in nächster Zeit nicht tanzen können. So ist es doch, nicht wahr?«

»Meine Kollegen in London und Zürich haben Ihre Symptome ähnlich gedeutet«, erwiderte Hochsinger ruhig. »Die Wahrheit ist, dass wir es mit einer amyotrophen Lateralsklerose zu tun haben.«

»Was werde ich in nächster Zeit nicht mehr tun können?« Nelly bemühte sich um einen zuversichtlichen Ausdruck.

»Wie ich schon sagte, die Erkrankung ist progressiv.«

»Was werde ich nicht können?«, fuhr sie ihn unbeherrscht an. »Ich bin beim Tanzen gestürzt, ich weiß. Ich hatte keine Kraft in den Armen. Ich konnte manchmal die Balance nicht mehr halten. Was ist das? Doktor Hochsinger, was ist mit mir?«

»Die Signale, die Ihre Muskeln empfangen müssen, werden im Gehirn nach und nach unterbrochen. Das bezieht sich auf Ihren Tanz, aber auch auf Vorgänge, die wir als ganz selbstverständlich empfinden, unser Gehen, das Sprechen, das Schlucken und zuletzt auch das Atmen. Das Resultat, Frau Szell, ist ein sukzessiver Muskelschwund.«

»Schwund?«, wiederholte sie tonlos.

»Allgemeiner Verfall.«

»Was können Sie dagegen tun? Welches Medikament wird mir helfen?«

Der Professor holte tief Luft. So etwas sagte man nur schwer zu einer jungen Frau. »Wir haben es mit einem unaufhaltsamen Verfall zu tun. Nach und nach gehen Ihre Fähigkeiten, ihre Bewegungen zu kontrollieren, verloren.«

Während das Bett einer Patientin an ihnen vorbeigeschoben wurde, schwieg Nelly. Als der Korridor im Schlössel wieder ein Raum voller Licht war, fragte sie: »Wie lange wird das dauern, Herr Professor?«

»Die durchschnittliche Lebenserwartung bei Lateralsklerose liegt bei drei Jahren.« Er räusperte sich. »Ich darf Ihnen nicht verschweigen, dass wir therapeutisch nichts für Sie tun können, Frau Szell.«

»Und wie läuft das ab?« Sie musste etwas Konkretes fragen, etwas Kleines, Überschaubares, denn das Große, das Vernichtende stand so unübersehbar vor Nelly, dass sie sich nicht damit beschäftigen wollte. »Ich meine, werde ich langsam verrückt? Werde ich nur noch dahindämmern?«

Hochsinger schüttelte den Kopf. »Ihr Verstand ist von der Krankheit nicht betroffen. Ihre Gedanken bleiben in aller Klarheit erhalten, nur …« Er hob das Gesicht zur Sonne, das Licht brach sich in seinen Brillengläsern. »Nur irgendwann wird kein Mensch mehr wissen, wie Ihre Gedanken aussehen. Sie werden sie nicht mehr mitteilen können. Es tut mir sehr, sehr leid.«

Professor Hochsinger stand auf, winkte eine Schwester näher und bat sie, die Patientin auf ihr Zimmer zu bringen.

* * *

Georges ging daran zugrunde. Georges zerfiel. Er benahm sich, als träfe der Schicksalsschlag ihn selbst. Das bisschen Selbstbewusstsein, das sein neues

Leben als Familienvater ihm beschert hatte, erwies sich als nicht tragfähig. Es verwehte im Sturm der Ereignisse. Froh und dankbar war er gewesen, dass ihm eine starke Frau zur Seite stand. Durch Nelly hatte Georges seinen grundsätzlichen Lebensverdacht abgestreift, dass er nämlich nichts taugte. Und jetzt, da sie seine Stärke gebraucht hätte, um die Familie durch die kommenden schweren Jahre zu manövrieren, zerschellte Georges bereits an der Diagnose.

Am Tag, als er Nelly aus dem Maria-Theresien-Schlössel abholte, fand er niemanden, der auf Heidi aufpasste, und musste das Mädchen auf die Baumgartner Höhe mitnehmen. Während Heidi im Gras spielte, saßen Georges und Nelly auf einer Bank. Wie herrlich der Frühling war, wie großartig alles knospte und sprießte – man musste sich einfach seines Lebens freuen. Nelly begriff, dass von nun an jeder Tag als Geschenk anzusehen war, und hatte die Stärke, dieses Geschenk zu genießen. Mit Georges passierte das Gegenteil. Auch er sah die Knospen, das helle Gras, das zarte Grün auf den Birken des Anstaltsparks und verfluchte das Schicksal für diese Schönheit. Er sah darin das hämische Gegenteil des nahenden Todes, der Zerstörung und des Verfalls, den Dr. Hochsinger prophezeite.

Nelly war ein Mensch, der vom Tanz kam. Alles Wehleidige war ihr fremd. Sie überlegte, was nun zu tun sei. Auch sie verzweifelte zwischendurch, aber nicht für lange. Dafür reichte die Zeit nicht. Sie fing sich wieder und plante. Es ging um ihr Kind, um die Zukunft ihrer Familie. Es war eine neue Situation, und Nelly stellte sich ihr.

Vorübergehend kehrten sie in die Wohnung am Naschmarkt zurück. Nelly sah voraus, dass sie nicht mehr lange im vierten Stock ohne Aufzug würde leben können, und erklärte Georges, dass sie zurück in die Schweiz wolle. Von ihrer Hausbank ließ sie sich beraten, wie ihr Erspartes am längsten Nutzen tragen würde.

Georges scheiterte an den Dingen, die nun rasch notwendig wurden. Nelly wollte sein Versagen nicht gleich begreifen. Anderthalb Jahre verschloss sie die Augen vor der Erkenntnis, dass ihr Mann nur in guten Zeiten etwas taugte. Sie war gezwungen, gleichzeitig gegen ihre Krankheit zu kämpfen und gegen die Unfähigkeit ihres Mannes, mit der Krankheit umzugehen. Sie bemühte sich, die Illusion für Heidi aufrechtzuerhalten, dass mit der Mama alles in Ordnung sei. Die Familie sollte so lange wie möglich funktionieren. Mit jeder Woche, die das Mädchen größer wurde und mehr verstand, wurde Nellys Anstrengung aussichtsloser.

Sie entschied, dass sie nach Thun im Berner Oberland ziehen sollten. Die Natur, der See, das angenehme Klima, hier wollte sie die Zeit verbringen, in der sie noch aktiv am Leben teilhaben konnte. Sie mieteten ein altes Haus außerhalb der Stadt, ebenerdig, mit wenigen Stufen und Treppen. Am Tag, als der Rollstuhl ankam, erklärte Nelly ihrer Tochter, wie praktisch er sei und dass es viel bequemer wäre, in diesem Stuhl durch das Haus zu kurven, statt immer laufen zu müssen. Heidi stimmte der Mutter zu, schien aber bereits zu verstehen, welches Spiel Nelly mit ihr spielte. In dem Spiel sollte Heidi lernen, dass ihre Mama allmählich weniger wurde, immer weniger.

Nelly selbst erschrak, wie schnell, wie grausam rasch das ging. Die verkrampften Finger, die nichts mehr richtig fassen konnten, die Beine, die kraftlos zur Seite sanken und auf denen sie nicht mehr zu stehen vermochte, die Füße, mit denen sie vor gar nicht langer Zeit noch Kunststücke hatte vollführen können, die ein Publikum verzauberten.

Als haltloses Bündel sank Nelly immer mehr in sich zusammen. Ihre Stimme, die Art zu sprechen, auch ihre Essgewohnheiten veränderten sich. In dem Maße, wie die kleine Heidi immer selbständiger zu essen begann, ging Nelly diese Fähigkeit verloren. Der Tag, an dem Georges sie zum ersten Mal füttern musste, war der grausamste für Nelly. Sie sah ihm an, dass es ihm davor graute. Er musste das Gemüse winzig klein schneiden, Fleisch aß sie gar nicht mehr, weil man sich daran leicht verschlucken konnte. Immer mehr Gaumenfreuden wurden ihr verboten: Nüsse, Brot, Kuchen, alles, was krümelte, in den falschen Hals rutschen und von Nelly nicht mehr aus eigener Kraft ausgehustet werden konnte.

Ihr Thuner Arzt, Dr. Am-Rhain, erklärte ihr ohne Beschönigung die Perspektive, auf die sie sich einstellen musste. Am-Rhain arbeitete in der Novy-Klinik, die sich auf motoneurone Behinderungen spezialisiert hatte. Hier lag der eigentliche Grund für Nellys Umzug nach Thun. Wenn sie eines nahen Tages nicht mehr in ihrem Haus würde leben können, sollte die Klinik ihr letzter Aufenthaltsort werden. Der junge Arzt riet ihr, nicht zu lange mit der Übersiedlung zu warten. Durch den progressiven Ausfall von Nellys Motorik könne es leicht zu Unfällen kommen, die ein sofortiges ärztliches Eingreifen nötig machten. Nur in der Klinik sei das zu gewährleisten. Solange sie zu Hause blieb, müsse sie damit rechnen, im Krisenfall zu ersticken, bevor der Arzt eintreffen würde. Nelly bereitete Georges und Heidi auf die große Veränderung vor.

Doch eine Sache wollte sie noch erledigen, bevor es ihr unmöglich sein würde, von selbst etwas zu tun. Sie bat nicht Georges um diesen Gefallen, es wäre ihr sogar unangenehm gewesen, hätte er sie begleitet.

»Haben Sie am Sonntag schon etwas vor?«, fragte sie Dr. Am-Rhain.

»Ich wollte einen Ausflug machen«, antwortete der Arzt, während er sie untersuchte.

»Könnten Sie sich vorstellen, diesen Ausflug nach Bern zu machen?« Nelly sprach so klar und deutlich, wie sie konnte. Ihr war bewusst, dass man sie kaum noch verstand. Ihre Rede klang wie das haltlose Gebrabbel einer Geistesgestörten. Sie hätte vor Wut darüber schreien mögen. Doch zum Schreien fehlte ihr die Kraft. Nelly sah ihre verkrümmten Finger, die seitlich weggekippten Knie, vernahm das unangenehme Rasseln, das ihren Atem begleitete.

»Ich wollte zu den Teichen bei Amsoldingen wandern«, erwiderte Am-Rhain.

»Und wenn ich Sie bitte, mit mir nach Bern zu fahren?«, fragte sie nüchtern. Es sollte weder wehleidig noch hilflos klingen.

Der Arzt betrachtete die hinfällige junge Frau und begriff, es ging um einen Herzenswunsch. Das Geheimnis dahinter war ihm unbekannt. Er fragte nicht, weshalb sie ihren Mann nicht um den Gefallen bat. Er wusste, hier war ein tapferer Mensch, der letzte Entscheidungen traf.

»Genau genommen war ich schon zu lange nicht mehr in Bern«, antwortete Am-Rhain. »Ich glaube, es wird mir gefallen.«

14

Sonntags darauf frühstückte Nelly mit Heidi, erklärte ihr, dass die Mama zu einer Untersuchung müsse, und vermied es, Georges in die Augen zu sehen. Nach Mittag begann sie aus dem Fenster zu spähen, ob ein Krankenwagen vor dem Haus auftauchte, doch Am-Rhain kam in seinem Privatwagen. Während er mit Georges plauderte, klappte er den Rollstuhl zusammen, verstaute ihn im Heck und hob Nelly auf seine Arme.

In diesem Augenblick stand das Bild still. Dem kleinen Mädchen am Frühstückstisch prägte sich die sonderbare Situation ein: Der Mann, der Mama sonst behandelte, hielt sie auf seinen Armen. Sie ließ ihren Kopf gegen seine Schulter sinken. Der Mann, der Mama normalerweise im Haus umhertrug, Heidis Papa, stand daneben und sah die beiden so komisch an.

Der Arzt verabschiedete sich, brachte Nelly nach draußen und setzte sie behutsam ins Auto. Er stieg ein, startete, der Wagen verschwand die gewundene Straße hinunter in Richtung See.

»Ich möchte einen alten Freund treffen«, gab Nelly unterwegs bekannt.

»Wo erwartet Sie dieser Freund?« Am-Rhain fuhr schnittiger als Georges, der sich vor jeder kommenden Kurve zu fürchten schien.

»Er weiß noch nicht, dass ich komme.« Nelly lächelte. In Wirklichkeit war sie voller Furcht.

Heute würde sie entscheiden, ob sie ihrem liebsten, teuersten Freund das Kommende zumuten wollte. Léon wusste von nichts. Nach dem endgültigen Adieu von Bern hatten sie einander unregelmäßig geschrieben. Ihr war vorgekommen, als beantworte er ihre Briefe eher pflichtschuldig. Einmal hatte sie ihn angerufen. Das Gespräch war sonderbar leer verlaufen. »So ein Ferngespräch ist doch viel zu teuer«, hatte er zum Abschied gesagt.

Das Letzte, was Léon erfahren haben mochte, war, was in den Zeitungen stand. Das Schweizer Bundesblatt berichtete, Mademoiselle Maisonge, die auf der Bühne Berns ihre Anfänge genommen hatte, sei zu einer gefragten Primaballerina an den europäischen Opernhäusern avanciert. Von Heidis Geburt und Nellys Erkrankung wusste er wahrscheinlich nichts.

Ihr Vorhaben war eigensüchtig: Sie wollte ihn ein letztes Mal sehen. Nelly wollte Léon noch einmal in die Augen schauen und über die herrliche Zeit am Stadttheater plaudern. Sie hielt das für einen erfüllbaren Wunsch und ahnte zugleich, sie verlangte zu viel.

»Wie soll Ihre Begegnung denn vonstatten gehen?«, fragte Dr. Am-Rhain.

»Heute spielen sie die *Puppenfee* im Theater. Die Nachmittagsvorstellung.« Nelly ließ den Kopf zur Seite sinken, um den Arzt ansehen zu können.

»Ich verstehe nicht.«

»Ich habe früher auch die Puppenfee getanzt. Mein Freund spielt den Puppenmacher.«

»Den Puppenmacher, aha.« Am-Rhain nickte, während sie die Anhöhe über Bern erreichten.

»Die Sonntagsvorstellung beginnt um zwei Uhr und ist um vier zu Ende. Das bedeutet, Léon kommt spätestens zehn nach vier aus dem Theater. Er duscht nie in der Garderobe, sondern geht lieber nach Hause. Wenn sie mich in der Nägeligasse absetzen, muss ich ihm begegnen.«

»Ich kann Sie nirgendwo absetzen, Nelly, das wissen Sie. Sie können nicht ohne Aufsicht sein.«

»Das will ich aber.« Sie spürte Zorn aufsteigen, ohne ihren Zorn ausdrücken zu können. »Ich will das allein machen!«

»Ich kann unauffällig in Ihrer Nähe bleiben, solange Sie Ihren Freund begrüßen«, schlug er vor.

Nellys Sorge, ihr Treffen mit Léon könnte die skurrile Begegnung einer sterbenden Frau mit ihrer Vergangenheit werden, nahm sie so sehr in Beschlag, dass sie den Moment verpasste, von Ostermundingen auf die Stadt hinunterzuschauen. Während Nelly sich beruhigte, nahm das Auto die Serpentinen schnittig abwärts.

»Wir fahren am besten über die Brunngasshalde«, beschrieb sie Am-Rhain den Weg.

Sie glitten an der Aare entlang, vorbei an einem Gewerbegebäude, aus dem man das Hämmern und Kreischen einer Schlosserei hörte, bogen am Kornhausplatz ab und erreichten das Stadttheater von der Rückseite.

Hier hatte alles begonnen. Hier war sie glücklich gewesen. Nellys Herz schlug heftig. Die Frage drängte sich ihr auf, ob sie damals besser in Bern geblieben wäre. Hätte sie lieber eine gewöhnliche Karriere absolvieren sollen, statt sich dem Rummel einer Laufbahn als Primaballerina auszusetzen? War das Extreme, das ihr Leben in den letzten Jahren bestimmt hatte, der Auslöser ihrer Krankheit gewesen?

Berühmtheit entbehrte meistens der Möglichkeit, ein normales Leben zu führen. Das Hin und Her zwischen vielen Orten und Zeitzonen, das Vereinnahmtwerden durch die Öffentlichkeit, das ständige Abschiednehmen, kaum dass man irgendwo heimisch geworden war, Nelly hatte es immer als Unnatur empfunden. Nur dem Tanz zuliebe hatte sie all das mitgemacht.

Vor ihr erhob sich das schöne alte Haus. Sie gestand sich ein, in diesen Mauern zufrieden gewesen zu sein. Das Corps de ballet, der Ballettchef, die alte Dame am Klavier, die verzaubernde Musik, der Schweiß, das Gelächter, das heimliche Schimpfen über die Direktion, so etwas Schönes hatte sie seitdem nie wieder erlebt. Leben – Erleben – Erinnern – Erfassen – die Begriffe überstürzten sich in Nelly; sie begann hektisch zu atmen. In diesem Moment wollte sie aufstehen, aus dem Auto steigen, durch die Bühnenpforte gehen, den Portier begrüßen, ins Theater laufen, über die steile Treppe und weiter auf die Bühne, wo schon die Musik erklang. Nelly würde tanzen, tanzen, tanzen, bis sie nicht mehr konnte. Tränen rannen ihr über die Wangen, als ihr Blick auf die kraftlosen Füße fielen, die ihr nicht mehr gehörten, Tränen, die sie selbst nicht wegwischen konnte.

»Sie regen sich zu sehr auf, Nelly.« Der Arzt fasste nach ihrem Puls. »Das war keine gute Idee, herzukommen. Hier kann ich Sie nur unzureichend behandeln, falls Sie …«

»Es geht schon. Ich fühle mich gut. Könnten Sie bitte …« Sie sah ihn an. »Mir die Tränen abwischen?«

Er tat es mit besorgtem Ausdruck. »Und jetzt?«

»Sehen Sie die Ecke da? Bringen Sie mich dorthin. Dort sehe ich alles. Es dauert nicht lange«, sagte sie auf sein Zögern. »Mir passiert schon nichts.«

Am-Rhain schob die bewegungslose Frau im Rollstuhl an den gewünschten Punkt. »Ich gehe auf die andere Straßenseite«, sagte er, ohne ihren Widerspruch zu dulden. »Ich behalte Sie im Blick.«

Mit den Augen nickte Sie Bestätigung. »Danke, dass Sie das für mich tun, Doktor.«

Er arretierte die Bremsen und entfernte sich. Sie richtete ihren Blick auf den Bühneneingang. So aufgeregt war sie nicht einmal vor wichtigen Premieren gewesen. Sie würde ihre Liebe wiedersehen, ihre erste große Liebe. Ihre Liebe von Bern, der Stadt, die sie niemals hätte verlassen sollen. Warum hatte sie Léon damals nicht klar gemacht, dass er ihr Mann sein sollte, ihr einziger Mann? Weshalb war sie mit einem anderen gegangen und hatte das elende Gehopse, die unnatürlichen Posen ihres Berufs zum Lebensmittelpunkt gemacht? Auf der Bühne sylphidenhaft und überirdisch zu wirken, barg den Fluch in sich, im Leben zu einem halben Menschen zu werden. Mit Léon wäre Nelly ein ganzer Mensch geworden.

Es war zehn Minuten nach vier. In den Sekunden, die ihr blieben, bevor er durch die schwere, dunkelbraune Tür treten würde, vergaß Nelly, was aus ihr geworden war und dass ihr nicht mehr viel Zeit blieb. In Gedanken an Léon heilte sie, wurde gesund, stand aus dem Rollstuhl auf, lief über die Straße und begrüßte ihn.

»Hallo Léon«, sagte sie. »Wir haben uns lange nicht gesehen.«

Vor Erstaunen brachte er kein Wort heraus. Sie wollte es ihm leichter machen, indem sie ihm um den Hals fiel. Nelly küsste Léon. Mit ihrem Kuss machte sie ihm alles klar, die ganze zauberhafte Sache, dass ihre Liebe ihm gehörte und immer weiter wachsen würde. Vor so viel Liebe konnte sich Léon unmöglich verschließen. Nelly wollte dafür sorgen, dass diesmal genügend Liebe für sie beide da war. Sie warf ihm ihre Liebe über wie einen Mantel. Eingehüllt darin begann ihr neues Leben.

»Wo wohnst du?«, fragte sie.

»Wo ich immer gewohnt habe.«

»Lass uns zu dir gehen.« Sie schmiegte sich an ihn.

»Ich bin ganz verschwitzt.«

»Das macht nichts. Wie war die Vorstellung?«

»Ganz gut.«

»Ist es immer noch die alte Choreografie?«

»Den Leuten gefällt es. Warum sollen wir etwas daran ändern?«

Sie schlenderten das kleine Stück zu Léons Mansarde in der Brunngasse. Nelly hatte ihn ein paar Mal dort besucht. Klein war sie und immer kalt, da die Heizung Mühe hatte, die Wärme durch die alten Rohre bis nach oben zu befördern. Doch kein Blick konnte schöner sein als der aus Léons Fenster. Nelly liebte Walt-Disney-Filme mit ihren lustigen Tieren und romantischen Schauplätzen. Wenn man nachts aus Léons Mansarde über die Dächer Berns guckte, sah es genauso aus wie in einem Disneyfilm. In dieser romantischen Umgebung wollte sie ihn küssen und danach die Liebe mit ihm erleben. Es würde wunderbar sein, es konnte nur wunderbar sein, denn nichts anderes war die Liebe. Es war elf Minuten nach vier.

Mit Mantel und Schal trat Léon aus dem Theater. Er war im Gespräch mit dem Intendanten. Léon und Kohlund hatten eine Auseinandersetzung, bei der der Direktor schließlich ein letztes Wort sprach und in Richtung Bundeshaus verschwand. Léon stand allein an der Ecke, steckte die Hände in die Manteltaschen und atmete tief durch. Nach einem Moment der Überlegung zog er eine Zigarettenschachtel hervor. Dass Léon rauchte, war Nelly neu. Tänzer achteten gewöhnlich auf ihre perfekte Kondition. Léon schien verärgert zu sein, missmutig steckte er sich eine an und paffte in den Nachmittag hinein. Er überquerte die Straße und kam, wie Nelly es vorausgesehen hatte, direkt auf sie zu.

In diesem Moment packte sie die Verzweiflung. Die Verzweiflung war plötzlich eine Person, die Nelly überfiel wie ein Dieb. Die Verzweiflung griff sie an, schlug zu, sie war nicht abzuwehren. Die Verzweiflung war schwarz, alles rund um Nelly wurde schwarz. Der Bürgersteig, der Tag, die Sonne, alles verlor sein Licht.

Léon kam näher. Nelly war eine gelähmte Frau, ihr Körper vermochte von sich aus nichts mehr zu unternehmen, sie war auf andere angewiesen. Ihr Geist besaß die Fähigkeit, glasklar zu kalkulieren, das Für und Wider abzuwägen und zu entscheiden, doch der Körper machte ihre Entscheidungen nicht mehr mit. Bis zu diesen Moment.

In der Sekunde, als Léon den Bürgersteig vor Nelly betrat, zwang sie ihren Körper ein letztes Mal zum

Gehorsam. Sie warf sich zur Seite. Durch ihr Gewicht sanken Kopf und Arme gegen die Rollstuhllehne, das dunkle Haar fiel ihr ins Gesicht.

Für einen Augenblick verzögerte Léon seine Schritte. Fragte er sich, wieso eine Frau im Rollstuhl allein auf der Nägeligasse stand? Doch Léon war Schweizer. Ein Schweizer scheute jede Form von Übergriffigkeit. Der Schweizer fand, dass es nicht an ihm sei, einer Frau im Rollstuhl zu helfen, die wahrscheinlich keiner Hilfe bedurfte. Bestimmt würde sich gleich jemand um sie kümmern. Sie war wohl in der Ballettvorstellung gewesen und wartete auf ihre Begleitung, die in Kürze mit dem Auto aus der Parkgarage kommen würde. Deshalb hatte Léon keinen Grund, einzugreifen. Er konnte ihr Gesicht hinter dem Haar nicht erkennen, nickte der Unbekannten zu und ging weiter.

Léon ging weiter. Er ging an ihr vorbei, in Richtung Kornhausplatz, von wo er in wenigen Minuten seine Mansarde erreichen würde. Nelly konnte sich nicht bewegen. Das Gesicht gegen die Lehne aus Leder gepresst, saß sie da. Das war kein Sitzen. Ihr rettungslos hilfloser Körper legte sich wie Brei in den harten Rahmen des Rollstuhls. Nelly konnte nichts tun, nichts unternehmen, nichts verändern. Nur denken konnte sie, über die Verzweiflung, die Endgültigkeit nachdenken und über das Ende. Ihre Verzweiflung hatte die Farbe gewechselt, sie war nicht mehr schwarz, sondern grau und schmutzig. Nelly fühlte sich beschmutzt. Sie gehörte nicht länger zum Leben, das Leben hatte sie ausgespien. Deshalb durfte sie nicht mehr zu den Lebenden zurückkehren. Die Welt verschloss sich ihr mit jedem Tag mehr. Hier und heute hatte Nelly das begriffen. Sie konnte Léon nicht hinterhersehen, hörte nur seine Schritte verklingen. Nach einer Weile näherten sich andere Schritte. Dr. Am-Rhain trat zu ihr, nahm sie bei den Schultern und richtete sie auf.

»Bringen Sie mich in die Klinik, Doktor«, sagte sie. »Bringen Sie mich heute noch in die Klinik.«

Mit einem letzten Blick auf ihr Theater verabschiedete sich Nelly Maisonge von der Welt.

15

G – E – H – T F – O – R – T

Es war eine Buchstabiertafel. Georges hatte die Buchstabiertafel von dem Tag an gehasst, an dem Nelly verstummt war, weil die Prozedur Geduld voraussetzte. Georges besaß keine Geduld mehr, sie war aufgebraucht.

Jeden Tag fuhr er von ihrem Wohnhaus auf der Anhöhe in die Klinik unten am Thuner See. Er brach nach Mittag auf, wenn Frau Kohlbrenner Zeit hatte, herüberzukommen und auf Heidi aufzupassen. Georges fuhr die Strecke langsam, zögerte das Kommende Minute um Minute hinaus, bis er auf den Parkplatz der Klinik einbiegen und das schmucklose Gebäude betreten musste.

Der frühe Nachmittag war die beste Zeit, weil Nelly dann nicht in ihrem Zimmer war, sondern in den Aufenthaltsraum gebracht wurde. Da sie sich mit den anderen Patientinnen nicht unterhalten konnte, drehte man sie zum Fenster. Nelly konnte die Weide draußen betrachten, die sich beim zartesten Windhauch bewegte.

Von der Schwester bekam Georges beim Eintritt die Buchstabiertafel ausgehändigt. Er erkundigte sich nach Nellys Befinden, erhielt immer die gleiche Antwort und näherte sich dem Rollstuhl von hinten. Er musste sich überwinden, in Nellys Gesichtsfeld zu treten. In diesen Sekunden hasste er sie, weil sie ihn dazu zwang, sich selbst zu verachten. Er war ein nutzloser Mensch, der nicht genug Gefühl, nicht die notwendige Regung aufbrachte, um seiner Frau ein paar freundliche Minuten zu schenken. Er hatte die Gewissheit, ihrer nicht würdig zu sein – Nelly, die der Verdammnis, mit der sie bestraft wurde, täglich ins Auge sah und dem nahen Tod. Ob sie sich den Tod wünschte, ihren Zustand verfluchte und innerlich schrie, ob sie sich mit ihrem intakten Geist langsam dem Wahnsinn näherte, wusste Georges nicht und fragte nicht danach.

Jeden Tag begrüßte er Nelly auf die gleiche abgeschmackte Art und hielt ihr, da ihm ein unbeschwertes Gespräch mit dem verkrüppelten Wesen, das bis vor Kurzem seine Frau gewesen war, unmöglich schien, die Buchstabiertafel vor das Gesicht.

»Salü, Nelly. Wie geht es dir denn? Wir haben wieder ganz schönes Wetter heute.«

Er hörte sich den abgeschmackten Satz sagen; aber etwas Besseres fiel ihm im Angesicht Nellys nicht ein.

»Lass uns beginnen.« Die Tafel aus durchsichtigem Plastik war der Schild, mit dem er sich gegen die Abscheu wappnete, die er vor dem Kommenden empfand. Durch das Plastik hindurch sah er, dass auch Nelly das begriff. Die Gelähmte durchschaute seine Ungeduld, sie spielte das Buchstabenspiel nur seinetwegen mit. Zwischen ihnen gab es nichts mehr zu sagen, nichts, was sie ihm mit Hilfe der Tafel erzählen wollte. Es war vergeudete Zeit, die schlimmste Stunde seines Tages.

Vier Buchstabengruppen waren in den Ecken der

Tafel angeordnet, jede Ecke hatte eine Farbe. Georges sagte nacheinander die Farben, Nelly blinzelte, wenn die richtige Buchstabengruppe erreicht war. Danach zählte er die Buchstaben auf, bis sie wieder blinzelte, und so fort. Zu Beginn war er langsam vorgegangen, bis Nellys Ungeduld ihm klarmachte, dass er sie wie eine Zurückgebliebene behandelte. Dabei war ihr Geist das Einzige, was in Bewegung war und sich nach Geschwindigkeit sehnte.

Georges gehorchte. »Blau, Rot, Gelb, Grün«, sagte er schneller. Sie blinzelte. »Grün. E,F,G,H – F.« Der nächste Buchstabe war ein R, der nächste ein I. »Friseur«, verstand er. »Ich muss zum Friseur, ich weiß. Ich bin letzte Woche nicht dazu gekommen.«

Inzwischen kannte Nelly die Tafel auswendig; Georges hätte sie getrost beiseite legen und die Kombinationen aus dem Gedächtnis hersagen können. Doch er brauchte das Requisit, um sich die Sinnhaftigkeit seines Besuchs vor Augen zu führen. Selbst wenn Nelly nicht mehr hinsah, wiederholte er die Farben und Buchstaben mit dem Plastik vor dem Gesicht.

Nachdem sich die Routine mit der Buchstabiertafel eingespielt hatte, war Georges täglich in Begleitung von Heidi erschienen. Während ihre Mutter die Buchstaben wählte, lernte die Kleine sie ebenfalls mit. Aus diesem Grund konnte Heidi lesen, bevor sie drei Jahre alt war.

Es kam die Zeit, als Nelly Georges bat, Heidi nicht jeden Tag mitzubringen. Weniger damit dem Kind der Verfall der Mutter erspart blieb, sondern weil Nelly selbst diese Besuche immer schlechter ertrug. Heidi war lebhaft, sie tollte im Gesellschaftsraum umher, sprach mit anderen Patienten und wollte sich ihrer

Mutter auf den Schoß setzen. Das war unmöglich geworden.

Heidi verstand, dass dies jetzt ihre Mama war, an die sie sich gewöhnen musste. Aber Heidi war noch sehr klein, manchmal verweigerte sie die Tatsache, dass sie von ihrer Mutter nichts mehr zurückbekam. Gewöhnlich benahm sie sich nach Ermahnung durch Georges rücksichtsvoll und vorsichtig, doch mitunter brach es aus ihr hervor: Sie wollte die ganze Mutter, sie wollte Wärme, Zärtlichkeit, wollte Reaktionen und nicht das stets unveränderte Bündel Mensch, das nicht sprechen, laufen, das Heidi nicht liebhaben konnte. Wenn sie sich Nelly trotz Verbot auf den Schoß setzte und sie knuddelte, griffen Georges und die Schwester sofort ein und zogen das Kind von der Mutter weg. Was konnte sie da anderes tun als zu weinen? Im Angesicht ihrer Mutter weinte Heidi darüber, dass sie keine Mutter mehr hatte.

In ihrer gewohnten Umgebung, auf dem Zimmer, im Aufenthaltsraum konnte Nelly mit sich selbst und ihrem Zustand umgehen. Doch wenn Heidi ihr als Stellvertreterin der Welt entgegentrat, verzweifelte sie. Ihre Niedergeschlagenheit dauerte manchmal Tage.

An einem Tag, als sie nicht niedergeschlagen, sondern wach und entschlossen war, ließ Nelly Georges jene acht Buchstaben aneinanderreihen:

G-E-H-T F-O-R-T.

»Was soll das heißen?«

Er ahnte es, konnte es zuerst aber noch nicht glauben. »Fortgehen, wie meinst du das?«

In den kommenden Minuten setzte er Nellys Wunsch, ihren Befehl, aus den Buchstaben zusammen. Fortgehen müsse er, nicht nur aus dem Krankenhaus, er und Heidi sollten die Stadt und die Gegend verlassen. Sie müssten aus Nellys Leben fortgehen, damit Nelly endlich selbst fortgehen dürfe aus dem Reich der Lebenden, fort von ihrer Familie, von der Behauptung, sie und das normale Leben hätten noch irgendetwas miteinander zu tun.

Georges widersprach vehement, er wusste, Nelly erwartete seinen Widerspruch als Ausdruck seiner Liebe. Nachdem sie seinen Protest ordnungsgemäß zur Kenntnis genommen hatte, formte sie die Antwort mit Hilfe der Buchstabiertafel: Ihr Entschluss war unumstößlich.

Während der gesamten Zeit ihrer Beziehung hatte Georges die Entscheidungen Nellys akzeptiert, mitgetragen und ausgeführt. Er, der Theateragent wider Willen, war der hochbegabten Tänzerin nach Wien gefolgt, hatte sie kometenhaft in den Himmel steigen sehen, hatte sich seit Heidis Geburt in seinem Leben innerlich zurückgelehnt und in dieser Haltung Nellys Absturz miterlebt, die Verwirklichung eines Schicksals, wie man es sich grausamer nicht vorstellen konnte.

Nun sollte er sie also verlassen. Und wieder tat Georges, was Nelly ihm auftrug. Er brachte Heidi ein letztes Mal zur Mama, ohne ihr zu sagen, dass es ein Abschied für immer sein würde. Heidi war quengelig, ungnädig und froh, bald wieder aus der Novy-Klinik aufzubrechen. Georges suchte in Nellys Ausdruck nach Abschiedsschmerz, Verzweiflung, Trauer. Er fand nichts davon und schrieb es dem fortschreitenden Muskelschwund zu.

Als er mit Heidi das Krankenhaus verließ, atmete er so erleichtert auf, dass die Kleine fragte: »Was hast du, Papa? Wieso bist du plötzlich so glücklich?«

Georges wusste seit Langem, dass er ein kleines, unbedeutendes Leben führte. An keinem Tag dieses Lebens hatte er eine größere Erleichterung verspürt als an jenem Septembertag, als er seine Frau für immer verließ.

Er hätte wieder bei Liebenfels anfangen können, aber Georges scheute Orte, die ihn an Nelly erinnerten. Wien war unentrinnbar mit ihrer Karriere verwoben. Wien war außerdem zu teuer, das gleiche Problem hatte Georges auch mit der Schweiz. Seine Mittel waren begrenzt.

Nelly hatte vorgesorgt. Vermögend war sie nicht, dazu hatte ihre Karriere nicht lange genug gedauert, aber doch so wohlhabend, die monatlichen Klinikkosten bis zu ihrem Tod bezahlen zu können. Ein anderer Teil des Geldes wurde fest verzinst angelegt, wodurch Georges eine monatliche Rente erhielt, mit der er die Aufwendungen für Heidi bestreiten sollte. Wenn er über den Papieren saß, die Nelly notariell hatte beglaubigen lassen, bewunderte er ihren Geschäftssinn und durchschaute zugleich, dass sie auch ihn durchschaut hatte. Nelly liebte Georges, aber diese Liebe war zugleich auch ein Erkennen des Anderen gewesen. Sie verstand, dass Georges kein böser Mensch war, kein Betrüger, aber wenn etwas zu seinem Vorteil gereichte, schaute er nicht so genau darauf, wie er dorthin gelangte. Daher hatte sie die finanziellen Grenzen ihres Mannes eng gesetzt.

Die erstaunlichste Verfügung in ihrem Testament war zugleich jene, die ihm am meisten Bewunderung abrang. Nelly wollte sichergehen, dass ihr Abschied vom Leben nicht gestört werden sollte. Es gab Menschen, die von ihrem Schicksal erfahren hatten, aber nicht wussten, wo sich Nelly aufhielt. Ihnen sollte verwehrt werden, sie zu besuchen. Deshalb verpflichtete sie Georges in ihrem letzten Willen, bekanntzumachen, dass Nelly Maisonge gestorben war. Georges erkundigte sich bei dem Thuner Notar, inwieweit er an die Erfüllung ihres Wunsches gebunden sei.

»Rechtlich kann Sie Ihre Frau nicht dazu zwingen«, antwortete der Notar. »Aber wenn Sie ein Herz haben, Herr Szell, erfüllen Sie Ihrer wunderbaren Frau diesen Wunsch. Sie hat es verdient, in Frieden zu gehen. Wenn das ihr Wille ist, muss er geschehen.«

Nachdenklich verließ Georges die Kanzlei. In der darauffolgenden Zeit setzte er Briefe im Sinne von Nellys letztem Wunsch auf. Sie hatte ihm sogar Vorschläge für die Formulierung gemacht.

Lieber XXX, mit großer Trauer teile ich Ihnen mit, dass Nelly Maisonge, meine geliebte Frau, von uns gegangen ist. Die schwere Krankheit forderte ihren Tribut und hat Nelly vor der Zeit abberufen. Auf ihren Wunsch erfolgte eine Feuerbestattung. Ihre sterblichen Überreste habe ich auf dem Thuner See vertreut, den sie so liebte und der das Letzte war, was Nelly von ihrem Fenster aus gesehen hat.

Georges schrieb die Briefe mit der Hand, zog Heidi ihr Mäntelchen an und lief mit ihr zur Post.

Tage oder Wochen später kam in den meisten Fällen ein Kondolenzbrief oder eine schwarz gerahmte Karte. Aber nicht in allen Fällen. Eine Woche später erhielt Georges einen Anruf aus Bern.

16

Sie trafen sich im Café Guillaume am Thunersee. Der Zufall wollte es, dass die Novy-Klinik kaum hundert Meter entfernt lag. Dieser Oktober bestätigte den allgemeinen Aberglauben, dass es in jedem Jahr immer noch ein paar schöne Tage gebe, bevor Nebel und Frost über das Land zogen. Es war ein herrlich warmer, sonniger Tag. Lóon Seematter kam in Schwarz, was Georges ein wenig zu theatralisch fand.

»Es gibt kein Grab, das man besuchen kann?« Seematter trank Sodawasser mit Zitronengeschmack.

Georges genehmigte sich ein Glas Rotwein. »Es war Nellys ausdrücklicher Wunsch.«

»Sie ist eben nicht von dieser Welt gewesen«, sagte der Tänzer. »Das galt für Nellys Kunst und das gilt auch noch für ihren Tod. Ich wusste nichts von ihrer Erkrankung.« Er sah Georges an. »So vieles habe ich nicht von Nelly gewusst. Es war meine Schuld, dass unser Kontakt abgebrochen ist. Ich habe mich zu lange nicht bei ihr gemeldet, und jetzt ist es zu spät.«

Georges überlegte, wieso ein Mann, der nicht mehr als ein kurzfristiger Kollege Nellys gewesen war, sich Vorwürfe machte, weil er ihren Lebensweg nicht verfolgt hatte.

»So jung, so jung«, murmelte Seematter. »Sie wollte doch bestimmt Kinder haben.«

Georges erwog seine nächste Antwort genau. Wenn er sich als trauernder Vater zu erkennen gab, der mit seinem kleinen Mädchen allein auf der Welt stand, beschlich ihn der Verdacht, dass der komische Kauz sich mit diesem einen Treffen nicht zufriedengeben würde. Seematter durfte nicht erfahren, dass Nelly eine Tochter hatte. Der Weg zwischen Bern und Thun war kurz, es stand zu befürchten, dass er sonst noch öfter zu Besuch kommen würde, um die Kleine zu sehen.

»Nelly liebte Kinder«, antwortete Georges daher. »Aber solange ihre Karriere derart kometenhaft verlief, wollte sie damit noch warten.«

Seematter nahm einen Schluck. »Ich habe über ihren Aufstieg gelesen – Wien, London, Zürich: Wer hätte das für möglich gehalten, als Nelly noch im Corps de ballet in Bern tanzte?«

»Ich habe sie unter anderem auch nach Madrid, Oslo und Berlin begleitet«, setzte Georges hinzu. »Überall riss man sich um sie. Als sie ihre schreckliche Diagnose bekam, war für Nelly klar, sie wollte nicht ein Kind in die Welt setzen, das keine Mutter haben würde.«

»Ach Gott, das ist so traurig.«

Täuschte sich Georges, oder hatte der kleine Mann Tränen in den Augen? Gab es hier ein Geheimnis zu entdecken? Es juckte Georges, dahinterzukommen. Er ließ einen Versuchsballon steigen.

»Lieber Seematter, ich verstehe Sie nur zu gut.«

»Sie verstehen mich? Wie meinen Sie das?«

»Als Nelly noch in Bern war, als sie und ich uns kennenlernten, habe ich genau gespürt, dass auch Sie in sie verliebt waren.«

Zunächst verhärteten sich die Züge des Tänzers, doch dann überkam ihn eine Zartheit und Verletzlichkeit, die Georges erstaunte.

»Ja, ich habe sie geliebt«, bekannte Léon. »Ich habe Nelly über alles geliebt. Aber ich wäre nicht der Richtige für sie gewesen. Sie waren der rechte Mann für sie, Herr Szell. Sie haben ihr beruflich geholfen und wichtige Kontakte für sie hergestellt.«

Ein dunkler Tropfen in seiner Magengrube ließ Georges gereizt reagieren. »Ich habe wohl mehr als das für sie getan. Wir waren glücklich, Nelly und ich. In jeder Hinsicht glücklich, wenn Sie verstehen, was ich meine. Wir waren ein leidenschaftliches Paar, bis zu jener schrecklichen Zeit, als die Krankheit ihren Körper zu verschlingen begann.«

Woher kam diese plötzliche Aufwallung? War Georges eifersüchtig auf jemanden, der nie sein Glück bei Nelly gemacht hätte und nie ein Konkurrent für ihn gewesen war? Der dunkle Tropfen rührte daher, dass Seematter Nelly ein echtes und tiefes Gefühl entgegenbrachte. Liebe!, dachte Georges. Wer konnte sagen, was Liebe war? Bedeutete Liebe nicht vor allem Selbstbestätigung und Sicherheit für den Unsicheren? War Liebe in Wahrheit nicht Verlässlichkeit zwischen zwei Menschen, eine Tugend, die Georges für sich in Anspruch nahm? Nelly hatte sich auf ihn verlassen können, bis heute. Was darüber hinausging, empfand Georges als schaumgeborenen Kitsch, als Klischee, das schwächere Menschen als ihn zum Träumen brachte, als romantische Schablone, derer sich die einschlägige Literatur bediente. Ihn ärgerte dieser unscheinbare Mann, dem wahre, uneigennützige Liebe ins Gesicht geschrieben stand. Hätte Seematter sein schmieriges kleines Geständnis nicht für sich behalten können? Georges leerte sein Glas in einem Zug.

»Ich fürchte, mehr Zeit bleibt mir leider nicht, Herr Seematter«, sagte er, während er nach der Rechnung winkte.

Dem Tänzer war anzusehen, dass er gern noch länger in Erinnerungen an Nelly geschwelgt hätte, doch er erhob sich, dankte für das Gespräch, bestand darauf, die Zeche zu begleichen, und verließ das Guillaume noch vor Georges.

Während er Seematter nachsah, beschlich ihn eine seltsame Wehmut. Der Weg zum Bahnhof, den der Mann einschlug, führte an der Novy-Klinik vorbei. Ein kleiner Umweg nur, und der Tänzer hätte seine Angebetete wiedersehen, sie besuchen und ihr seine Liebe von Angesicht zu Angesicht eröffnen können.

Noch konnte Georges ihn zurückrufen. In diesem Moment fühlte er sich mächtig, denn er spielte Schicksal. Lächelnd ließ Georges Seematter davonziehen. Ahnungslos ging jener an der Abzweigung zum Krankenhaus vorbei.

* * *

Georges Szell löste seinen Haushalt in Thun auf und zog mit Heidi nach Valleiry, einer französischen Gemeinde nahe der Grenze. Zum Leben war Frankreich billiger als die Schweiz, dabei lag Genf von Valleiry nur wenige Kilometer entfernt.

An seinem neuen Wohnort dachte er über künftige Möglichkeiten nach und kam zu der Erkenntnis, dass er nicht für den Rest seiner Tage nur Vater sein wollte. Er sehnte sich danach, das Leben noch einmal bei den Hörnern zu packen. Er musste sich etwas einfallen lassen für den Tag, an dem Heidi in die Schule kam.

Das Mädchen litt unter Asthma, was erst nach mehreren unerklärlichen Erstickungsanfällen festgestellt wurde. Georges fürchtete, Nelly könnte ihre Krankheit an die Tochter weitergegeben haben, doch die Ärztin fand heraus, dass das Asthma durch die Blüten von Oleandersträuchern ausgelöst wurde. Obwohl im Département Haute-Savoie einige hohe Alpengipfel standen, herrschte in Valleiry ein sanftes Klima, das vom italienischen Aostatal beeinflusst wurde. In dieser Gegend gedieh der Oleander prächtig. Doch statt Heidi an einen Ort zu bringen, wo sie der Anfechtung nicht ausgesetzt war, behandelte Georges ihr Asthma mit Medikamenten.

Als die Anfälle häufiger wurden und zu Heidis Erstickungsangst noch Schwindelgefühle kamen, als die Ärztin warnte, die Krankheit könne chronisch werden, setzte Georges seine Pläne in die Tat um und brachte Heidi in ein Internat nach Grenoble. Er schlug damit zwei Fliegen mit einer Klappe. Einerseits bot er seiner Tochter nahe der Gebirgszüge der Chartreuse ein gesünderes Klima, andererseits saß ihm das Kind nicht länger im Nacken. Er würde seine Freiheit wiedererhalten und gedachte, sie auch zu genießen.

»Hier gibt es viele Kinder in deinem Alter. Das wird ein einziger großer Spaß für dich«, motivierte er das traurige Mädchen an dem Tag, als er sie ablieferte.

»Wir haben doch auch Spaß miteinander«, widersprach Heidi mit Augen, in denen er das Unverständnis las, weshalb er sie fortschicken wollte.

»Ich besuche dich natürlich regelmäßig«, beschwichtigte er. »Zweifelst du daran etwa?«

Heidi hätte in diesem Augenblick alles getan, um ihn nicht zu verärgern, und schwieg.

Georges drängte die spürbaren Ängste seiner Tochter mit weiteren Argumenten von sich. »Hier wirst du schnell wieder gesund. Hier wachsen die blöden Blüten nicht, die dich krank machen. Du hast jede Menge Gesellschaft, das ist wunderbar. Denn weißt du, ich muss ja auch wieder arbeiten.«

»Wenn ich in Valleiry in die Schule gehe, könntest du doch auch arbeiten«, entgegnete Heidi.

Die glasklare Logik dieser Aussage irritierte ihn. Es gefiel Georges nicht, seiner Tochter erklären zu müssen, wieso er sie aus seinem Leben drängte. »Was hältst du davon, dass wir es erst mal ausprobieren? Wenn es dir hier nicht gefällt, kannst du jederzeit wieder zu mir zurückkommen.« Wie leicht ihm die Lüge über die Lippen ging.

»Wirklich?« Ihr Gesicht war ein riesiges *Warum?*

»Ich verspreche es dir.« Er beugte sich zu ihr. »Dieser Ort heißt übrigens *Lycée au ciel ouvert,* die Schule des offenen Himmels. Da muss es doch ein wunderbarer Platz sein, an dem du dich wohlfühlen wirst. Glaubst du nicht?«

Sie nickte, weil sie ihm keine weiteren Schwierigkeiten machen wollte. Sie nickte, weil er sich ihre Zustimmung wünschte. Indem Heidi seinen Wunsch erfüllte, zeigte sie ihm, wie sehr sie ihn liebte. Die Liebe seines Kindes war für Georges das Schlimmste.

Mit ihrer Hilfe kontrollierte er, ob sie nichts vergessen hätten, sagte ein paar nette Worte über das schöne Gebäude, den weitläufigen Park und die freundliche Lehrerin, von der er sich verabschiedete, bevor er Heidi ein letztes Mal umarmte. Der klammernde Griff ihrer Arme wurde ihm so unerträglich, dass er sich losriss, ins Freie rannte, in sein Auto stieg und auf das Internatstor zuraste.

Wenige Meter dahinter hielt Georges an. Ein ungekannter Ekel packte ihn, ein derart existenzieller Selbsthass, dass er am Steuer laut zu weinen begann. Georges schrie die Abscheu gegen sich selbst, gegen seinen beschämenden Charakter heraus. Das Schicksal hatte Heidi die Mutter genommen, doch alles, was Georges dazu einfiel, war, das Mädchen nun auch zu verlassen. Während er schluchzte und halbe Sätze stammelte, spürte er gleichzeitig, dass sein Selbstmitleid noch erbärmlicher war als seine Feigheit, weil nichts als Theatralik dahintersteckte. Er badete in seinem Mea culpa. Ohne Hoffnung, dem eigenen kalten Herzen zu entkommen, wischte er sich Tränen und Rotz ab, legte den Gang ein und ließ sich langsam von der Anhöhe ins Tal rollen.

BERN, IM SEPTEMBER 1967

17

Nachdem die Beat-Party zur Einweihung der Tanzschule ein voller Erfolg gewesen war, machte sich Corinne an diesem Septembermorgen vor dem Spiegel zurecht. Gern hätte sie ausgeschlafen, aber es half ja nichts, sie wollte es hinter sich bringen.

In zweierlei Hinsicht hatte Corinne gestern Außergewöhnliches geleistet, als attraktive Gastgeberin und zugleich als Tänzerin, die stundenlang mit Georges Schrittkombinationen vorführte, sich dann unter die Schüler mischte und das Gelernte mit ihnen übte. Die Qual, die sie ihren Füßen dabei angetan hatte, forderte einen hohen Tribut. Sie war froh, heute flache Schuhe tragen zu können. Corinne föhnte ihr Haar und schminkte sich. Bevor sie das Haus verließ, setzte sie die Sonnenbrille auf. Der Tag war zu hell, um ihm ungeschützt zu begegnen.

Die laute Brunngasshalde schlug ihr entgegen. Es sah Georges ähnlich, in einer Stadt, die aufgrund ihrer Architektur vom hektischen Verkehr verschont geblieben war, ausgerechnet in eine ihrer wenigen lauten Durchzugstraßen zu ziehen. Rasch bog sie in die Mani-Matter-Stutz ein und von dort in die Postgasse. Unter den alten Arkaden reihten sich Antiquitätengeschäfte aneinander, Corinne spähte in die Auslagen. Sie hatte Lust, ihre Wohnung mit hübschen Dingen auszustatten, doch alles Geld war bis jetzt in die Einrichtung der Tanzschule geflossen. Corinne gefiel ein rot bespannter Sessel, der glitzernde Lüster dort und das Bücherbord mit den geschwungenen Auflagen. Bern war eine gediegene, reiche Stadt, hier ließ es sich gut leben. Corinne wäre gern geblieben, zugleich spürte sie, es sollte nur ein Gastspiel für sie werden.

Corinne Dumarchellier, in Genève-Bellevue geboren, entstammte einem Elternhaus, in dem ihr titanenhafter Vater, der Industrielle, ihrer weltgewandten Mutter freie Hand ließ, das Haus am Genfersee zum Treffpunkt für Gäste aus aller Welt zu machen. Der Schriftsteller Georges Simenon, der mit seinen sagenhaften Buchauflagen die Bibel als Bestseller Nummer eins verdrängt hatte, war bei ihnen zu Besuch gewesen. Charles Chaplin kam aus seiner Villa quer über den See. Schauspieler, Musiker und Maler genossen das Privileg, von Corinnes Mutter eingeladen zu werden.

In den Augen der Dumarchelliers war Georges Szell ein Niemand. Weder hatte er Geld noch Ambitionen. Er war nichts als ein gutaussehender Mann, um einiges älter als die damals neunzehnjährige Corinne, doch sie fand ihn beeindruckend. Was hatte Corinne an Georges beeindruckt? Sein Schwung. Und damit war leider schon alles gesagt. Er besaß jenen Schwung, der im Kreise der Dumarchelliers wenig geschätzt wurde, weil man ihn für unwesentlich hielt.

In Corinnes Alter waren die Wünsche ihrer Eltern genau das, was eine Neunzehnjährige zu missachten trachtete. Papa und Mama waren ein mächtiges, angesehenes, bewundertes Paar. Georges dagegen verfügte weder über Macht noch Ansehen. Ihre Eltern waren gebildet, hatten Kunstverstand und begriffen das Leben als ernsthafte Angelegenheit, die durch die Kunst ein wenig erfreulicher wurde. Georges besaß keinerlei Kunstverstand, war beeindruckend ungebildet und nahm das Leben auf eine so lockere und lässige Art, dass man ihn dafür nur liebhaben konnte.

Eines Tages war er in ihr Haus geweht, als der südamerikanische Komponist Astor Piazzolla während einer Gastspielreise durch die Schweiz bei den Dumarchelliers Zwischenstation machte und seine revolutionären Tangovariationen zum Besten gab. Um die Wirkung der Musik besser zu vermitteln, brachte er ein Tanzpaar mit, bestehend aus Piazzollas Geliebter Assunta und einem blonden Frankoschweizer. Zur Musik des Meisters zeigten die beiden eine Art *Schau-Tango*. Während Assunta sich dabei ganz der Musik hingab, produzierte sich Georges Szell pompös und schwülstig, als müsse er die Seele des Tango im Körper eines Europäers doppelt beweisen. Corinne verbiss sich während seines Auftritts das Lachen; zu pfauenhaft erschien ihr sein Tanz. Das kränkte ihn, er sprach die Tochter des Hauses hinterher darauf an. Nun, da er nicht mehr den südamerikanischen Gockel machte, gefiel er Corinne besser. Sie kamen einander näher und gingen in Genf zusammen aus. Irgendwann küsste Corinne den schwungvollen Georges. Irgendwann schliefen sie miteinander. Irgendwann eröffnete sie ihren Eltern, dass sie mit Georges Szell zusammen sei und mit ihm zusammenbleiben wolle.

Die mächtigen Dumarchelliers wussten alles über den Einsatz von Macht im Wirtschaftsleben, hatten aber wenig Ahnung davon, dass Druck in Liebesdingen Gegendruck erzeugte. Sie machten bei ihrer Tochter alle nur erdenklichen Fehler. Je mehr sie Corinne den Habenichts Georges Szell auszureden versuchten, desto hartnäckiger blieb sie bei ihrer Wahl. Die verliebte Corinne war bereit, den Luxus ihrer ersten siebzehn Jahre hinter sich zu lassen, und mit Georges überall auf der Welt hinzugehen.

Ihn dagegen verwirrte und überforderte Corinnes Absolutheit. Je deutlicher sie das spürte, desto vehementer bestärkte sie Georges in der Rolle des Helden, der sie aus dem goldenen Käfig befreien müsse. Ihre Radikalität faszinierte, ihre Schönheit verblendete ihn. Obwohl ihn der Widerstand ihrer einflussreichen Familie schreckte, packte Georges ein ungekannter Mut. Er stimmte ihrem Plan zu, bei Nacht und Nebel aus Genève-Bellevue zu verschwinden.

Ihre Flucht bei strömendem Regen hätte dramatisch, ja heroisch verlaufen können, war aber eher ein lächerliches Ereignis. Denn gleich auf den ersten Metern glitten sie im Morast aus und fielen hin. Durchgefroren, verdreckt und nass bis auf die Knochen ließen sie die Stadt des Wohlstands hinter sich.

Obwohl die Dumarchelliers sämtliche Gelder der Tochter einfroren, war ein Sparbuch ihrer Aufmerksamkeit entgangen. Mit diesem Geld wollten die Liebenden in der ersten Zeit durchkommen. Georges' Tangoauftritt für Piazzolla war ein einmaliges Engagement gewesen, danach hatte er weder Arbeit noch Perspektive und war weitgehend mittellos.

Corinne sah in Georges eine Art Universalbegabung, ihre verliebte Umschreibung dafür, dass er ein Luftikus war. Sie staunte über die vielen unterschiedlichen Berufe, in denen er schon gearbeitet und reüssiert hatte.

Das erzählte er zumindest: Während des Krieges sei er im Import-Export-Wesen tätig gewesen. Obwohl die Schweizer Armee nicht in die Kampfhandlungen eingegriffen hätte, habe er kriegswichtige Waren für die Truppen beschafft. Als ein Theateragent Georges' außergewöhnliche Stimme entdeckt habe, sei ihm der Wechsel zur Kunst nahegelegt worden. Georges besaß alte Bandaufnahmen von seiner Tätigkeit beim Radio; Corinne lauschte versonnen, wenn er darauf gefühlvolle Schlager sang. Er erzählte, dass ihn darauf ein *Ruf aus Wien* ereilt habe. Ein bedeutender Impresario habe Georges mit der Bitte bestürmt, dessen Geschäfte in der Westschweiz zu übernehmen. Dem frisch gebackenen Agenten Szell sei es zu verdanken gewesen, dass viele junge Karrieren einen steilen Aufstieg genommen hätten. Von seiner Zeit als Musikagent erzählte er im Übrigen wenig und gestand Corinne, seine wahre Liebe habe immer dem Tanz gehört. Er machte ihr die wirtschaftlichen Aussichten schmackhaft, mit denen sie rechnen könnten, wenn Georges eine eigene Tanzschule eröffnen würde.

Corinne selbst tanzte leidenschaftlich gern, hatte aber keine Ahnung, wie sich daraus ein Lebensunterhalt erwirtschaften ließ. Georges überzeugte sie davon, seinen Plan mit ihrem Sparbuch zu unterstützen. Sie mieteten sich in Grindelwald ein, dem reichen Touristenort, wo Georges als Tanzlehrer zu arbeiten begann. Corinne staunte über die Wahl des neuen Wohnsitzes: Verglichen mit Genf war Grindelwald ein Kuhdorf.

Von Auslage zu Auslage schlendernd hatte sie den Kornhausplatz und die Zytglogge erreicht. Sie las die Speisekarte eines Restaurants und trank dort Kaffee. Als sie schließlich vor das Haus trat, in dem die Tanzschule Seematter residierte, nahm Corinne all ihren Mut zusammen. Sie trug an den Ereignissen von Grindelwald keine Schuld, war aber der Auslöser dafür gewesen. Das machte sie zu Georges' Komplizin, eine Rolle, die sie hasste. An der Oberfläche spielte er den mondänen Tanzmeister, der populäre Musik zu den Jugendlichen brachte, doch seine zur Schau getragene Jugendlichkeit hatte etwas Verkrampftes, Trauriges. Corinne sah keinen anderen Ausweg, als Georges eines Tages zu verlassen. In seinem derzeitigen Zustand würde sie ihn damit vernichten, doch Corinne hoffte, irgendwann fügten sich die Dinge so, dass sie ihre eigenen Wege gehen konnte. Die Dinge *fügen sich* aber niemals von selbst, dachte sie beim Eintreten. Man musste sie anpacken und ihnen eine neue Richtung geben.

18

Léon Seematter machte das *Ping ping ping* verrückt. Nervös strich er durch den Tanzsaal, warf einen Blick in sein Büro, hielt es dort nicht lange aus und kehrte in den Saal zurück.

Ungefahr, sein Pianist, saß am Flügel und nützte den freien Vormittag, um das Klavier zu stimmen. Normalerweise war Seematter das recht, so sparte er sich einen professionellen Klavierstimmer. Heute aber machte ihn das Ping-ping-ping, das unaufhörliche Anschlagen ein und derselben Taste und das Justieren der Saiten wahnsinnig. Ungefahr befand sich erst im mittleren Register, es würde noch eine Stunde dauern, bis er fertig war. Seematter wollte nicht ungnädig mit seinem Angestellten sein, er machte die Arbeit schließlich unentgeltlich.

Léon kehrte ins Büro zurück und schloss die Tür. Doch es half nichts, das Ping-ping verfolgte ihn. In seine Wohnung gehen wollte er auch nicht, dort starrten ihn nur die Wände mit den Bildern seiner Vergangenheit an. Seit Heidi ihn aufgesucht hatte, war Seematters Welt aus den Fugen. Mit ihr kam alles zurück, Ereignisse, denen er längst Lebewohl gesagt hatte, drängten sich wieder in sein Dasein. Er hatte Nelly, seine große Liebe, auf das Piedestal der Erinnerung gestellt und im Übrigen das Leben eines zufriedenen Junggesellen geführt. Nun war das alles wieder da, weil es dieses Kind gab, das der Mutter wie aus dem Gesicht geschnitten schien. Weil der verhasste Widersacher nur wenige Straßenzüge entfernt sein Spinnennetz wob, in das er die Berner Jugend lockte.

Seematter konnte nicht so tun, als wäre seine Welt nicht seit gestern umgestürzt worden. Er und Heidi hatten zusammen gegessen. Léon hatte kaum etwas hinunterbekommen, zu aufgewühlt war er gewesen. Ohne zu wissen, worauf das hinauslief, hatten sie vereinbart, einander von nun an häufiger zu sehen. Sie wollten sich von früher erzählen, sie wollten …

»Ja, was wollten wir?«, flüsterte Léon im Büro.

Das Ping-ping-ping machte ihn rasend, er hielt sich die Ohren zu.

»Was haben wir miteinander zu schaffen? Sie ist seine Tochter, aber sie kommt zu mir. Sie ist aus dem Internat davongelaufen und nach Bern gefahren. Zu welchem Zweck?«

Heidi wohnte nicht bei ihrem Vater, das hatte sie Léon verraten. Szell ließ das Mädchen in einer Jugendherberge wohnen, seine eigene Tochter!

Wie konnte Seematter ihr helfen? Sollte er ihr anbieten, eine Zeitlang bei ihm unterzukommen? Seine Wohnung war auf eine Person zugeschnitten, aber das kleine Zimmer im Halbstock benützte er nie. Es lag Tür an Tür mit seinem Schlafzimmer, aber allein der Gedanke an etwas Unehrenhaftes erschien absurd. Konnte man etwas Zweideutiges vermuten, wenn Léon die Tochter seiner früheren Kollegin Nelly ein paar Tage bei sich wohnen ließ?

»Natürlich kann man das!«, widersprach er sich selbst. Er, der untadelige Tanzmeister, der täglich jungen Frauen Unterricht erteilte, konnte unmöglich eine Minderjährige in seiner Wohnung unterbringen. Wenn das herauskam, löste es in der konservativen Stadt einen Skandal aus. Schlimmer noch: Wenn der Vater des Kindes, der gerissene Szell, dahinterkam, war nicht auszudenken, was dieser Mann unternehmen würde. Obwohl er als Vater versagt hatte, würde er nicht zögern, seine Vaterschaft moralisch in die Waagschale zu werfen und gegen Seematter vorzugehen.

Pin-ping-ping kam es von drüben. Léon stieß einen Schrei aus, rannte zur Tür und war im Begriff, seinen Pianisten anzubrüllen, mit dieser grauenhaften Folter aufzuhören, als es an der Tür klingelte.

»Um diese Zeit?« Er hielt inne.

Vormittags gab es keine Kurse. Die jungen Leute waren in der Schule. Für die Post schien es zu früh, für den Milchmann zu spät.

Seematter öffnete. »Ja, bitte?«

Draußen stand eine junge Frau, hübsch, ansprechend, wenngleich sie diese sonderbare neue Mode trug, die Frauen in Paradiesvögel verwandelte. Roter Rock, grüne Bluse, eierschalenfarbene Stiefel: So liefen viele Mädchen heutzutage durch die Gegend. Auf dem Kopf trug sie eine gestickte Kappe. Das Haar fiel ihr über die Schultern.

»Guten Tag, Herr Seematter«, sagte die junge Frau. »Mein Name ist Corinne. Ich bin die Lebensgefährtin von Georges Szell.«

Es kam ihm vor, als würden sich in einem Theaterstück nach und nach alle handelnden Figuren auf der Bühne versammeln, um das Drama zu vollenden. Gestern Heidi, heute Szells Konkubine; wie lange konnte es noch dauern, bis der Feind selbst vor seiner Tür stehen würde?

»Was wollen Sie?« Die gestrige Aufregung, das nervtötende Ping-ping, der Auftritt dieser Frau – Léons Stimme zitterte.

»Ich wollte fragen, ob Sie ein paar Minuten Zeit für mich haben.«

»Hier? Zwischen Tür und Angel? Ich habe zu tun.« Er behielt den Türgriff in der Hand. »Warum haben Sie nicht angerufen?«

»Weil ich Angst hatte, dass Sie mich nicht empfangen würden.«

»Ich empfange Sie auch jetzt nicht.« Sein Versuch, die Tür zu schließen, fiel nicht allzu vehement aus. Im Grunde war Seematter neugierig, was diese Frau von ihm wollte.

»Es dauert bestimmt nicht lange.« Mit tänzerischer Eleganz stellte Corinne den gestiefelten Fuß auf die Türschwelle.

Ping-ping-ping kam es aus dem Hintergrund. Unter diesen Umständen konnte Seematter unmöglich mit ihr sprechen. In seine Wohnung zu gehen war ebenfalls ausgeschlossen. Keinesfalls wollte er, dass diese Person mit ihm an seinem Tisch saß, an dem er doch gestern noch mit Heidi gesessen hatte. Er machte kehrt und rannte in den Saal. »Um Himmelswillen, Ungefahr, hören Sie mit dem Geklimper auf!«

Von der Empore blickte der Pianist überrascht zu seinem Chef hinunter. »Ich bin gleich fertig.«

»Sie sind erst beim zweigestrichenen B!«, schrie Léon. »Mit anderen Worten: Sie sind nicht gleich fertig. Lassen Sie es, bitte, lassen Sie es sofort.«

»Ich kann aber später beim Unterricht nicht auf einem halb gestimmten Klavier spielen«, gab Ungefahr zu bedenken. »Meistens gehen Sie sonst spazieren, während ich stimme. Warum gehen Sie nicht ein bisschen in die Sonne?«

»Ich will nicht an die Sonne!«

Ungefahr machte den Fehler, den Zustand Seematters nicht zu respektieren. »Ich stimme den Flügel jetzt fertig«, entgegnete er mit dem Trotz eines Appenzellers.

Wenige Sprünge, und sein Chef war auf der Empore. Krachend schlug er den Klavierdeckel zu. Ungefahr konnte gerade noch die Finger zurückziehen.

»Gehen Sie, ich bitte Sie!«, keuchte Léon.

Würdevoll stand der Pianist auf. »Das war das letzte Mal. Das letzte Mal, dass ich Ihren Flügel gestimmt habe.« Er nahm seine Jacke, seinen Stimmstock und verließ den Saal. Im Vorraum begegnete er einer Unbekannten, nickte ihr zu und lief aus der Tanzschule.

Als Corinne eintrat, saß Seematter immer noch am Klavier. »Was wollen Sie von mir?«, murmelte er, als er ihre Schritte auf dem knarrenden Parkett hörte.

»Grindelwald.« Langsam kam Corinne an das Podest heran.

»Was ist mit Grindelwald?« Seematter sah sie an.

»Georges hat das nicht gewollt, was in Grindelwald geschehen ist.«

»Natürlich müssen Sie das so sehen, Sie sind seine Lebensgefährtin.« Seit das Ping-ping aufgehört hatte, war Léon gefasster. Er klappte den Deckel wieder auf. Wie von selbst spielten die Finger seiner rechten Hand eine Melodie. »Was Herr Szell in Grindelwald getan hat …« Mittendrin brach er ab. »Dieser Mann ist ein Monster.«

Corinne setzte sich an den Rand der Empore. Die Frau mit der Wollmütze saß zu Füßen des Tanzmeisters.

19

Sechs Jahre zuvor, im September 1961, hatte Georges Szell den Bus nach Thun bestiegen. Seine Geschäfte gingen erbärmlich, das Leben erschien ihm mühselig. Sein Haar hatte den vollen Glanz verloren, Schwung und Leichtigkeit waren dahin.

Mit jedem Tag, den sie länger in Grindelwald blieben, begriff auch Corinne deutlicher, auf wen sie sich eingelassen hatte.

Doch Corinne war ein Mensch, der sich Fehler nicht eingestand; sie hatte sich für Georges entschieden und musste ihre Wahl Tag für Tag vor sich selbst rechtfertigen.

Die Tanzschule warf praktisch nichts ab. Die deutschen, französischen und holländischen Gäste wollten in Grindelwald wandern oder Schifahren. Keiner kam auf die Idee, hier tanzen zu lernen. Georges und Corinne hätten ihr Glück in einer anderen Stadt versuchen können, doch zu ihrem Erstaunen wollte er unbedingt in dem mondänen Dorf im Berner Oberland bleiben.

Corinnes Geld war aufgebraucht. Er wusste, dass sie ihre Mutter heimlich kontaktierte, die der Tochter kleinere Summen zukommen ließ. Vater Dumarchellier durfte davon nichts erfahren. Georges war sich darüber im Klaren, dass er eine junge Frau mit besten Zukunftsaussichten in sein Leben hineingezerrt hatte und dass Corinne zu stolz, vielleicht auch zu loyal war, ihm davonzulaufen.

Georges bereute von ganzem Herzen. Diese Veränderung an sich selbst erstaunte ihn am meisten. Bisher war er geschickt und wendig durchs Leben manövriert und hatte andere wenn nötig beiseitegestoßen, um an jegliches Ziel zu gelangen. Mehr und mehr begann Georges, seine angeborene Rücksichtslosigkeit zu hinterfragen. In dem Luxusdorf Grindelwald, das sich nur die Erfolgreichen leisten konnten, kam ihm der Verdacht, dass er selbst so erfolglos war, weil die Welt ihm nun, da seine Jugend schwand, sein schlechtes Herz und seinen nichtsnutzigen Charakter ansah.

Er klagte sich an, nicht in ausreichendem Maß für die Frau, mit der er immer noch verheiratet war, dagewesen zu sein. Er trug natürlich keine Schuld an Nellys Schicksal; sie hatte die traurige Entscheidung, als Lebende Abschied vom Leben zu nehmen, allein gefasst. Doch Nellys Entschluss hatte sich nicht erfüllt. Sie war nicht nach drei Jahren gestorben, wie Hochsinger prophezeit hatte, und sie starb auch nach sechs Jahren nicht. Ihr Zustand hatte sich stabilisiert, sofern man das bei einem Menschen, der nichts im Leben selbst steuern konnte, sagen durfte. In der Novy-Klinik hatte man technische Hilfsmittel für Nelly erfunden, mit deren Hilfe sie kommunizierte: durch das Blinken der Augen oder das Anschlagen eines Glöckchens mit ihrem einzigen noch beweglichen Finger.

An diesem Morgen im Jahr 1961 saß Georges im Bus nach Thun. Nur wegen Nelly hatte er Grindelwald zum Wohnort gewählt, das Dorf lag eine knappe Stunde von Thun entfernt. In derselben Stadt mit beiden Frauen hätte Georges unmöglich leben können, doch dieses Arrangement schien ihm erträglich. Bis zum heutigen Tag hatte er Corinne nicht erzählt, dass er immer noch verheiratet war und dass seine Frau in der Nähe lebte. Er behielt es für sich, um damit Nellys Wunsch, für tot gehalten zu werden, zu respektieren.

In Thun stieg er aus und legte den Weg in die Novy-Klinik zu Fuß zurück. Früher hatte er sich für die Begegnung mit Nelly jedes Mal erst Mut machen müssen, jetzt aber, Jahre später, fühlte er eine unbändige Freude, sie wiederzusehen. Er fragte sich, ob Corinne etwas damit zu tun hatte, dass er zu seiner Ehefrau zurückgekehrt war. Corinne verkörperte die Kraft des Lebens. Sie konnte alles noch erreichen, kein Ziel schien für sie zu hoch. Georges dagegen hatte seinen Zenit überschritten; für ihn ging es unübersehbar bergab. Corinnes Anwesenheit erinnerte ihn täglich daran, dass ihre Wege bereits auseinanderliefen, obwohl sich beide das nicht eingestehen wollten. Wenn er jedoch zu Nelly fuhr, kam er nach Hause – wie grausam sich das auch anfühlen mochte.

Vor der ersten Wiederbegegnung hatte er Angst gehabt. Schließlich brach er das Versprechen, das er ihr gegeben hatte. Doch Nellys Begrüßung war wunderbar schlicht gewesen. Dieser Mensch, der Emotionen kaum noch ausdrücken konnte, hatte sich so sichtbar über Georges' Besuch gefreut, dass er neben ihrem Rollstuhl auf die Knie sank und sie küsste. Er küsste den verwelkten Menschen, dem seine Liebe gehörte, und das machte alles nur noch schrecklicher. Er lebte mit einer jungen Frau zusammen, die seinetwegen die besten Jahre ihrer Jugend vergeudete, und wünschte sich insgeheim, wieder Nellys Mann zu sein.

Deshalb erzählte er Nelly alles, was geschehen war, was er mit Heidi gemacht hatte, wie seine neue Frau hieß, wo er mit ihr lebte, womit sie ihren Lebensunterhalt zu bestreiten suchten. Georges beichtete seiner Frau das ganze Elend, fasste die nackte Wahrheit in Worte und beschönigte nichts. Tat er es, weil Nelly es nicht weitererzählen konnte? Nein, es war mehr. Für Georges fühlte es sich wie eine Heimkehr an.

Mit Hilfe eines Bausatzes von Wortkombinationen gestaltete sich die Kommunikation diesmal einfacher, schneller als mit der Buchstabiertafel. Nellys Geist war hellwach. Tagsüber las sie, sofern ihr eine Schwester zum Umblättern zur Verfügung stand. Auch Georges übernahm diese Aufgabe. Sobald es zwischen ihnen nichts mehr zu erzählen gab, legte er das Buch auf einen Notenständer, rückte ihn vor den Rollstuhl und beobachtete Nelly beim Lesen. Wenn sie blinzelte, blätterte er um. Wie schön diese Stunden waren, fremdartige Stunden, in denen er vergaß, dass sein Leben ihm als Gefängnis erschien. Je öfter er Nelly besuchte, desto deutlicher wurde ihm, dass er Corinne aus ihrem gemeinsamen Gefängnis entlassen musste. Es war seine Pflicht, sie damit zu konfrontieren, dass er zu seiner alten Frau zurückgekehrt war.

* * *

In der ersten Zeit im *Lycée au ciel ouvert* hatte Heidi häufig Besuch von Georges erhalten. Jedes Mal, wenn er kam, gab sie sich einsilbig, abweisend, trotzig. Sie ließ ihn spüren, dass er sie allein in den französischen Alpen ausgesetzt hatte. Seine Besuche wurden daher seltener, bis sich ihr Kontakt auf den Austausch von Briefen beschränkte.

Zu Weihnachten des Jahres 1961 bekam Heidi eine Ansichtskarte aus Grindelwald. War es unvorsichtig von Georges, Heidi seinen Wohnort zu verraten, oder war es eine versteckte Aufforderung? Sie fand heraus, dass er eine Tanzschule in Grindelwald betrieb. Sie hieß *Georges & Corinne.*

Heidi war inzwischen elf Jahre alt. Eine Elfjährige durfte nicht allein von Frankreich in die Schweiz reisen. Ein elfjähriges Internatskind durfte außerhalb des Lycée überhaupt nichts unternehmen; Heidi kannte die Regeln. Sie kümmerte sich nicht darum. Sie stahl Geld von ihren Kommilitoninnen. Da es keine großen Summen waren, gelang es der Leitung nicht, den Kameradendiebstahl aufzuklären. Als Heidi genug beisammen hatte, floh sie eines Morgens im Frühling 1961 aus dem Internat und bestieg einen Zug nach Genf. An der Grenze versteckte sie sich auf der Toilette und erreichte Grindelwald, ohne entdeckt zu werden.

Kaum eine halbe Stunde später stand sie vor der Fensterfront, durch die man ins Innere der Tanzschule sah. Drinnen war eine junge Frau damit beschäftigt, Kissen aufzuschütteln, die auf langen Bänken entlang der Wände lagen. Sie legte die Kissen hierhin und dahin, machte einen Knick in ein Polster und strich ein anderes glatt. Der Raum erinnerte Heidi an einen leergeräumten Kaufladen. An der Decke verströmten Neonröhren ihr krankes Licht. In der Ecke stand eine Musikanlage, Plattenspieler, Verstärker, Lautsprecher. In der anderen Ecke war eine Abtrennung geschaffen worden, die eine Bar darstellen sollte. An der Decke hing eine verstaubte Spiegelkugel.

Die junge Frau bemerkte das neugierige Mädchen vor dem Fenster. Sie kam an die Tür.

»Kann ich dir helfen?«

»Wieso?«

»Weil du da draußen stehst.«

»Darf ich das nicht?«

»Das ist eine Tanzschule. Ich glaube, du bist noch zu jung, um Gesellschaftstänze zu lernen.«

»Ich will gar nicht tanzen.«

»Na gut. Ich habe zu tun.« Corinne schickte sich an, wieder hineinzugehen.

»Aber Sie haben doch gar nichts zu tun«, rief Heidi ihr nach.

»Ich erwarte einen Tanzschüler.«

»Geben Sie denn allein Unterricht?«

»Warum nicht?«

»Wenn Sie mit dem Schüler tanzen, wie können Sie ihn gleichzeitig unterrichten? Und wieso kommen nicht mehr Leute in Ihren Kurs?«

Corinne wollte die Tür schließen. Heidi kam ihr zuvor und zwängte sich einfach herein. Ein wenig erschrocken trat die junge Frau zurück.

»Was soll das?«

Heidi zeigte auf die geschwungene Schrift an der Wand. »Ihre Schule heißt *Georges & Corinne.* Wo ist Georges?«

»Er ist nicht da.«

»Wieso unterrichtet er nicht?«

Corinne verlor allmählich die Geduld. »Georges ist

nicht in Grindelwald. Was willst du eigentlich? Wer bist du?«

Lüge oder Wahrheit? Heidi brauchte nicht lange zu überlegen. »Ich bin eine Verwandte von Georges.«

Corinnes Gesicht hellte sich auf. »Ach, du kommst ihn besuchen? Wieso hast du das nicht gleich gesagt? Komm herein, setz dich. Willst du etwas trinken?«

»Haben Sie Rivella?«

Corinne eilte zur Bar. »Eine Verwandte bist du? Von wo, aus Wien?«

Heidi nahm Platz. »Wieso Wien?«

»Georges hat lange in Wien gelebt und gearbeitet.«

Lüge oder Wahrheit? »Ja, ich komme aus Wien.«

Corinne hantierte am Kühlschrank. »Ich höre keinen österreichischen Akzent bei dir.«

»Wir sind schon länger fort aus Wien.«

»Wir?«

»Meine Familie. Mein Vater ist Botschafter.«

»Wirklich?«

»In Kanada.«

Corinne öffnete die Flasche. »Du bist von Kanada nach Grindelwald gereist?« Sie lachte ungläubig. »Wo sind deine Eltern?«

Die Lüge drohte, kompliziert zu werden. Heidi stockte. »Was?«

»Du hast die weite Reise wohl kaum allein gemacht.«

»Meine Eltern sind nach Zürich vorausgefahren. Ich bin hier, um Georges zu besuchen.«

Als Corinne die Rivella brachte, erkannte Heidi, dass sie ihr die Geschichte nicht abkaufte.

»Wo genau in Kanada?«

»Was?«

»Wo ist dein Vater Botschafter?«

»In Französisch-Kanada.« Heidi nahm die Flasche mit dem Strohhalm entgegen. »Wir leben in einer Kleinstadt.«

»Wie kann dein Vater Botschafter sein, wenn ihr in einer Kleinstadt lebt?«

»Er ist selten da. Mama und ich leben dort.«

»Weiß Georges, dass du kommst?«, fragte Corinne misstrauisch.

»Ich habe ihm geschrieben.«

»Davon hat er mir nichts gesagt.« Corinnes forschender Blick machte Heidi klar, dass sie sich mit der hanebüchenen Geschichte vergaloppiert hatte. Sie verstummte.

»Wo wirst du wohnen? Es ist zwar noch nicht Hauptsaison, aber Grindelwald ist meistens ausgebucht.« Corinne setzte sich zu ihr und musterte das Mädchen von oben bis unten. »Wo ist überhaupt dein Gepäck?«

Heidi hatte nur ihren Mantel dabei und eine leere Packung Kekse. Das war ihr Reiseproviant gewesen. »Ich habe den Koffer auf dem Bahnhof gelassen. Er ist zu schwer, um ihn hierherzuschleppen.«

Corinne sah auf die Uhr. »Mein Schüler wird jeden Moment hier sein. Kannst du warten, bis die Stunde zu Ende ist? Inzwischen kommt Georges bestimmt zurück.«

»Wo ist er denn?«

»Er ist nach Thun gefahren. Dort erledigt er etwas auf der Registratur.«

Corinnes Schüler und Georges erschienen gleichzeitig.

Bei seinem Eintritt schien die Erde für mehrere

Sekunden stillzustehen. Georges Szell starrte seine Tochter an. Wie groß sie geworden war. Ein Kind hatte er in Grenoble zurückgelassen, nun stand ein Mädchen mit erwachender Weiblichkeit vor ihm. Daneben Corinne, seine Frau, seine Partnerin, die nichts von diesem Kind wusste. Genauso wenig wusste sie von Georges' erster Frau, seiner Gattin vor Gott. Und da stand noch ein Junge im Raum, Werner hieß er, war fünfzehn, kam im Gruppenunterricht nicht recht mit und nahm deshalb Einzelstunden bei Corinne. Tausend Dinge hätte es zu sagen gegeben. Nichts davon konnte Georges sagen, solange Werner im Raum war.

»Heidi«, murmelte er und rechnete mit ihrer einzig möglichen Antwort: *Hallo, Papa.*

»Guten Tag, Georges«, antwortete sie stattdessen. »Wo kommst du denn her?«

Corinne ging dazwischen. »Aus Kanada, stell dir vor. Den ganzen weiten Weg hat sie gemacht, um dich zu besuchen.« Sie lachte, aber ihr Lachen klang wie eine Frage. *Was ist das für ein Kind?,* lautete Corinnes Frage. *Wieso hast du mir nicht gesagt, dass es zu Besuch kommt?*

»Aus Kanada, so?« Er ließ Heidi nicht aus den Augen. Sollte er ihre dumme Lüge sofort entlarven? Georges schwieg, eine Sekunde, mehrere, so lange, bis Werner den Mund aufmachte.

»Fangen wir an?«, fragte der Tanzschüler.

Corinne ging zur Musikanlage und legte eine Platte auf. »Natürlich, Werner. Wir wollten die Rumbafiguren durchgehen.«

»Am besten auch den Walzer.« Werner trat zu Corinne.

»Was willst du hier?«, presste Georges währenddessen zwischen den Zähnen hervor.

»Dich besuchen«, flüsterte Heidi.

»Das geht nicht.«

»Wieso?«

»Es geht eben nicht.«

Corinne drehte sich um. »Am besten, ihr begrüßt euch oben«, rief sie. »Ich brauche jetzt den Raum.«

»Gut. Lass uns raufgehen.« Georges nahm Heidis Arm.

Corinne setzte die Nadel auf die Platte. Südamerikanische Musik erklang. Sie beobachtete, wie die beiden verschwanden. Corinne hatte den Eindruck, Georges zog das Mädchen förmlich nach draußen. Sie übte den Grundschritt mit Werner und tanzte zwei Runden mit ihm durch den Saal.

Plötzlich brach sie ab. »Sei mir nicht böse, Werner. Mir fällt gerade ein, dass ich etwas Wichtiges vergessen habe.«

»Was denn?« Verdutzt stand er da.

Sie lief zum Plattenspieler. »Wir müssen die Stunde ein andermal nachholen. Es tut mir leid. Wie wäre es morgen?«

Werner war enttäuscht. »Wir haben doch schon angefangen.«

»Ich habe keine Zeit, es dir genauer zu erklären«, erwiderte Corinne gereizt. »Es ist wichtig. Ich muss die Tanzschule dichtmachen. Selbstverständlich schreibe ich dir die Stunde gut. Ich rufe deine Mutter an, wann wir es nachholen können, einverstanden?« Mit diesen Worten komplimentierte sie ihn zur Tür hinaus. Werner konnte gerade noch seine Jacke nehmen.

Corinne schloss ab, löschte das Licht, lief zur Treppe und stieg mit leisen Schritten nach oben.

»... in welche Lage du mich bringst?«, hörte sie gerade noch. Georges schien im Wohnzimmer umherzugehen.

»Ich wollte dich sehen. Ich bleibe auch nicht lange.« Das war Heidis Stimme. Weinte sie? *»Schick mich nicht gleich wieder fort.«*

Das Kind fortschicken?, überlegte Corinne. Selbst wenn das Mädchen ungelegen kam, konnte man sie doch ein, zwei Tage beherbergen.

Corinne nahm die letzten Stufen. »Na, habt ihr euch viel zu erzählen?« Mit gespielter Gelassenheit betrat sie das Zimmer.

»Corinne?« Georges fuhr herum. »Wieso? Die Stunde kann unmöglich vorbei sein.«

Er hatte rote Flecken im Gesicht. Das war sonst nur der Fall, wenn Georges in die Enge getrieben wurde. Wie konnte er durch ein kleines Mädchen in die Enge getrieben werden?

»Ich habe Werner nach Hause geschickt, weil ich unseren Besuch entsprechend begrüßen wollte.« Das Lächeln fiel Corinne nicht leicht. »Heidi könnte in der Küche schlafen, habe ich überlegt. Das Sofa ist bequem.«

»Nein«, sagte Georges. »Das geht nicht.« Er trat in die Mitte des Zimmers. »Heidi fährt sofort zurück.«

»Nach Kanada?«, rief Corinne. »Aber ihre Eltern sind in Zürich.«

»Es gibt keine Eltern.« Georges klang erregt, zugleich kalt wie Eis.

»Keine Eltern?« Corinne spürte, ihr Misstrauen war berechtigt gewesen.

»Heidis Mutter ist …« Georges holte tief Luft. Vor einer Stunde erst hatte er sich von Heidis Mutter verabschiedet. Zwei freundliche Stunden mit Nelly waren das gewesen. Er genoss ihr stilles Einverständnis. Während sie zusammen waren, sprach er wenig, das Meiste sagten sie einander über die Augen. Sie hatten am Fenster gesessen, mit Blick auf die Weide. Georges hielt Nellys Hand, er fühlte ihr leises Blut, fühlte, dass sie lebte. Nelly lebte, das machte ihn glücklich.

In diesem Moment hasste Georges die junge, schöne Frau, die da stand, Corinne, die seiner Eitelkeit schmeichelte, die er gegen den Willen ihrer Familie an sich kettete und die ihm bei seiner wiedererwachten Liebe zu Nelly im Weg war. Zu allem Übel war nun auch noch Heidi aufgetaucht, um Unfrieden zu stiften und Georges in Schwierigkeiten zu bringen.

»Heidis Mutter ist tot«, sagte Georges mit stählerner Stimme. »Sie ist tot. Sie starb schon vor Jahren. Heidi kommt nicht aus Kanada. Sie lebt in einem Internat. Ich habe sie nach dem Tod ihrer Mutter dort untergebracht. Heidi ist meine Tochter.«

20

Léon Seematter kannte nun Corinnes Version von dem Vorfall in Grindelwald. Sie hatten auf der Empore gesessen, Léon am Klavier, sie zu seinen Füßen. Corinne hatte den Zusammenprall mit Heidi geschildert, sie sprach offen und überzeugend, Seematter war geneigt, ihr zu glauben. Zugleich wurde er den Verdacht nicht los, dass sie eine Botin von Georges Szell war, eine hübsche Sirene, die Seematter mit ihrem Gesang an die gefährlichen Klippen locken sollte. Ihr Gespräch war unterbrochen worden, als die ersten Schüler und Schülerinnen eintrafen. Der Unterricht musste beginnen. Corinne verabschiedete sich.

Léon wollte Gewissheit; dafür musste er Heidis Version der Dinge hören. Seit einer halben Stunde wartete er vor der Jugendherberge. Man wisse nicht, wann Fräulein Szell zurückkomme, hieß es. Er schlenderte zum Waisenhausplatz, setzte sich ins Hutterli, trank ein Gläschen Weißen, begrüßte Bekannte, lief am Bankhaus Burckhardt vorbei und beendete seine Runde wieder in der Jugendherberge.

»Vor einer Minute ist sie dagewesen«, sagte der junge Schlaks am Empfang.

»Sie war inzwischen da?«, fuhr Seematter ihn an. »Warum haben Sie sie gehen lassen?«

»Ich sagte, dass Herr Seematter Heidi sprechen möchte, da ist sie losgerannt.«

»Wohin?«

»Woher soll ich das wissen? Sie war ziemlich aufgeregt.« Bedauernd hob der Schlaks die Schultern.

Seematter kombinierte. Wenn Heidi die Nachricht, dass er sie besuchen wolle, so aufregte, versuchte sie womöglich ihrerseits, ihn zu erreichen. Er begab sich auf schnellstem Weg nach Hause.

Heidi saß vor seiner Tür. Nicht am Eingang zur Tanzschule, sondern auf dem Treppenabsatz seiner Wohnung.

»Heidi, da bist du ja. Wir scheinen uns gründlich verpasst zu haben«, begrüßte er sie.

»Sind Sie in der Herberge gewesen?« Sie sprang auf. »Sie waren bei mir?«

Er kramte seinen Schlüssel hervor. »Leider umsonst.«

»Ich war nur an der frischen Luft. Ich musste einfach raus. Wollte rumlaufen. Ich halte es in der Herberge nicht mehr aus.«

»Komm erst einmal herein. Hast du Durst? Oder bist du hungrig?« Er schloss auf.

»Haben Sie keinen Unterricht?« Sie musterte ihn neugierig.

In wenigen Minuten begann der Anstandsunterricht. Niemand außer ihm konnte diesen Stoff vermitteln, aber heute war es Léon egal. Dieses eine Mal musste es ohne ihn gehen.

»Meine Assistentin übernimmt die Stunde für mich.« Er ging voraus. »Was wollen wir trinken?«

»Ich weiß nicht.«

»Auf den Schreck vielleicht ein bisschen was Stärkeres?« Er lächelte. »Ich weiß gar nicht … Trinkst du schon Alkohol?« Er nahm ihr den Mantel ab, bot

Heidi einen Platz an und kam mit Kräuterlikör zurück. »Magst du Likör?«

»Der sieht gut aus.«

»Er ist nicht besonders stark. Ich trinke ihn manchmal, wenn ich eine Erkältung habe, sozusagen als Medizin.« Léon schenkte ein, sie stießen an. Er staunte über den raschen Zug, mit dem sie den Likör kippte. »So schlimm findest du es in der Jugendherberge?«

»Nicht schlimm, es ist nur sinnlos. Was mache ich denn dort? Ich wollte zu meinem Vater, stattdessen sitze ich in dieser Absteige herum.«

»Hat sich Georges nicht bei dir gemeldet?«

Sie schüttelte den Kopf. »Er ist Tag und Nacht mit der Eröffnung seiner Tanzschule beschäftigt.«

»Aber die Einweihung ist doch schon vorbei.«

»Trotzdem will er mich nicht sehen.« Heidi warf sich gegen die Lehne.

»Entschuldige, wenn ich das frage, aber vermisst dich niemand im Internat?«

»Und wenn schon!« Sie fuhr wieder hoch. »Keine zehn Pferde bringen mich dorthin zurück!«

»Du kannst deine Schulausbildung aber nicht einfach abbrechen«, antwortete er sanft. »So ein Internat ist nicht billig. Dein Vater investiert in deine Zukunft.«

»Er will mich nicht haben! Abschieben will er mich, das ist alles. Und der Grund ist Corinne. Aber ich mache ihm einen Strich durch die Rechnung.«

Léon ließ die Luft ausströmen. »Ich verstehe dich ja.« Er drehte das leere Glas auf dem Tischtuch. »Ich hatte schon mal überlegt, falls du es dort in der Herberge nicht aushältst …«

»Ja?« Sie ließ ihn nicht aus dem Blick.

Léon dachte an das leerstehende Zimmer im Halbstock, an die Freude, die er hätte, Nellys Tochter bei sich aufzunehmen. Er stellte sich vor, wie gemütlich sie manchen Abend miteinander verbringen könnten, die vielen einsamen Abende, an denen er nach dem Unterricht in seine kalte Wohnung zurückkehrte. Um Kosten zu sparen, drehte er die Heizung erst abends auf. Für Heidi würde er sie den ganzen Tag laufen lassen. Er könnte kochen, mit ihr plaudern, über die vielen Dinge, die er noch wissen wollte. Zugleich fielen ihm die Schwierigkeiten ein, die damit einhergingen. Léon würde Heidis Aufenthalt geheim halten müssen. Das war schwierig, denn sie konnte jemandem im Treppenhaus begegnen. In der Tanzschule gingen Hunderte Leute ein und aus; Herr Ungefahr, Fräulein Lori konnten etwas bemerken – nein, das Risiko war zu groß. Léon fürchtete einen Skandal, falls bekannt würde, dass er eine Minderjährige beherbergte.

»Was wollten Sie sagen?«, fragte Heidi.

»Nicht so wichtig.« Er steckte den Pfropfen auf die Likörflasche. »Fragen wollte ich dich etwas. Es geht um Grindelwald. Du bist dort gewesen, nicht wahr?« Er sah ihr in die Augen. »Ich weiß, dass du in Grindelwald warst.«

»Von wem? Von meinem Vater?«

»Ich habe seit Jahren nicht mit ihm gesprochen. Willst du mir nicht erzählen, was in Grindelwald passiert ist?«

»Das ist so viele Jahre her.«

»Sechs Jahre, um genau zu sein. Damals warst du elf.«

Ohne seine Erlaubnis abzuwarten, goss sich Heidi

nach. »Mein Vater hatte in Grindelwald eine Tanzschule. Sie hieß *Georges & Corinne*. Es war das erste Mal, dass ich diesen Namen hörte – Corinne.«

»Du wusstest nicht, dass dein Vater eine neue Frau hatte?«

»Damals noch nicht.«

»Wieso hat er es dir verschwiegen?«

Lüge oder Wahrheit? Heidi musste sich entscheiden. Solange man unbeschwert Lügen erzählte, wie sie einem in den Sinn kamen, log es sich leicht. Wenn eine Lüge aber ins eigene Herz schnitt, wenn sie die Seele traf, wurde sie übermächtig. Zum ersten Mal wusste Heidi nicht, welche Lüge sie wählen sollte.

Während sie stockend zu erzählen begann, stand Seematter vom Esstisch auf und fing an, durch das Zimmer zu wandern.

»Und dann?«, fragte er nach einer Weile. »Wie kam es eigentlich zu dem Zwischenfall?«

»Corinne war schockiert. Sie wurde kreidebleich und wusste nicht, was sie sagen sollte.«

»Georges hatte ihr also nichts von dir erzählt?«

Heidi schüttelte den Kopf. »Er hat mich, meine Mutter und unser ganzes früheres Leben vor Corinne geheim gehalten.«

»Warum? Nelly war gestorben. Niemand konnte Georges einen Vorwurf machen, sich eine neue Frau zu suchen.«

Der Satz stand im Raum, er schwebte über dem Esstisch, der Satz schien von der bauchigen Lampe beleuchtet zu werden. Ohne es auszusprechen, machten beide dem abwesenden Georges den Vorwurf, Nelly so rasch vergessen zu haben. Es gab kein Grab, das man besuchen, kein Grab, auf das Nellys Tochter

Blumen legen konnte. Es kam ihnen vor, als ob Georges Szell jede Erinnerung an Nelly mutwillig zerstört hatte.

»Corinne ist regelrecht zusammengebrochen«, fuhr Heidi fort. »Da stand mein Vater, da stand ich, seine Tochter – Corinne war plötzlich eine Fremde geworden, die Geliebte des Tanzschullehrers.« Heidi sah Léon an. »Corinne ist eine zarte Frau, sehr zart und schlank.«

»Ich habe sie kennengelernt.« Seematter setzte sich.

»Sie hat gezittert, sie schlotterte am ganzen Körper. Ihre Augen wurden so sonderbar, weit aufgerissen, dabei verschleiert.«

»Das muss schlimm für dich gewesen sein.« Seematter legte seine Hand auf die von Heidi.

»Corinne war in diesen Momenten … Sie schien verrückt zu sein.«

»Verrückt?«, fragte er irritiert.

»Glauben Sie mir nicht?« Heidi zog die Hand zurück.

»Natürlich. Trotzdem ist es nur schwer vorstellbar, dass eine junge Frau wie Corinne …«

»Sie sind auch von ihr beeindruckt, stimmt's?« Heidi musterte ihn feindselig. »Finden Sie sie auch so reizvoll? Alle finden Corinne reizvoll.«

»Ich versuche mir nur vorzustellen, wie dieser Moment für sie gewesen sein muss.«

»Sie hat Georges angeschrien. Dass er ein Betrüger ist und sie von Anfang an belogen hat. Sie wollte ihren Koffer holen. Das war schwierig, weil die Wohnung so vollgeräumt war. Sie suchte nach einem Koffer. Georges hat die ganze Zeit auf sie eingeredet.

Als sie den Koffer aus der Kammer zog, ist alles, was darüber gestapelt war, ins Zimmer gekippt. Büchsen, Schachteln, das Bügelbrett. Georges hat versucht, die Sachen aufzufangen, da ist Corinne ins Schlafzimmer gerannt. Er folgte ihr, drinnen hat es ein Handgemenge gegeben. Ich habe mich nicht getraut, nachzusehen, stand wie angewurzelt da. *Lass mich! Lass mich los,* hat sie geschrien. Dann hörte ich einen Schlag. Georges hat geschrien. Den Koffer in der Hand kam Corinne zurück in die Küche. Ich sagte, dass es mir leid tut. Es tat mir wirklich leid. Wenn ich gewusst hätte, was mein Besuch auslösen würde, ich hätte ...« Lüge?, dachte Heidi. Nein, keine Lüge. »Ich wäre besser nicht nach Grindelwald gefahren«, fuhr sie leise fort.

»Und dann?« Léon griff zum Likör. Die Flasche war fast leer.

»Als Corinne gehen wollte, kam Georges ins Zimmer und hat sich vor die Wohnungstür gestellt. *Lass mich raus,* hat sie geschrien. Als er sie berührte, schrie sie noch lauter. *In diesem Zustand kann ich dich nicht gehen lassen,* hat er gesagt und den Schlüssel aus der Tasche gezogen. Er drängte Corinne beiseite und hat von innen abgesperrt.«

»Er hat sie in ihrer eigenen Wohnung eingeschlossen?«, fragte Seematter ungläubig.

»Sie wäre sonst wie eine Wahnsinnige auf die Straße gerannt. Da sie nicht hinauskonnte, ist Corinne durchgedreht. Auf der Anrichte standen Teller. Sie hat den Stapel genommen und ihn mit Wucht auf den Boden geschleudert. Sie hat nach allem gegriffen, was in der Nähe war, und um sich geworfen. Die Gegenstände flogen haarscharf an uns vorbei.«

»Und Georges?«

»Er hat zugesehen, wie sein Hausrat zu Bruch ging. Kerzenleuchter, ein Mörser aus Porzellan, Töpfe, eine Küchenuhr – Corinnes Tobsuchtsanfall nahm kein Ende.« Mit einem Blick deutete Heidi an, dass sie auch noch etwas trinken wollte. »Und dann –«

Er kippte die letzten Tropfen in ihr Glas. »Dann?«

»Corinne hat zu den Messern gegriffen.«

»Was?«

»Sie hat die längsten Messer aus dem Block gerissen und sich damit gegen Georges gewandt. Ich glaube, sie wollte ihn nicht wirklich treffen, sie stieß eher zu, wie Kinder das tun, in die Luft. Sie hat geschrien. Georges blieb bewegungslos stehen. Seine Erstarrung hat Corinne davon abgehalten, wirklich zuzustoßen.«

Der Alkohol machte sich bemerkbar, Heidi war blümerant zumute. »Als ich mich Corinne genähert habe, fuhr sie herum. Plötzlich waren die Messer auf mich gerichtet. Ich bekam Angst vor diesen verrückten Augen. Ich war natürlich kleiner als Corinne, habe ihre Handgelenke von unten gepackt und dann … Ich weiß nicht … Dann …« Heidi ließ den Kopf gegen die Lehne sinken und verstummte.

21

Léon wälzte sich auf die andere Seite. Sonst erfreute er sich eines gesunden Schlafs, doch seit ein paar Wochen wurde er nachts mehrmals wach. Der Harndrang war es nicht, Léon fühlte sich in diesen Stunden vielmehr einer unbekannten Unrast ausgesetzt. Ihm war, als näherte er sich einem unsichtbaren Hindernis, einer Kreuzung, bei der er den richtigen Weg einschlagen musste. Er vermutete, sein Zustand hing mit Heidis Auftauchen zusammen, andererseits hatte er sie erst vor ein paar Tagen kennengelernt. Was da auf ihn zukam, war größer, beängstigender.

Er ging aufs Klo, trank ein Glas Wasser, schaute in den Spiegel, fand sein Haar in einem Zustand, der einen Schnitt bald nötig machte, strich es nach hinten, strubbelte es, knurrte auf dem Weg ins Bett etwas, das er selbst nicht verstand, und sank auf die Matratze.

Heidis Erzählung, ihre berührende Offenheit, was den Vorfall in Grindelwald betraf, gingen ihm nach. Léon selbst hatte Georges im Herbst 1961 aufgesucht. Wenn er richtig rechnete, war Heidi nur wenige Tage nach ihm mit Szell zusammengetroffen. Ein Irrtum schien ausgeschlossen.

Als Léon sich damals nach Thun aufmachte, hatte er seinem Leben schon Jahre zuvor eine neue Richtung gegeben. Er war Tanzschulbesitzer geworden, und das aus vernünftigen Gründen: Einem Tänzerleben war nur eine kurze Frist beschert. Jeder Tänzer wusste das, doch als jungen Menschen interessierte einen das Alter nicht. Schließlich ergriff man den schönsten Beruf der Welt und nahm dafür jede Qual in Kauf, das jahrelange Studium, das tägliche Training, die Knochenarbeit, die nicht aufhörte, mit den Jahren aber schwerer wurde, wenn Sehnen und Muskeln alterten. Wer es bis zu seinem vierzigsten Geburtstag schaffte, vom Tanz zu leben, war zu beglückwünschen. Die meisten hörten früher auf, und jeder brauchte für die Zeit danach einen neuen Lebensmittelpunkt.

Léon Seematter hatte vorgesorgt. Nie verheiratet, ohne Familie, Jahr für Jahr in der preisgünstigen Mansarde in der Brunngasse ansässig, hatte er von seiner Gage am Stadttheater einiges zurücklegen können. Er kannte alternde Tänzer, die vom Theater nicht Abschied nehmen konnten; er wollte um keinen Preis so werden wie sie. Was war denn so besonders am Theater, mit seinen schlecht beheizten Garderoben, dem Schweißgeruch im Ballettsaal, der ewig zugigen Bühne, wo man sich jeden Herbst eine Erkältung holte? Was war so großartig an dem gelangweilten Berner Publikum, den arroganten Abonnenten, die keine Ahnung hatten, wie viel Idealismus es kostete, eine Ballettvorstellung auf die Bühne zu bringen? Die honorigen Berner Bürger betraten das Theater mit ihren blasierten Gesichtern, saßen zwei Stunden lang in der Aufführung, klatschten verhalten, waren mit ihren Gedanken aber schon im Restaurant und beim Glas Wein danach. Der Tanz, die schönste Ausdrucksform der Kunst, interessierte sie nur insofern, als sie hinterher sagen konnten: »Ich habe *Nussknacker* gesehen. Eine interessante Vorstellung.«

Konnte man das Theater trotz alledem so sehr lieben, dass man auch seine zweite Lebenshälfte dort verbrachte? Léon kannte demütigende, abschreckende Beispiele: Tänzerinnen um die vierzig wurden Inspizientinnen oder Souffleusen. Die männlichen Tänzer heuerten bei der Requisite an, schlimmstenfalls in der Gebäudereinigung. Léon kannte einen Kollegen, früher ein strahlender Solotänzer, dem die Berner zugejubelt hatten, der nun Abend für Abend an der Garderobe saß, die Pelzmäntel der Bernerinnen entgegennahm und von ihnen nicht einmal mehr erkannt wurde.

Am Ende seiner Karriere setzte Seematter einen klaren Schnitt. Er hatte sich mit Herrn Glössner gutgestellt, dem Besitzer der einzigen Berner Tanzschule, der in den Ruhestand gehen wollte. Sie waren übereingekommen, dass Léon die Schule ohne Kaufpreis übernehmen sollte, dafür aber dem alten Glössner bis an sein Lebensende eine monatliche Apanage zahlen würde. Glössner überließ dem Nachfolger außerdem seine Wohnung unter dem Dach, er selbst zog altersbedingt ins Erdgeschoss. Die Stabübergabe funktionierte so reibungslos, dass manche Schüler nicht einmal merkten, dass ihr Monatsbeitrag nun in eine andere Tasche floss.

Léon hatte den Sprung in seine zweite Lebenshälfte geschafft. Er konnte sich glücklich schätzen und trauerte dennoch. Er trauerte, weil er nicht mehr jung war. Das Leben lag nicht länger in all seiner Farbigkeit vor ihm, es wurde engmaschiger, überschaubarer. Manchmal fragte er sich, wie sein Weg wohl verlaufen wäre, hätte er geheiratet und Kinder bekommen. Die Möglichkeit bestand immer noch, aber er ahnte, dass dies nicht für ihn bestimmt sei – wegen Nelly natürlich. Keine andere Erklärung wäre ehrlich gewesen. Einmal im Leben hatte er geliebt, sich damals aber wie ein Feigling benommen und die Rechnung dafür erhalten. Nelly war mit einem anderen gegangen.

Nun war Georges Szell selbst seit Jahren Witwer. Léon hatte keinerlei Kontakt zu ihm. Nachdem er die Metamorphose vom Tänzer zum Tanzlehrer vollzogen hatte, packte ihn eines Tages die Sehnsucht, die Erinnerungen an seine Jugendliebe aufleben zu lassen. Darum wollte er den Mann noch einmal aufsuchen, der am meisten über Nellys Vergangenheit wusste. Vielleicht, gestand Léon sich ein, lag ihm auch daran, dem Witwer Nellys zu zeigen, dass Seematter etwas aus seinem Leben gemacht hatte – fast als ob es dadurch auch Nelly erfahren würde. Grotesk, komisch und ein bisschen traurig war das, aber Léon genoss seine Traurigkeit. Ein weiteres Mal öffnete er sein Herz für Nelly, und der einzige Zugang zur Geliebten schien Georges zu sein. Seematter fand heraus, dass Szell nicht mehr in Thun lebte, allerdings in der Nähe geblieben war. Georges – und das amüsierte Léon –, hatte den gleichen Beruf ergriffen wie er selbst: Er betrieb eine Tanzschule in Grindelwald.

* * *

»Guten Tag, lieber Szell«, sagte Léon. »Ich danke Ihnen, dass Sie sich die Zeit nehmen.«

»Das ist doch selbstverständlich, mein lieber Seematter«, antwortete Georges.

»Ich bin der Ältere von uns beiden«, fuhr Léon fort. »Wollen wir einander nicht du sagen? Ich finde, das vereinfacht vieles.«

»Warum nicht?« Georges erhob sein Weinglas und stieß mit Seematter an. »Ich heiße Georges.«

»Ich bin der Léon.«

»Den Kuss ersparen wir uns vielleicht besser«, sagte Georges. Darüber lachten beide.

Es war Abend. Frühlingsbeginn in Thun. In Decken und Jacken gehüllt saßen sie auf der Terrasse. Obwohl es noch früh im Jahr war, hatte Seematter vorgeschlagen, im Freien zu sitzen; Szell war dafür. Den Kellner hatten sie erst überreden müssen, ihnen draußen zu servieren. Sie trafen sich in demselben Lokal wie bei ihrer letzten Begegnung vor Jahren. Der Besitzer hatte gewechselt, die Bedienung war unfreundlich geworden, aber das Guillaume gab es wie eh und je.

Georges hob den Kopf. Im letzten Licht der Abenddämmerung sah er den kleinen Turm, der die Novy-Klinik bekrönte, das Gebäude, in dem Nelly lebte – in dem sie überlebte, immer noch lebte. Er hatte die Verabredung mit Seematter genützt, um sie vorher zu besuchen. Georges kam geradewegs von ihr. Zusammen hatten sie am Fenster gesessen, er hatte ihre Hand gehalten und sie zum Abschied geküsst. Währenddessen war ihm der Gedanke durch den Sinn gegangen, ihr zu offenbaren, mit wem er sich gleich treffen würde. Georges hatte sich dagegen entschieden. Nelly war extrem fragil. Zu erfahren, dass Georges ihren ehemaligen Kollegen aus Bern traf, würde sie zu sehr aufregen. Sie besaß im Leben nichts mehr als die Welt in ihrem Inneren; es drangen nur noch Dinge zu ihr, die mit dieser Welt in Einklang standen. Léon Seematter gehörte nicht mehr zu Nellys Welt. Georges hatte geschwiegen und war gegangen.

Doch als ihm Seematter nun so erwartungsvoll gegenübersaß, fasste Georges einen Entschluss. Er wollte diesen Mann heute beschenken, wollte ihm sagen, dass Nelly lebte. Nichts würde den anderen glücklicher machen. Georges lächelte, weil ihn das angenehme Gefühl durchströmte, gleich etwas Gutes zu tun.

»Wie läuft deine Tanzschule?«, fragte Seematter.

»Sie könnte besser laufen.«

»Wo lebst du in Grindelwald?«

»Meine Schule war früher ein Lebensmittelgeschäft«, antwortete Georges. »Die Wohnung liegt direkt darüber. Ein kleines Apartment, nur zwei Zimmer.«

»Genau wie ich«, lachte Seematter. »Auch meine Wohnung liegt über der Schule. Ich habe allerdings vier Zimmer.«

»Für dich allein?«

»Es ist die Wohnung meines Vorgängers. Er war verheiratet, seine Frau ist gestorben.« Léon stockte wegen der Erwähnung einer toten Ehefrau und wechselte das Thema. »Und du hast also jemanden Neuen in deinem Leben gefunden?«

»Woher weißt du das?«

»Ich habe über euch gelesen.«

»Gelesen, wo?«

»Im Generalanzeiger. Da stand, dass es in Grindelwald neben den üblichen Attraktionen neuerdings eine Tanzschule gebe und dass der attraktive Georges Szell und seine charmante Partnerin Corinne sich über viele Tanzschüler freuen würden.«

»Ach, die Anzeige, ja.« Georges seufzte. »Ich habe sie schalten lassen, weil ich gehofft hatte, Schüler anzulocken. Bedauerlicherweise lesen den Generalanzeiger nur die Grindelwalder, nicht die zahlungskräftigen Touristen.«

»Corinne und du, ihr seid ...?«, fragte Seematter zurückhaltend.

»Ich habe sie in Genf kennengelernt. Sie ist sehr jung. Eigentlich viel zu jung für mich.« Georges zuckte die Schultern. »Es ist keine besonders originelle Geschichte.«

»Aber ihr seid zusammen?«

Obwohl die Frage auf der Hand lag, fand Georges sie aufdringlich. Wozu über eine Beziehung sprechen, die kaum eine Zukunft hatte? »Und bei dir?«, umging er die Antwort. »Ist jemand in dein Leben getreten?«

»Ich? Ach, Gott –« Seematter machte eine wegwerfende Geste. »Ich bin ein alter Hagestolz. Das wird sich wohl auch nicht mehr ändern. Außerdem habe ich mit der Tanzschule rund um die Uhr zu tun. Da kommt man nicht auf solche Ideen.«

»Es läuft also gut für dich?«

»Ich kann nicht klagen. Bern ist natürlich größer als Grindelwald. Viele Familien schicken ihren Nachwuchs zu mir, damit die jungen Leute ein bisschen Grazie und Anstand lernen.«

»Du hast die Schule übernommen, sagst du?«

»Das war ein Segen. Ich brauchte mir meinen Kundenstamm nicht erst aufzubauen.«

Georges trank. »Du hast dich sozusagen ins gemachte Bett gelegt. Ich beneide dich.«

»Aber du bist auch zu beneiden.« Seematter sah ihn an.

»Warum?«

»Wegen Nelly natürlich.«

»Ach, Nelly, ja«, erwiderte Georges mit versonnenem Lächeln.

»Dass sie nicht mehr unter uns ist, muss hart für dich sein. Und doch hast du die schönsten Jahre mit ihr genießen dürfen.«

Wie warmherzig Seematter das sagte, wie teilnahmsvoll seine Worte klangen. Durfte man so viel Gutherzigkeit wirklich glauben? Gab es tatsächlich Menschen, deren Charakter keinen Abgrund kannte? Mehr noch als während ihrer letzten Begegnung rührte dieser Mann Georges. Er überlegte, ob dies der Augenblick sei, ihm die Eröffnung zu machen?

Georges wollte sein Glas erheben, auf Nelly anstoßen, bezahlen und Seematter auffordern, ihn auf einem Spaziergang zu begleiten. Aber müsste er ihm nicht fairerweise vorher die Wahrheit sagen? Wie würde Seematter reagieren? Konnte er sein Glück zuerst nicht fassen, wäre er wie vom Donner gerührt? Der kleine Mann liebte Nelly, hatte sie immer geliebt, tot oder lebendig, er war von ihr durchdrungen. Nur deshalb kam er nach Thun, um die Melodie, die Nelly und ihn verband, von Neuem erklingen zu lassen.

Gerade als Georges zum Glas griff und zu sprechen ansetzte, unterbrach ihn Seematter.

»Ich beneide dich noch wegen einer anderen Sache.« Der Wein schien bei ihm zu wirken, er kam in Plauderlaune. »Du betrittst in Grindelwald Neuland. Du bist bereit, ein Abenteuer einzugehen. Eine Tanzschule in einer Skiregion zu gründen, damit wagst du etwas. Das imponiert mir.« Seematters Wangen waren gerötet, sein Lächeln bekam etwas Ausgelassenes. »Ist es nicht eine wunderbare Sache, so viele junge Leute auszubilden, die ins Leben treten und diesen Schritt im Tanze tun wollen? Wir sind Glückspilze, Georges, du und ich!«

Unaufgefordert stieß Seematter sein Glas gegen das Szells. Die Bewegung war zu heftig, es kippte um, der Wein tränkte das Tischtuch und tropfte auf Georges Hose. Seine beste Hose, die er nur anzog, wenn er Nelly besuchte.

»Pass doch auf!« Hektisch zog Georges sein Bein zurück.

»Entschuldige – ach, wie dumm! Verzeih, verzeih.« Seematter sprang auf und wollte das Malheur beheben.

»Lass, bitte.« Georges wehrte ab. »Jetzt kann man ohnehin nichts mehr machen.«

»Erlaubst du mir, die Reinigung zu bezahlen?«

»Unsinn.«

»Aber das ist doch selbstverständlich. Wenn du zurzeit nur wenige Schüler hast, ist es wohl nicht so leicht für dich.«

War es der Alkohol, der aus Seematter sprach, oder steckte etwas anderes dahinter? Georges erstarrte. Daher wehte der Wind. Der lächerliche Kauz behandelte ihn gönnerhaft, ja herablassend. Georges' Ahnung bestätigte sich: Seematters Gutherzigkeit war vorgetäuscht, eine Maske. Er fabulierte über das Abenteuer, das Georges in Grindelwald angeblich durchlebte – dabei war es reiner Hochmut und Verachtung, um Georges seine Überlegenheit unter die Nase zu reiben!

Das einzige Abenteuer, das Georges je erlebt hatte, war das des Scheiterns. Sein ganzes Leben bestand aus einem nicht enden wollenden Versagen. Die Tanzschule war ein Hirngespinst gewesen, Corinne würde ihn wahrscheinlich bald verlassen, weil sie erkannte, sich mit einem Verlierer eingelassen zu haben. Sobald sie ging, wäre das letzte Geld verloren. Georges müsste dichtmachen, und ihm blieben nichts als Schulden. Grindelwald war sein Ruin. Das einzig Schöne, Gute und Ehrliche, das ihm in den letzten Jahren zu gelingen schien, war seine Rückkehr zu Nelly. Wie lächerlich sich das anfühlte – die Rückkehr zu einer gelähmten Frau! Alles, was er aus seinem Leben hatte machen wollen, führte letzten Endes zu Nelly. Ohne sie war er nichts. Doch mit ihr war er genauso wenig. Denn er konnte nichts für sie tun, ihr Zustand war unveränderlich. Sie dagegen tat so viel für ihn, einfach durch die Tatsache, dass sie da war. Georges genoss es, sich an Nelly zu lehnen. Die hilflose gelähmte Frau war seine Stütze.

Seine Existenz kam ihm mit einem Mal so verworren, so krank und aussichtslos vor, dass er dem ahnungslosen Seematter am liebsten den Rest des Weines ins Gesicht geschüttet hätte.

In diesem Augenblick hasste er Léon Seematter, der ihn mit seiner großen Liebe zu Nelly belästigte. Hätte er dieses schmierige Geständnis vor Jahren nicht für sich behalten können? Georges betrachtete die Rotweinflecken auf seiner Hose.

»Nelly hat übrigens zuletzt noch ein paar Mal von

dir gesprochen«, sagte er mit heimtückischem Lächeln.

»Wirklich?« Léon richtete sich auf. »Was hat sie denn gesagt?«

»Ich glaube, das sollte ich dir lieber nicht anvertrauen.« Georges fand es lächerlich, wie Seematter aufblühte, weil sie von seiner verflossenen Liebe sprachen.

»Wieso, was könnte es denn gewesen sein? Sicher etwas Lustiges«, setzte Seematter nach. »Wir hatten nämlich fröhliche Zeiten zusammen, Nelly und ich, damals in Bern, am Theater, es war eine flotte Zeit.«

Georges lehnte sich zurück. »Nun ja, wenn du es wirklich wissen willst – Nelly hat das wohl etwas anders gesehen.«

»Anders? Was meinst du?«

»Sie hat mir anvertraut ... Tja, wie sage ich es am schonendsten? Nelly fand es ein bisschen peinlich, dass ausgerechnet du ihr nachgestiegen bist.«

»Nachgestiegen?« Léon wurde bleich.

»Sie sagte ...« Georges schürzte die Lippen. »Moment, wie hat sie sich ausgedrückt? Ja, jetzt weiß ich es wieder: *Hat Léon mal in den Spiegel geschaut? Im Grunde sieht er wie ein Kobold aus, ein stämmiger kleiner Faun.* Das waren ihre Worte. Wir haben zusammen darüber gelacht.«

»Gelacht, so.« Seematter umklammerte sein Glas.

»Es ist Nelly natürlich aufgefallen, dass du meistens Schuhe mit hohen Absätzen getragen hast, wenn ihr miteinander ausgegangen seid«, nickte Georges. »Weil du um einiges kleiner warst. Auf der Bühne konntest du den Trick allerdings nicht anwenden. Ballettschuhe haben keine Absätze.«

Léon nickte mehrmals hintereinander. »Ja, ich bin klein. Natürlich. Ich war kleiner als Nelly. Natürlich.«

»Sie fand dich nett, das glaube ich wirklich. *Léon ist ein herzensguter Kerl,* sagte sie. *Ich möchte seine Gefühle nicht verletzen.*«

»Meine Gefühle …«

Georges erschrak beinahe, wie fürchterlich den kleinen Mann die Eröffnung erschütterte, wie er innerlich zusammenbrach. Georges hätte das böswillige Spiel jetzt beenden können, aber er wollte nicht. Ein Teufel ritt ihn, weiterzumachen.

»Sei mir nicht böse, Léon«, fuhr er im Ton eines guten Freundes fort. »Aber man sollte als Mann die Liga kennen, in der man spielt. Sonst versteigt man sich in Sphären, wo einem die Höhenluft nicht bekommt. Nelly war eine Göttin, du hattest dich auf den Olymp verstiegen.« Ein verständnisvoller Blick. »War es nicht so? Ist es nicht so gewesen?«

Fahl und grau saß der alternde Tänzer da. »Die Liga – Nellys Liga«, murmelte er.

»Vielleicht ist es ganz gut, wenn du es einmal erfährst.« Georges nickte bekümmert. »Aus euch beiden hätte nie etwas werden können. Darum solltest du dieser Liebe auch nicht länger nachtrauern.«

Sein Gegenüber schwieg. Seematter sah aus, als würde er jeden Moment vom Stuhl kippen.

»Komm«, fuhr Georges ermunternd fort. »Das ist alles schon so lange her.« Er lachte kameradschaftlich. »Schwamm drüber. Vergiss es einfach.« Georges hatte nicht den Schatten eines schlechten Gewissens. Er mochte ein Versager sein, aber was die Liebe betraf, war Seematter der noch viel größere Verlierer. Georges fühlte sich glänzend. Er hatte dem impertinenten Tanzlehrer den Platz zugewiesen, der ihm zustand. »Ich fürchte, ich muss jetzt los, mein Guter.« Mit diesen Worten winkte Georges nach der Rechnung.

* * *

Seematter drehte sich auf die andere Seite. Der helle Schlitz zwischen den Vorhängen zeigte ihm, dass der Morgen angebrochen war. Wozu schlaflos im Bett liegen, wenn man den Tag anpacken konnte? Er stand auf und begann sein Morgenritual. Ein paar Dehnungsübungen zur körperlichen Ertüchtigung, Zeitung und Milch erwarteten ihn vor der Tür, er rührte sein Müsli an und löffelte es, während er den *Berner Bund* durchblätterte. Der dampfende Kaffee belebte. Léon blickte auf.

In den Tagen nach dem Vorfall in Thun hatte er sich wie gelähmt gefühlt und sein Befinden nur schlecht verbergen können. In der Tanzschule hatte es Ungefahr genauso bemerkt wie seine Assistentin Lori, die ihn fragte, ob er krank sei. Damals hätte er seinen Zustand tatsächlich als tödliche Krankheit bezeichnet. Die Krankheit hieß Enttäuschung. Georges Szell hatte ihm die Täuschung seines Lebens vor Augen geführt, wonach eine Zukunft zwischen Léon und Nelly undenkbar gewesen wäre. Noch nie hatte er Neid gekannt, doch nun litt er darunter. Er beneidete Georges um das Glück mit Nelly, in der Gewissheit, dass dieser Mann kein Glück, sondern Unglück über sie gebracht hatte. Léon bekämpfte solche Gefühle, weil sie ihm niedrig erschienen und nichts weiter waren als späte Eifersucht.

Er blätterte die Zeitung um. Die Seite mit den Todesanzeigen las er gerne, weil die Nachrufe auf die Toten viel über die Hinterbliebenen erzählten. *In ewiger Liebe,* stand da. *Unvergessen für immer* oder – *Stets in unseren Herzen.*

»Die Liebe kann man nicht umbringen«, sagte Léon in sein stilles Zimmer. »Die Liebe ist unauslöschlich. Sie ist das Einzige, was immer währt.«

Der Schmerz über Georges' Eröffnung hatte nicht lange angehalten. Irgendwann gelang es Léon einfach nicht mehr, Nelly anders zu sehen, als er sie immer gesehen hatte. Es war das Wesen der Liebe, dass sie nicht nehmen, sondern geben wollte. Dieses Gefühl hatte Léon seitdem nie mehr verlassen.

22

»Heute gehst du aber voraus, mein Junge.« Rosalino Montegiallo legte seinem Neffen die Hand auf die Schulter. »Sonst versetzt du mich wieder, so wie beim letzten Mal.«

Peter Montegiallo hakte den gutgelaunten Onkel unter. »Du brauchst keine Angst zu haben. Ich freue mich, die Burckhardts zu besuchen.«

Wie zwei alte Freunde betraten sie das Bürgerhaus, das einem Palais in nichts nachstand. Die meisten Berner Gebäude hatten hölzerne Treppenhäuser, bei Burckhardts schritt man durch Marmor in die Beletage hinauf. Ein pompöser Kronleuchter hing aus dem vierten Stock herab. Rosalino und Peter gaben die leichten Mäntel ab und wurden von Ursula Burckhardt herzlich begrüßt. Wie der Onkel trug auch der Neffe zum heutigen Anlass einen Smoking. Frau Burckhardt hatte ein malvenfarbenes Kleid gewählt, Regula erschien in Weiß. Bei dieser Beleuchtung schimmerte ihr dichtes Haar rötlich, was einen wirkungsvollen Kontrast zum Kleid darstellte.

Wenn die Burckhardts etwas bekanntzugeben hatten, geschah das in entsprechendem Rahmen. Peter zählte rund vierzig Gäste im Salon, allesamt bekannte Berner Familien. Unter den Anwesenden entdeckte er auch Herrn Seematter, den Tanzschulbesitzer. Weshalb war er eingeladen worden?

Der Salon war geschmackvoll beleuchtet, das Buffet wartete im Nebenzimmer, mehrere Kisten Champagner standen bereit, zehn Flaschen lagen auf Eis. An Regulas Seite schlenderte Peter durch den Saal und ging davon aus, dass sie ihn nun ihrer Verwandtschaft vorstellen würde. Doch sie zog ihn zum Kachelofen, der behagliche Wärme spendete.

»Ist dir kalt?« Er ließ ihre Hand nicht los.

»Nein. Wieso?«

»Weil wir uns an den Ofen stellen.«

»Ich muss dich sprechen.«

»Wir werden den ganzen Abend miteinander sprechen.« Peter entdeckte Falten auf ihrer Stirn, unruhig gingen Regulas Augen umher. »Was hast du denn?«

»Ich … Ich kann es dir nicht sagen«, stammelte sie.

Er nahm auch die andere Hand und stellte sich so, dass er sie neben dem Ofen vom Blick der anderen Gäste abschirmte. »Natürlich kannst du. Ich bin ganz Ohr.«

Aus der Mitte des Salons beobachtete Rosalino die beiden. »Was sagen Sie, liebe Ursula, wie gut die beiden zueinander passen?«

»Heute geht ein Herzenswunsch von mir in Erfüllung«, antwortete Frau Burckhardt. »Ihr lebenslustiger Neffe ist genau der Richtige für meine Regula.«

»Peter darf sich glücklich schätzen, Ihre Tochter zur Frau zu bekommen«, gab er das Kompliment zurück.

Frau Burckhardt sah sich suchend um. »Die glückliche Entwicklung der Angelegenheit haben wir vor allem einem Herren zu verdanken.«

Er folgte ihrem Blick. »Bitte klären Sie mich auf.«

Mit einem Wink bat sie einen kleinen Mann im dunkelgrauen Anzug näher. »Das, bester Rosalino, das ist Herr Seematter.«

»Angenehm«, nickte Montegiallo. Die Männer gaben einander die Hand.

»Herr Seematter ist in Bern gewissermaßen der Zuständige für die Zusammenführung junger Herzen.«

»Ach, Sie betreiben eine Heiratsvermittlung?«, fragte Rosalino.

»Das nicht«, widersprach Léon.

Frau Burckhardt löste das Rätsel auf. »Als Leiter seiner Tanzschule hat Herr Seematter das beste Gespür für das Fluidum, das zwischen jungen Menschen herrscht.« Sie lächelte Léon zu. »Er hat sofort erkannt, dass meine Tochter und Ihr Neffe perfekt zueinander passen.«

»Zu viel Ehre, Frau Burckhardt«, wehrte Léon bescheiden ab. »Genau genommen kam der junge Herr, Ihr Neffe, in meinen Anfängerkurs hereingeschneit. Gleich darauf ist ihm Regula unter den Schülerinnen aufgefallen.«

»Ja, so etwas gibt es«, lächelte Rosalino. »Manchmal werden Verbindungen mit dem Segen von oben geschlossen.«

Während Seematter und Montegiallo vor Frau Burckhardt standen, machten sich beide Gedanken darüber, wie die Sache wohl in Wirklichkeit verlaufen war.

Léon hatte den Vorfall noch gut in Erinnerung: Der junge Mann war in seine Tanzschule gestürzt und hatte sich nicht abhalten lassen, am Anfängerkurs teilzunehmen. Dabei meldete er sich unter falschem

Namen an und verwendete dabei auch noch die hanebüchene Übersetzung des Namens Montegiallo – Gelbberger!

Rosalino erinnerte sich wiederum, seinem Neffen mit Enterbung gedroht zu haben, falls Peter die eheliche Geschäftsverbindung zu den Burckhardts boykottieren würde. Der Junge hatte den Ernst der Lage erkannt und freiwillig den Kontakt zu Regula gesucht. Wohlwollend wanderte Rosalinos Blick zum Kachelofen, wo die Turteltäubchen beisammenstanden.

»Ich kann mich nicht mit dir verloben«, sagte Regula.

Peter sah ihr an, wie schwer Regula der Satz fiel. »Du kannst nicht? Warum?«

»Du wirst mich jetzt hassen. Du musst mich ja hassen.«

»Ich verspreche dir, ich werde dich nicht hassen, sofern du mir sagst, was geschehen ist.«

»Es ist so: Ich liebe dich nicht, Peter.«

»Und das ist dir erst jetzt klar geworden?« Er bemühte sich um einen leichten Ton, obwohl ihn ein bitterer Geschmack ankam.

»Ich weiß es schon länger.« Düster sah sie ihn an. »Aber mich hat niemand um meine Meinung gefragt.«

»Hättest du deine Mutter nicht besser rechtzeitig verständigt?«

»Die ist seit Tagen mit ihren Vorbereitungen beschäftigt. Ich wollte ihr die Freude nicht verderben.«

»Genau das wirst du jetzt aber tun müssen.« Er zeigte in den Saal voller Menschen. »Und zwar ausgerechnet jetzt, da halb Bern die frohe Ankündigung deiner Mutter erwartet.«

Mit glühenden Augen sah sie ihn an. »Ich mag dich, Peter, aber ich kann das nicht tun. Du musst mir helfen, das Unglück abzuwenden.«

»Ich?« Er trat einen Schritt zurück. »Hast du eigentlich daran gedacht, dass du besonders mich damit verletzt?«

Regulas Ausdruck bekam etwas Verschmitztes. »Nein, Peter, ich verletze dich nicht. Ich weiß, du magst mich, aber wenn du ehrlich bist, ist es dir nicht ernst bei der Sache.«

»Wie kannst du das behaupten?«, gab er entrüstet zurück.

»Weil ich dich ein bisschen kennengelernt habe. Weißt du, wie du mir vorkommst? Wie eine Zaubertüte, die ich mir als Kind gekauft habe.«

»Zaubertüte?«

»Wenn man sie aufgerissen hat, ist sie geplatzt, und viele lustige Sachen purzelten heraus. So ist das mit dir. Dein Kopf ist voll von Dingen, die nicht zusammenpassen.« Sie lachte, ihre Anspannung ließ nach. »Du bist wie die Kleider, die du trägst, Peter, bunt und schrill. Du bist ein lustiger Vogel, und ich mag dich. Aber –« Sie hob die Schultern. »Ich liebe dich einfach nicht. Was kann man da machen?«

»Hast du einen anderen?«, fragte er in wachsender Hilflosigkeit.

»Nein. Was glaubst du denn von mir?«

Über Regula hinweg musterte Peter seinen Onkel. Rosalino würde der Schlag treffen. Für die Montegiallos bedeutete Regulas Sinneswandel eine veritable Katastrophe.

»Ich weiß nicht, was ich sagen soll, Regula.«

Sie trat dicht vor ihn. »Du bist der Tausendsassa

von uns beiden. Hilf mir, Peter. Du musst dir etwas einfallen lassen.«

»Tja, da könnte man nur …« Plötzlich grinste er. »Du müsstest bei Nacht und Nebel die Schweiz verlassen und erst zurückkehren, wenn sich die Aufregung gelegt hat.«

»Mir sind zuerst ähnlich dramatische Lösungen eingefallen.« Sie stieß ihn in die Seite. »Aber so bin ich nicht, und das weißt du.«

Zärtlich berührte er ihren Arm. »Ja, das bist du nicht. Und das gefällt mir so gut an dir. Du bist jung, aber du weißt schon genau, was du willst.«

Sie streichelte seine Hand. Es war der innigste Moment, den sie je erlebt hatten, ein Glück, das im Augenblick, da sie es fühlten, bereits wieder schwand.

»Wenn meine Mutter über mich spricht, sagt sie etwas anderes«, erwiderte Regula. »Sie behauptet, dass ich stinklangweilig bin.«

Peter nahm sie in die Arme und küsste sie. »Lass mich nur machen. Ich bin ohnehin das schwarze Schaf in der Familie. Ich kriege das schon hin.«

»Danke, Peter.«

Langsam schlenderte er zu der Gruppe, die sich um seinen Onkel scharte.

Frau Burckhardt winkte einem Angestellten, er möge jedem Gast ein volles Sektglas bringen. »Sind Sie so weit, Rosalino?«

»Ganz zu Ihren Diensten, Ursula.«

»Dann möchte ich Sie bitten, die Ankündigung zu machen. Ihnen liegt so etwas besser.«

»Wie Sie wünschen.« Rosalino griff zur Sektflöte.

Peter trat an ihn heran. »Kann ich dich kurz sprechen, Onkel?«

»Später. Jetzt kommt der große Augenblick«, lachte Rosalino. »Du brauchst auch ein Glas.«

»Ich muss dir aber etwas sagen. Ich habe eine Frau kennengelernt.«

»Natürlich hast du das.« Rosalino nickte gönnerhaft. »Regula, deine künftige Braut.«

»Erinnerst du dich an das Mädchen mit den Stiefeln?«

»Stiefel, was? Keine Ahnung.«

»Die Frau, die ihren Stiefel auf unser Autodach geworfen hat.«

»Wieso, was soll das heißen?«

»Ich habe ein Verhältnis mit ihr angefangen.«

»Du hast ...?« Rosalino zog den Neffen beiseite. »Und das sagst du mir jetzt?«

»Es ist besser, ich sage es dir vor der Verlobung. Denkst du nicht auch?«

»Schluss!«, zischte Montegiallo. »Jetzt wird nicht debattiert, jetzt wird sich verlobt! Falls du dich weigerst, enterbe ich dich. Dann kriegst du keinen einzigen Franken mehr von mir.«

Frau Burckhardt trat zu den beiden. »Können wir beginnen, Rosalino – Peter? Alle warten schon.«

»Du weißt, was du zu tun hast«, fuhr der Onkel den Neffen an. Mit einem Lächeln wandte er sich an die erwartungsvolle Gesellschaft. »Meine hochverehrten Herrschaften, darf ich Sie einen Augenblick um Ihre Aufmerksamkeit bitten?«

Der Kreis der Gäste schloss sich um ihn. Unmerklich, Schritt für Schritt rückwärts setzend, entfernte sich Peter aus der Runde.

»Ein froher Anlass hat uns heute in dieses gastfreundliche Haus geführt«, fuhr Rosalino fort.

Peter erreichte die Tür, als ein allgemeines *Aaah!* zu hören war.

»Wenn zwei Herzen, die innig füreinander schlagen, von nun an im gleichen Schritt und Tritt … gewissermaßen überschäumend wie gärender junger Wein, nicht wahr … endlich ihre Fesseln sprengen wollen und einander zurufen: Jetzt oder nie! Dann ist der Augenblick gekommen …«

Im Vorraum holte Regula Peter ein. »Das ist sehr anständig von dir«, flüsterte sie.

»Ich wünsche dir viel Glück, Regula.« Er eilte hinaus.

Im Salon sah Rosalino sich um. »Dann ist also der Augenblick gekommen, in dem der Mann das Schlagen seines Herzens zum Anlass nimmt …« Umsonst suchte er seinen Neffen im Saal. »Zum Anlass nimmt, die Worte zu sagen, die …«

Nicht nur Peter, auch Regula war verschwunden.

»Er nimmt also Anlauf«, haspelte der Onkel weiter. »Er tritt auf die Geliebte zu …« Rosalino spielte sich an Frau Burckhardt heran. »Tritt auf sie zu und sagt …« Er senkte die Stimme. »Peter ist verschwunden.«

»Was soll das heißen?«

Als die Bankdirektorin ihn aus geweiteten Augen ansah, wurde Rosalino heiß und kalt. »Er tritt also auf die Angebetete zu«, nahm er die Ansprache wieder auf. »Und er sagt … Er sagt: Gnädigste Frau, teuerste Ursula – ich bitte um Ihre Hand.«

»Mein lieber Rosalino!« Ein Lächeln flog über das Gesicht von Frau Burckhardt. »Das ist eine reizende Idee.«

Im allgemeinen Jubel küsste Rosalino ihre Hand.

23

»Komm nur herein.« Den Schlüssel in der Hand drehte Seematter sich um. »Wo bleibst du denn?«

Heidi machte auf dem Treppenabsatz unter ihm Halt und lehnte sich gegen die Wand.

»Hast du dich überanstrengt?«

»Nur ein bisschen schwindlig. Das vergeht gleich wieder.«

Léon ließ den Schlüssel im Schloss und lief zu ihr hinunter. In der Zwischenetage stehen zu bleiben, war ungünstig: Man konnte sie von der Tanzschule aus noch sehen. Er warf einen Blick auf die Uhr – der Kurs musste gleich zu Ende sein. Wieder eine Stunde, die er nicht persönlich geleitet hatte; manche Schüler fragten bereits, weshalb sie ständig von Frau Lori unterrichtet wurden.

»Der Koffer ist zu schwer für dich. Warum lässt du ihn nicht mich tragen?« Er nahm ihn Heidi aus der Hand.

Sie atmete hastig. »Sie sind doch nicht mein Diener.«

»Unsinn.«

Den Koffer in der einen Hand, stützte er Heidi mit der anderen. Wenn sie nur endlich das Treppenhaus verließen. Zusammen betraten sie Seematters Wohnung.

»Da wären wir.« Er hängte Hut und Mantel an den

Haken. »Du kennst dich ja hier schon aus.« Léon brachte den Koffer hinein.

»Wohnzimmer und Küche – und über diese kleine Treppe, siehst du, geht es weiter in dein Reich.« Er hievte den Koffer die Stufen hinunter.

Der kommende Moment war der heikelste. Sein Schlafzimmer und das Gästezimmer lagen Tür an Tür. Niemand konnte daran etwas Anstößiges finden, außer man sah die Situation mit den Augen der Berner Bürger, die ein solches Arrangement verwerflich finden würden.

»Das Bad ist hier«, erklärte er. »Du findest dort alles. Wenn du noch etwas brauchst …«

Heidi folgte Léon wortlos durch die Wohnung. »Es ist alles ganz schön«, beeilte sie sich zu sagen.

Er machte auf der Toilette Licht.

»Ich nehme an, dass wir uns nicht in die Quere kommen.« Léon räusperte sich. »Ich bin Frühaufsteher. Morgens mache ich meine Tanzübungen und Exerzitien.«

»Sie tanzen schon am Morgen?«

»In meinem Alter muss man die Gelenke schmieren und die Muskeln geschmeidig halten. Als ich noch am Theater war, habe ich morgens zwei Stunden trainiert. Mittlerweile reichen dreißig Minuten.« Er löschte das Licht. »Wenn du später aufstehst, ist das Frühstück schon fertig.«

Sie lächelte. »Und wo ist mein Zimmer?«

Er öffnete die nächste Tür. »Hier.«

»Und wohin geht es daneben?«, fragte sie vor dem Eintreten.

»Da bin ich. Das ist … mein Schlafzimmer.«

»Ach so, natürlich.«

»Wir werden uns bestimmt nicht stören«, setzte er rasch hinzu. »Es ist ja auch nur vorübergehend.«

»Sicher, ich störe Sie bestimmt nicht lange, Herr Seematter.«

»So meine ich es nicht. Was ich meine, ist: Du musst ja bald wieder in die Schule gehen.«

Sie sah ihn erschrocken an. »Ich kehre nicht ins Internat zurück.«

»Das habe ich nicht zu entscheiden. Du solltest umgehend mit deinem Vater sprechen. Warum sagst du ihm nicht, dass du in Bern zur Schule gehen möchtest?« Léon machte im Gästezimmer Licht. »Zunächst einmal: herzlich willkommen!«

»Aha«, machte sie und bemerkte sofort, dass er eine größere Reaktion erwartete. »Das ist wunderbar.«

»Wirklich?« Hinter ihr trat Léon ein.

Es war ein gewöhnliches Zimmer. Bett und Stuhl, ein Schrank, ein kleines Fenster, durch das wenig Licht fiel. Es war alles andere als wunderbar, aber Heidi wollte ihm die Freude nicht nehmen.

»Es ist viel schöner als unser Schlafsaal im Internat.«

»Ist es nicht ein bisschen klein?«

Sie ließ sich aufs Bett sinken. »Sehr gemütlich. Ich danke Ihnen vielmals.« Heidi sprang auf, warf die Arme um Léons Hals und küsste ihn auf die Wange.

Hastig löste er sich aus ihrer Umarmung. »Ich bin froh, dass es dir gefällt. Besser als die Jugendherberge ist es allemal. Willst du vielleicht als Erstes auspacken?« Es drängte ihn sichtlich, aus dem Zimmer zu kommen. »Ich mache uns so lange etwas zu essen.«

»Warum sind Sie so gut zu mir?«, fragte sie schlicht.

»Ich finde, das ist das Mindeste, das ich für Nellys Tochter tun kann.«

* * *

Ein Stockwerk tiefer trat Peter vor den Spiegel. Drüben im Saal tanzten sie eine Runde nach der anderen. Peters Blick fiel auf sein apfelgrünes Sakko. Wenn ihn Seematter in diesem Aufzug sah, hielt er ihm bestimmt wieder einen Vortrag über die Kleiderordnung.

Ein ulkiger Kauz, dieser Tanzschulbesitzer. Es war unzweifelhaft seine Absicht gewesen, Peter mit Regula zu verkuppeln. Im Tanzkurs hatte er sie auffällig oft als Paar zusammengetan und ihnen dadurch die Möglichkeit gegeben, sich besser kennenzulernen. Eines Abends waren Peter und Regula nach Beendigung der Klasse im Saal geblieben und hatten geplaudert. Sämtliche Schüler, der Pianist und die Garderobenfrau waren bereits aufgebrochen. Bevor Seematter als Letzter ging, löschte er die Lichter und sperrte sein Etablissement von außen ab. Regula erschrak. Peter rannte zum Ausgang, klopfte und rief, doch es war zu spät: Seematter zeigte sich nicht wieder.

Bis heute war Peter nicht sicher, ob er die beiden absichtlich eingesperrt hatte. Peter konnte nicht telefonieren, da auch das Büro abgeschlossen war. In der Dunkelheit beruhigte er Regula, die erst ängstlich, dann ärgerlich reagierte. Peter benahm sich wie ein vollendeter Gentleman. Für den Fall, dass sie die ganze Nacht eingesperrt sein würden, machte er ihr auf der Chaiselongue ein Lager, ging ans Klavier und spielte Regula ein Schlaflied. Sie lachte, er setzte sich neben sie auf den Boden. Nach einer Weile beugte sie sich zu ihm und küsste ihn. Es war ein schöner langer Kuss, mehr nicht.

Regula nickte ein, Peter saß ihr zu Füßen und starrte in den Saal, wo die Lichter vorbeifahrender Autos an die Decke geworfen wurden.

Etwa eine Stunde später kam Seematter in Bademantel und Hausschuhen noch einmal herunter. Er wollte eine Abrechnung aus dem Kontor holen.

Aus heutiger Sicht nahm Peter ihm das nicht ab. Der Tanzmeister musste gewusst haben, dass er ein junges Paar in seiner Schule eingesperrt hatte. Er gab ihnen Zeit, einander näherzukommen, doch Anstand und Sitte verlangten, dass er das romantische Beisammensein nun unterbrach. Er war in den Saal getreten und hatte Licht gemacht.

»Was ist denn hier los?« Er spielte seine Rolle gut. Verblüffung, Entrüstung und Einsicht, nachdem ihm Peter das Malheur erklärt hatte. Seematter führte die beiden hinaus, entschuldigte sich für seine Nachlässigkeit und gab der Hoffnung Ausdruck, Regula würde wegen des Vorfalls bei ihrer Mutter keine Schwierigkeiten bekommen. Peter hatte Regula nach Hause gebracht und auf der Straße noch einmal geküsst. So war das Missverständnis erwacht, dass sie ineinander verliebt wären. Mutter Burckhardt hatte diesen Irrtum kräftig befeuert, Onkel Rosalino goss seinerseits Benzin ins Feuer. Hals über Kopf war eine Verlobungsfeier angesetzt worden.

Die Garderobenfrau riss Peter aus seinen Gedanken. »Sie sind zu spät. Die Unterrichtsstunde hat schon vor einer Weile begonnen.«

Vor dem Spiegel drehte er sich um. »Wie? Ach so, ich bin nicht zum Tanzen hier.«

»Sie sind es, Herr Gelbberger?« Jetzt erkannte ihn die Frau. »Was wollen Sie denn hier, wenn Sie nicht tanzen?«

»Ich bin mit Fräulein Burckhardt verabredet.«

»So ist das. Ich weiß allerdings nicht, ob Herrn Seematter das recht ist, wenn Sie eine unserer Schülerinnen ...«

»Ich warte gerne, bis die Stunde vorbei ist«, beschwichtigte Peter. »Ist Seematter denn da?«

»Nein. Frau Lori leitet die Stunde.«

Er machte einen Schritt zum Saal. »Ich sehe mich drinnen nur mal um.«

»Gehen Sie nur hinein«, ermunterte ihn die Frau. »Sie haben den Kurs ja bezahlt.«

Peter spähte um die Ecke und entdeckte Regula. Sie tanzte mit dem Berner Oberländer, Spyri hieß er. Der schwergewichtige Bursche würde nie ein Meistertänzer werden, aber er gab sich Mühe, Regula durch die Tücken der Quadrille zu führen. Konzentriert absolvierten die beiden alle Figuren. Vom Podest aus rief Seematters Assistentin Anweisungen.

Peter zog sich zurück und lehnte sich in den Türrahmen. Gestern hatte sich Regula bei ihm gemeldet, um sich zu entschuldigen, weil sie ihn und seinen Onkel in eine unmögliche Lage gebracht hatte. So jung sie war, durchschaute Regula den geschäftlichen Rahmen dieser Beziehungsanbahnung. Durch Peter hatte Rosalino gewissermaßen in die Familie Burckhardt einheiraten wollen und war unversehens selbst zum Bräutigam geworden. Regulas Mutter nahm ihn in die Pflicht: Rosalino Montegiallo und Ursula Burckhardt gingen den Bund der Ehe ein. Peter und Regula hatten sich verabredet, weil sie ihm helfen wollte, sich mit dem Onkel zu versöhnen. Peter lächelte: Er hatte den Großteil des Gewitters bereits überstanden. Rosalino war ein temperamentvoller Italo-Schweizer; nach der entgleisten Verlobung hatte er getobt. Mittlerweile gingen dem Onkel mehr und mehr die Vorteile seiner Verbindung mit Ursula auf. Nach dem Verlobungsabend hatte er ihr offenbart, dass sein erotisches Interesse ausschließlich Männern galt.

Ursulas Reaktion war beeindruckend gewesen: »In unserem Alter verändern sich die Genüsse des Lebens, mein Bester.« Lächelnd hatte sie ihn durch das Burckhardtsche Imperium geführt. »Ich habe mit meinem seligen Walter bereits jede erdenkliche Leidenschaft durchlebt. Mit dir, Rosalino, möchte ich elegant in unseren gemeinsamen Herbst segeln.«

»Du bist eine erstaunliche Frau.« Er hatte ihr die Hand geküsst.

»Und du bringst mir morgen gleich die Unterlagen über deine Außenstände, damit wir die Sache rasch aus der Welt schaffen können.«

Da der Onkel so großzügig beschenkt worden war, hatte er dem Neffen nobel verziehen. Die drohende Enterbung fand nicht statt; Peter durfte das Leben eines sympathischen Nichtsnutzes weiterführen.

Während er im Türrahmen stand, schämte er sich ein bisschen, wie leicht ihm alles gemacht wurde und dass er Schwierigkeiten eigentlich nicht kannte. Ein Leben ohne Hindernisse, konnte das ein sinnvolles Leben sein?

Peter warf einen Blick in den Saal. Eine Aussprache mit Regula war eigentlich nicht mehr nötig. Sie kehrte einfach in ihr Leben zurück. Im Grunde war gar nichts passiert. Peter stieß sich vom Türrahmen ab, sagte der Garderobenfrau, er habe es sich anders überlegt, und verließ die Tanzschule.

Im Treppenhaus stieß er mit jemandem zusammen, der aus dem Obergeschoss kam.

»Passen Sie doch auf«, sagte eine junge Frau.

»Ach, Sie sind es«, erwiderte Peter erstaunt. »Das Mädchen, das mit Stiefeln wirft.«

Auch sie erkannte ihn. »Der unhöfliche junge Mensch, der mir meinen Stiefel nicht zurückgeben wollte.«

Peter blickte den Treppenschacht hoch. »Was machen Sie da oben?«

»Das geht Sie gar nichts an.« Sie sprang die Stufen hinunter.

»Warten Sie!« Er holte sie erst an der Haustür ein. »Darf ich mich Ihnen wenigstens vorstellen?«

Sie betrachtete den Kerl in seinem affigen apfelgrünen Sakko. »Wer sind Sie denn?«

»Ich bin der, der Sie jetzt zu einem Rivella einladen wird.«

»Wirklich? Ein Rivella blau?«, fragte sie lächelnd.

»Was sonst?« Gemeinsam liefen sie in Richtung Zytglogge.

24

Dass das Schicksal ihm ein solches Geschenk machte, konnte Georges kaum fassen. Sollte sich sein Blatt endlich zum Guten wenden? In übermütiger Laune lief er auf die Polizeiwachstube zu. Vor dem erleuchteten Schild der Kantonspolizei wurden seine Schritte langsamer. Er sollte die Angelegenheit besser noch einmal überdenken. Zum wiederholten Mal durchlief Georges die Abfolge der Ereignisse.

Als er Heidi gestern hatte aufsuchen wollen, um über ihre Zukunft und seinen Anteil daran zu sprechen, begegnete ihm in der Jugendherberge ein überraschter junger Mann an der Rezeption.

»Heidi Szell? Die ist nicht mehr da.«

»Ist sie ausgegangen?«

»Sie ist überhaupt nicht mehr da.«

»Und ihr Gepäck?«

»Hat sie mitgenommen.«

»Wohin?«

Der Junge hob bedauernd die Hände.

Im Geist ging Georges die unterschiedlichen Möglichkeiten durch. Dass Heidi nach Grenoble zurückgekehrt war, schien am unwahrscheinlichsten. Dass sie ohne Geld durchbrannte, konnte er auch nicht glauben. Hatte sie jemanden kennengelernt, sich gar einem Mann an den Hals geworfen? Heidi war kein Mauerblümchen, sie wusste ihre Vorzüge herauszustreichen. »Das wäre vorstellbar«, murmelte Georges. Heidis permanente Lügen entsprangen ihrer Fähigkeit, sich ungewöhnliche Szenarien vorzustellen. Wenn sie sich von Georges verraten fühlte, wäre ein möglicher trotziger Schritt von ihr, sich einen *Beschützer* zu suchen.

»Was ist gut vorstellbar?«, fragte der junge Kerl.

»Ach nichts. Seit wann ist Heidi schon nicht mehr hier?«

»Drei, vier Tage wird es her sein.«

»Ist sie von jemandem abgeholt worden?«

»Letzte Woche hatte ich keinen Dienst. Aber warten Sie ... Ein paar Tage davor hat sich ein Mann nach ihr erkundigt.«

»Ein junger Mann?«

»Der war nicht mehr jung. Im Gegenteil.«

»Ein alter Mann?«, rief Georges, nun doch ein wenig besorgt.

»Schwer einzuschätzen. Er sah sonderbar aus.«

»Inwiefern?«

»Klein und stämmig war er, mit einem Gang wie ein ... ein Panther. Er hatte eine auffällige Locke auf der Stirn.«

»Klein, stämmig, ein Panther mit Locke?« Ein seliger Glanz überflog Georges' Gesicht. Wieso war er nicht von selbst darauf gekommen? Sein alter Widersacher erschien auf der Bildfläche, niemand anders als Léon Seematter persönlich! Georges hatte eine Versöhnung mit ihm gesucht und Corinne mit einer weißen Fahne losgeschickt. Sie war unverrichteter Dinge zurückgekehrt. Offenbar hatte Seematter nun seinerseits mobil gemacht. Er griff Georges nicht direkt an, sondern attackierte ihn über seine Tochter.

Es war Seematter bestimmt leicht gefallen, Heidi gegen ihren Vater aufzuhetzen.

»Was wollte der Mann von Heidi?«, fragte Georges.

»Mit ihr sprechen. Aber er hat sie nicht angetroffen. Als Heidi kam, habe ich es ihr ausgerichtet. Sie ist sofort losgerannt. Kurz darauf tauchte der Mann zum zweiten Mal auf und hat sich auf die Suche nach ihr gemacht. Mehr weiß ich nicht.«

Georges sah seinen Verdacht bestätigt. Der alternde Hagestolz, der unversöhnliche Konkurrent, der Mann, der stets das haben wollte, was Georges besaß, hatte sich an seinem Kind vergangen. Wohin könnte er sie verschleppt haben? Die Möglichkeit eines anderen Hotels verwarf Georges gleich wieder und ging dem einzig folgerichtigen Gedanken nach: Damals, bei ihrer dramatischen Begegnung in Thun, hatte Seematter gesprächsweise verraten, dass er über seiner Tanzschule wohnte.

Georges schlenderte zum Kornhausplatz, setzte sich in eine Restauration und wartete. Als er seine zweite Tasse Kaffee serviert bekam, sah er Heidi gegenüber aus dem Haus treten. Er verwarf seinen ersten Impuls, sie anzusprechen, da er ihr keine Gelegenheit geben wollte, die Situation zu entkräften. Stattdessen beabsichtigte er, sich den Überraschungsmoment zunutze zu machen.

Nachdem er sich vergewissert hatte, dass sie nicht gleich wieder zurückkam, lief Georges über die Straße. Leise wie ein Dieb huschte er die Treppen zur Tanzschule hoch und verharrte vor der Tür; Musik drang ins Treppenhaus. Georges vertraute darauf, dass Seematter den Kurs selbst leitete, und lief, drei

Stufen auf einmal nehmend, noch ein Stockwerk höher.

Für den Moment wusste er nicht weiter. Er stand vor der verschlossenen Tür zu Seematters Wohnung. Ein Geräusch von drinnen ließ ihn aufhorchen. Nachdem er die Eventualitäten bedacht hatte, drückte Georges auf den Klingelknopf. Langsame Schritte näherten sich.

»Ja?« Eine Frau im Schürzenkleid öffnete die Tür, Handbesen und Schaufel in der Hand.

»Guten Tag. Mein Name ist Szell. Ich möchte zu Herrn Seematter.«

»Er ist unten«, antwortete sie, im Begriff, die Tür zu schließen.

Georges registrierte, dass die Frau nicht deshalb so kurz angebunden war, weil er sie bei der Arbeit störte, er bemerkte vielmehr ihre geschwollene Backe.

»Oh weh, Sie haben Zahnschmerzen?«, erkundigte er sich teilnahmsvoll.

»Sieht man das?«

»Nun ja, verzeihen Sie, Frau …«

»Renoldner.«

»Frau Renoldner, ich sehe doch, dass Sie Schmerzen haben. Auf der rechten Seite, ja?«

»Genau hier.« Sie näherte ihre Hand der Backe, ohne sie zu berühren.

»Sie müssen zum Zahnarzt.« Georges trat in den Vorraum.

»Da war ich schon«, entgegnete sie in weinerlichem Ton. »In der Nacht hatte ich Schmerzen. Um ein Uhr habe ich es nicht mehr ausgehalten. Natürlich haben die Zahnärzte um diese Zeit geschlossen. Mein Bruder hat mich ins Krankenhaus gefahren.«

Vergebens sah Georges sich um, ob er Hinweise auf Heidis Anwesenheit entdecken konnte. Er musste es schaffen, tiefer in Seematters Lasterhöhle einzudringen. »Was ist dann passiert, Frau Renoldner?«

»In der Notaufnahme hatte ein junger Zahnarzt Dienst. Wenn er mir nicht im weißen Mantel gegenübergetreten wäre, ich hätte ihn für einen Gymnasiasten gehalten.«

»So jung?«

»So unerfahren. Und auch noch Italiener.«

»Oh weh. Konnte er Ihnen helfen?«

»Er hat gesehen, dass ich leide, und mich gleich drangenommen. Er hat mir eine Spritze gegeben, dadurch wurden die Schmerzen besser. Er sagte, dass der untere Sechser eine Wurzelbehandlung braucht.«

»Lieber Heiland, das ist schlimm«, ging Georges darauf ein. »Das hatte ich selbst einmal.«

»Machen Sie, was nötig ist, wenn nur die Schmerzen aufhören, sagte ich zum Doktor.« Ohne es zu merken, folgte Frau Renoldner Georges, der Schritt für Schritt ins Seemattersche Wohnzimmer eindrang.

»Schreckliche Geräusche habe ich gehört, als er meinen Zahn aufgebohrt und die Wurzel entfernt hat. Ich habe ein Provisorium bekommen.«

Georges' Blick fiel auf eine Flasche Kräuterlikör auf dem Tisch, daneben benutzte Gläser. Der Kerl verführt mein Kind sogar, Alkohol zu trinken, dachte er. »Aber wie ich sehe, ist Ihre Not damit noch nicht ausgestanden«, sagte er zu Frau Renoldner.

»Sie können sich nicht vorstellen, was dann passierte.«

»Ja, was denn, was denn?« Dort lag ein Halstuch, rot und grün mit Blumenmuster. Es war unwahrscheinlich, dass Seematter selbst ein solches Halstuch trug.

»Mein Bruder hat mich heimgebracht, wir sind zu Bett gegangen.« Frau Renoldner ließ sich auf die Bank sinken. »Zwei Stunden später gingen die Schmerzen von Neuem los. Ich habe mich im Bett herumgeworfen, dachte, das kommt von der Operation, und es muss eben so sein.«

»Aber so war es nicht?«

»Ich stand im Bett vor Schmerzen. Schließlich habe ich meinen Bruder wieder geweckt. Um sechs Uhr morgens sind wir noch einmal in die Notaufnahme gefahren. Gottlob war der Italiener nicht mehr da.«

»Ach nein?«

»Inzwischen hatte ein Berner Arzt den Dienst übernommen. Dieser Doktor hat mich mal geröntgt. Er hat das Bild betrachtet, und wissen Sie, was er gesagt hat?«

»Ich bin gespannt.«

»Er sagte, dass der Italiener den falschen Zahn behandelt hätte. Er hat nicht dem Sechser die Wurzel gezogen, sondern dem Siebener daneben.«

»Er hat einen gesunden Zahn abgetötet?«

»So ist es!« Während Frau Renoldner die Geschehnisse im Geist erneut durchlebte, geriet sie mehr und mehr aus der Fassung. »Natürlich ist der Schmerz im Sechser wiedergekommen!«

»Konnte Ihnen der Berner helfen?«

»Das war das Allerschlimmste. Der Doktor hat mir eine Spritze gegeben. Aber die Schmerzen hörten nicht auf, wurden sogar noch schlimmer. Er sagte, dass die Betäubung wahrscheinlich deswegen nicht wirkt, weil sie zu knapp hintereinander gegeben wurde.« Tränen rannen Frau Renoldner über die Wangen.

Georges setzte sich neben sie. Ohne Umstände streichelte er ihre feste, arbeitsame Hand. »Und dann, Frau Renoldner?«

»Dann sagte er, dass wir einen halben Tag warten müssten, bis die Wirkung nachlässt. Erst danach könne er mich operieren.«

»Gott, das ist ja grauenhaft!« Sie saßen nebeneinander, ihre Hand blieb in seiner. »Und trotzdem arbeiten Sie heute?«

»Herr Seematter hätte mich in dem Zustand wahrscheinlich nach Hause geschickt. Aber mir ist es lieber so. Wenn ich meine Arbeit tue, denke ich nicht dauernd daran.«

»Sicher, das ist einzusehen.«

Langsam hob Frau Renoldner den Kopf. »Was wollen Sie eigentlich hier?« Sie zog ihre Hand zurück. »Was möchten Sie denn, Herr ...?«

»Szell. Meine Name ist Szell. Ich habe mit Herrn Seematter etwas zu besprechen.« Georges überlegte. »Es geht um eine Schülerin meines Kollegen.«

»Schülerin? – Warum fragen Sie dann nicht unten in der Tanzschule?«

»Ich meine eine Schülerin, um die Herr Seematter sich ... persönlich kümmert. Ich glaube, sie war auch schon hier oben.«

»Ach, Sie meinen Heidi«, sagte Frau Renoldner mit offenem Blick.

»Heidi, richtig. Sie haben sie kennengelernt?«

»Natürlich. Die wohnt jetzt hier. Aber Heidi ist keine Schülerin.«

»Nein?«

»Sie ist seine Nichte. Sie kommt aus Grenoble, wo sie im Internat ist.«

»Und er hat Ihnen ausdrücklich gesagt, dass Heidi seine Nichte ist?«

»Was soll er denn sonst sagen?« Ein leiser Zweifel schien Frau Renoldner zu beschleichen.

Georges erstickte ihn sofort im Keim. Die Umstände durften nicht verändert, Seematter sollte nicht gewarnt werden. Alles musste im Zustand der Sünde bleiben, bis Georges seinen Zug gemacht hatte. »Seine Nichte, richtig, jetzt fällt es mir wieder ein«, entschärfte er die Situation.

»Aber Heidi ist auch nicht hier.«

»Wo hält sie sich denn sonst gewöhnlich auf?«

»Unten im Gästezimmer.«

»Und wo schläft Herr Seematter?«

»Auch unten. Die Zimmer liegen nebeneinander. Das ist praktischer, da haben beide es nicht weit ins Bad.«

»Ja, das ist bestimmt sehr praktisch.« Georges unterdrückte ein Lächeln; die Dinge entwickelten sich prächtiger, als er angenommen hatte. »Dann haben der Onkel und seine Nichte bestimmt eine lustige Zeit zusammen.«

»Wie Sie sehen.« Ein Schmunzeln der Schmerzgeplagten, als sie auf die leeren Likörgläser zeigte.

Georges stand auf. »Vielen Dank, Frau Renoldner. Ich gehe jetzt in die Tanzschule hinunter.«

Überrascht von dem plötzlichen Aufbruch folgte sie Georges in den Vorraum.

Er drehte sich noch einmal um. »Darf ich Ihnen ein altes Hausmittel empfehlen? Es hat mir auch schon geholfen.«

»Ja, gerne, bitte.«

»Sie geben zehn Tropfen Melissengeist in ein Glas lauwarmes Wasser.«

»Und dann?«

»Sie spülen sich damit den Mund aus und zwar in gleichbleibenden Intervallen?«

»In was?«

»Sie machen Pausen dazwischen. Gleichmäßige Pausen, und dann spülen Sie wieder.«

»Das mache ich. Ja, das will ich tun.«

Georges erreichte die Tür. »Ich wünsche Ihnen gute Besserung, Frau Renoldner.«

Begleitet von ihren Dankesworten verließ er die Wohnung.

Erst als er sicher war, dass sie oben die Tür geschlossen hatte, lief Georges unauffällig an der Tanzschule vorbei und erreichte die Straße. Unterwegs zur Polizeiwache überlegte er alles noch ein letztes Mal. Er konnte an seinem Plan keinen Fehler entdecken. Vor dem erleuchteten Schild der Kantonalpolizei hob er den Kopf. Ja, so musste, so würde es gehen.

Georges trat ein und erklärte dem diensthabenden Beamten, er habe eine Anzeige zu machen.

25

Herr Ungefahr spielte nicht wie sonst die *Serenade* von Toselli. Er legte sein Gefühl in ein Stück, zu dem man schwerlich hätte tanzen können: Schuberts *Impromptu opus 90, Nr. 1*. Wehmütig, innig, tiefgründig griff Seematters Klavierspieler in die Tasten.

Uli Ungefahr war einer Pianistenkarriere erstaunlich nahegekommen. Als Wunderkind von seinen Eltern in Graubünden von Auftritt zu Auftritt geschleppt, hatte er die Touristenzentren bereist und war währenddessen von einem Privatlehrer unterrichtet worden. Der Tod seines Vaters hatte ihn noch enger mit der Mutter zusammengeschweißt, die ihre Ersparnisse opferte, um Uli Musik studieren zu lassen und ihn sogar in der Meisterklasse von Vladimir Horowitz unterzubringen. Lola, die Assistentin von Horowitz, erwiderte Ulis Liebe und brach ihm anschließend das Herz. Eine chronische Sehnenscheidenentzündung in der linken Hand zwang ihn, seine professionelle Pianistenlaufbahn zu beenden, bevor sie überhaupt begonnen hatte. Uli verdingte sich als Korrepetitor am Berner Stadttheater, wo er Léon Seematter kennenlernte. Als dieser seine Tanzschule eröffnete, folgte Uli, das Wunderkind, dem Tänzer an den Kornhausplatz. Seither spielte er Tag für Tag Quadrillen und Walzer, Qickstep und Paso Doble für seinen Arbeitgeber. Uli beklagte sich nicht, bei Léon hatte er es gut getroffen. Nur manchmal legte er eine gewisse Wehmut über sein Schicksal in die Musik.

»Um Gotteswillen, Ungefahr, was spielst du denn heute?«, stöhnte Léon, der mit ausgestreckten Beinen auf der gepolsterten Bank saß, wo sich sonst die Schülerinnen drängten.

»Das ist Schubert, Herr Chef«, erwiderte Ungefahr, ohne zu unterbrechen.

»Bitte nicht. Nicht den traurigen Schubert«, seufzte Léon. »Es ist alles schon trist genug.«

»Was soll ich sonst spielen, Herr Seematter?«

Léon ließ den Kopf auf die Brust sinken. »Meinetwegen, spiel was Trauriges, Uli, das ist jetzt auch schon egal.« Eine Weile lauschte er den Läufen in moll, die so perlend waren und zugleich so hoffnungslos. Sein Blick wanderte über das Meer von Billets zu seinen Füßen. Aufgerissene Kuverts, deren Anschreiben alle den gleichen Inhalt hatten.

»Absagen«, murmelte Seematter. »Nichts als Absagen.«

Er musste sich aus dieser Untergangsstimmung reißen, stand auf, machte weit ausgreifende Schritte durch den Saal und drehte sich einmal um die eigene Achse. »Die Leere, diese Leere hier!«, rief er. »Das ist eine Katastrophe.« Zu Füßen Ungefahrs setzte sich der Tanzmeister an den Rand der Empore.

»Wie wollen Sie die Schule wieder voll kriegen?«, fragte Uli, ohne das *Impromptu* zu unterbrechen.

»Keine Ahnung.«

Ungefahr hob die Hände von den Tasten, der letzte Ton verklang hallend im leeren Saal. »Ich finde das nicht so schwer, Herr Chef.«

»Was würdest du an meiner Stelle denn tun, Uli?«

»Ich würde zur Zeitung gehen, genau wie Herr Szell es getan hat. Ich würde denen sagen, wie es wirklich gewesen ist.«

»Zur Zeitung?« Léon starrte vor sich hin. »Das kann ich nicht.«

»Warum nicht?«

»Weil ich mich damit auf sein Niveau begeben würde.« Léon legte die Hände zwischen die Knie. »Nein, das geht nicht. Schon Heidi zuliebe.«

»Dann weiß ich auch nicht weiter.« Ungefahr setzte den Schubert fort.

Es war nicht nur der Artikel im *Bund,* dachte Léon, während er die beweglichen Füße des Pianisten auf den Pedalen betrachtete. Seematter musste sich in erster Linie um die polizeiliche Anzeige kümmern. Sollte es zu einer Verhandlung kommen, würde er die Anschuldigungen selbstverständlich entkräften, doch es konnte Monate dauern, bis ein Termin festgesetzt wurde. Wie sollte er die Zeit bis dahin überstehen?

Das größte Problem stellte Heidi dar. Die einzige Person, die Seematters Darstellung zu stützen vermochte, war minderjährig. Das nahm ihrer Aussage Gewicht. Schwerer wog aber die Behauptung Szells, seine Tochter sei eine notorische Lügnerin. Zum Beweis hatte er den Amtsarzt aus dem *Lycée au ciel ouvert* zum Zeugen aufgerufen, der seine Diagnose darlegte: Heidi leide u*nter Pseudologia phantastica,* auch Lügensucht genannt, einer Krankheit, derer sie sich selbst nicht bewusst sei. Ihre psychoaffektive Unreife sei durch den frühen Tod ihrer Mutter ausgelöst worden, behauptete der Arzt während der kurzfristig anberaumten Voruntersuchung.

»Untersuchung!« Léon spie das Wort förmlich aus.

Ihm, einem Mann, dem die Jugend der Stadt seit vielen Jahren anvertraut wurde, der sie in ästhetisch-moralischer Hinsicht angeleitet hatte, drohte ein Prozess wegen Unsittlichkeit! Allein die Anklage stellte den vollständigen und unwiderruflichen Rufmord an Léon dar. Szell vernichtete seinen Konkurrenten mit einem Handstreich, indem er die Tanzschule Seematter als ein Sodom und Gomorrha anprangerte. Die vielen untadeligen Jahre waren damit auf einen Schlag ausgelöscht. Mithilfe seines perfiden Schachzugs hatte Szell den Wunsch, seinen Konkurrenten zu vernichten, nicht einmal zugeben müssen – offiziell ging er ja nicht als Tanzschulbetreiber gegen Seematter vor, sondern als aufs Äußerste besorgter Vater. Er posaunte in die Welt hinaus, Seematter habe sein Kind verleitet, das renommierte Grenobler Internat zu verlassen, um nach Bern zu kommen, wo er sie zuerst in sein Tanzetablissement und bald darauf in seine Wohnung gelockt habe. Tür an Tür hätten der alternde Faun und die Minderjährige geschlafen, wobei Heidi das gleiche Badezimmer wie Seematter habe benutzen müssen. Was sich in der Lasterhöhle noch abgespielt habe, sei schwerlich in Worte zu fassen.

Léon sprang auf. »Oh Gott, Heidi, warum tust du mir das an?«

Am schwersten wog, dass Heidi, ohne es zu beabsichtigen, Georges Szell mit ihrer Aussage sogar geholfen hatte. Während der Voruntersuchung gab sie an, dass Seematter sie liebevoll aufgenommen und zärtlich wie ein Vater behandelt habe. Allein ihre Wortwahl konnte Léon zu Fall bringen – *liebevoll und zärtlich*. Wusste sie nicht, dass ein Tanzlehrer zu seiner Schülerin nicht liebevoll und zärtlich zu sein hatte? Er durfte sie nicht einladen, bei sich zu wohnen, und sie in direkter Nachbarschaft zu seinem Schlafzimmer unterbringen. Er hatte ihr keinesfalls die Annehmlichkeiten von Kost und Logis anzubieten, außer er hätte andere, unehrenhafte Absichten mit dem jungen Mädchen. Da Seematter in keinem verwandtschaftlichen Verhältnis zu Heidi stand, konnte er eine entlastende Begründung für sein Vorgehen, sein *aufdringliches Verhalten*, wie der Untersuchungsrichter es genannt hatte, nicht geben.

Heidi war bei der Kantonalpolizei bereits wegen eines anderen Vorfalls aktenkundig geworden, einer Zechprellerei. Im Protokoll hatte sie zu allem Übel nicht ihren wahren Namen genannt, sondern sich als Heidi Maisonge ausgegeben.

»So war es immer mit Heidi«, hatte Szell behauptet. »Sie erfindet unwahre Dinge, erzählt Lüge um Lüge, bis man nicht mehr weiß, was eigentlich die Wahrheit ist. So war sie schon als Kind, weshalb ich es richtig fand, sie der Zucht und Ordnung des hochangesehenen französischen Internats zu übergeben.«

Als der Untersuchungsrichter Seematter fragte, was seine Absichten gewesen seien, nachdem er Heidi bei sich aufgenommen hatte, war Léon stumm geblieben. Es wäre noch schädlicher für ihn gewesen, hätte er von seiner Liebe zu Heidis Mutter erzählt, seiner Trauer über deren Tod, über die Tatsache, dass er in der Tochter die Mutter wiedererkannt habe und seine Liebe zu Nelly ein weiteres Mal erblühen habe lassen. Szell hätte sofort in die offene Flanke nachgestoßen und Seematter als verschmähten Verehrer Nellys entlarvt, der sich nun an der Tochter schuldig gemacht habe. Léon hatte geschwiegen, und Heidis Aussage trug nichts zu seiner Verteidigung bei.

Als sei die juristische Angelegenheit nicht schon schlimm genug, war Szell so weit gegangen, auch noch die Presse zu informieren. Der darauf erschienene Artikel im *Bund* hatte eine Flut von Austritten und Absagen in der Tanzschule zur Folge gehabt. Die meisten kamen als knappe zweizeilige Schreiben, doch einige Eltern hatten es für nötig befunden, Seematter anzurufen. Léon musste sich Beschimpfungen von Bürgern anhören, bei denen er bis vor Kurzem als moralische Leuchte der Stadt gegolten hatte.

»Spiel was anderes, Uli«, sagte Seematter.

Ungefahrs Füße hielten auf den Pedalen inne. »Ich weiß nicht, Herr Chef. Ich glaube, ich gehe lieber heim.« Er stand auf.

»Du hast recht, Uli, sperren wir zu. Es hat ja keinen Sinn, noch länger zu warten.«

Léon ging zum Schaltkasten in seinem Büro und löschte sämtliche Lichter.

26

Peter streckte sich auf dem Sofa aus. »Ich habe geglaubt, jemand, der Heidi heißt, spielt mir Schweizer Volkslieder vor.«

Sie schlug einen Akkord an. »Volkslieder? Meinst du so etwas? – *Wänn i nummer wüsst, wo's Vogu Lisi wär, s' Vogu Lisi chunnt vo Attubotta här*«, sang Heidi mit schriller Stimme.

»Wunderschön!« Er hielt sich die Ohren zu.

Liebevoll streichelte sie die Telecaster, die bei Peter an der Wand gehangen hatte. »Nein, mein Lieber, auf so einem Schätzchen musst du andere Musik machen.« Mit einem diagonalen Barrégriff spielte Heidi die Grundakkorde von *All you need is love.*

»Nicht schlecht, Herr Specht.« Er nickte beeindruckt. »Und das hast du dir ganz allein beigebracht?«

»Meine Lehrerin im Internat war ein Beatles-Fan, in diesem Punkt hatte ich Glück. Sie hat mich im Keller üben lassen, damit die Aufsicht nichts davon mitkriegt.« Da kein Plektron zur Verfügung stand, spielte Heidi mit den Fingernägeln weiter. »Kannst du wirklich gar nicht spielen?«

»Keinen Ton. Ich wollte es lernen, ehrlich, aber mein Feuer hat nicht lange gebrannt.«

»So ein wunderbares Instrument«, schwärmte sie.

»Ja, aber die vielen Saiten –«

»Es sind nur sechs.«

»Und die komplizierten Griffe – die Stahlsaiten tun an den Fingerspitzen weh.«

»Du Mimose. Du verdienst so ein Prachtstück gar nicht.« Sie strich über den Glanzlack. »Wenn ich eine echte Fender besitzen würde ...«

»Du kannst sie haben.«

»Komm, hör auf.«

»Nein, ich meine es ernst. Bei mir verstaubt sie ja doch nur an der Wand.«

»Sie ist wunderbar.«

Heidi versteckte sich gleichzeitig vor Georges und der Polizei. Da sie ihrem Vater nicht gehorchte, hatte er sich genötigt gesehen, die Behörde um Hilfe zu bitten. Die Polizisten sollten Heidi nach Grenoble zurückbringen. Das stellte sich schwieriger dar als erwartet.

Nachdem sie aus Seematters Wohnung abgeholt worden war, erklärte Georges, es sei ihm unmöglich, sie in der Brunngasshalde festzuhalten: Heidi würde bestimmt abhauen. Wie recht er hatte, zeigte sich, als sie dem Jugendamt übergeben worden war. Bevor Heidis Reise weitergehen konnte, mussten Formalitäten mit den Schweizer Behörden geklärt werden. Als die Frau vom Jugendamt nach nebenan ging, um ein Formular zu holen, genügten Heidi wenige Augenblicke. Vor dem Fenster zog sich ein Gesims entlang. Über die Regenrinne gelang ihr die Flucht.

Sie hatte keinen Franken Geld bei sich, ihr Übergangsmantel war in der Amtsstube geblieben, und es war ein frostiger Tag. Außer Seematter kannte sie keine Menschenseele in Bern. Während sie durch die Straßen irrte, fiel ihr Blick auf einen parkenden

Sportwagen. Der Gedankensprung zu dem jungen Mann, der einen ähnlichen Sportwagen fuhr, brachte sie auf eine Idee. Heidi lief zum Telegrafenamt.

»Ich brauche eine Telefonnummer«, sagte sie zu der Beamtin.

»Sehen Sie im Telefonbuch nach.«

»Ich weiß nicht genau, wo er wohnt.«

»Wer?«

»Mein Professor.« Heidi war müde, planlos und nervös. Sie hatte keine Lust, Lügen zu erfinden. Doch wenn es je einen richtigen Zeitpunkt dafür gegeben hatte, dann jetzt. »Ich bin Studentin für Altertumsforschung«, spann sie den Faden weiter. »Ich komme extra aus Wien, um Professor Montegiallo bei einer Ausgrabung zu assistieren.«

»Sind Sie nicht ein bisschen jung für eine Altertumsforscherin?«, fragte die Frau hinter dem Schalter.

»Ich sehe nur jünger aus.« Heidi beugte sich zu ihr. »Ich habe Montegiallos Adresse verloren. Er muss in der Nähe von Bern leben. Kann man so etwas herauskriegen?« Sie wählte einen hilflosen Gesichtsausdruck.

»Wir von der Schweizer Telegrafenverwaltung kriegen alles heraus.«

Minuten später war Heidi im Besitz einer Anschrift in Herzogenbuchsee.

»Ist das überhaupt der richtige Montegiallo?«, fragte die Beamtin. »Soweit ich sehe, betreibt der Mann eine Autovertretung.«

»Das ist sein Bruder«, erwiderte Heidi fröhlich. Sie lief zum Busbahnhof und machte sich auf den Weg nach Herzogenbuchsee.

Bern zu verlassen, stellte in jedem Fall einen Vorteil dar. Heidis Foto war im *Bund* abgelichtet gewesen. *Skandal in der Tanzschule*, lautete die Schlagzeile. So lächerlich es Heidi auch vorkam, der sogenannte Skandal beschäftigte die Berner. Auf den Straßen der Altstadt musste sie fürchten, erkannt und in die Obhut des Jugendamts zurückgebracht zu werden. Herzogenbuchsee war weit genug vom Geschehen entfernt, um Heidi ein Versteck zu bieten. Das Versteck existierte nur in ihrem Kopf, unterwegs nahm es aber so deutliche Konturen an, dass sie in dem Bewusstsein aus dem Bus stieg, dass Peter Montegiallo ihr helfen würde.

Doch während Heidi sich zu seiner Adresse durchfragte, schwand ihre Zuversicht wieder. Ihre bisherigen Begegnungen waren kurios verlaufen: Heidis Stiefel auf seinem Autodach, der Korb, den sie ihm in der Tanzschule gegeben hatte. Beim letzten Mal waren sie etwas trinken gegangen. Zum Abschied hatte er sie küssen wollen. Es war nicht dazu gekommen. Woher nahm Heidi die Überzeugung, dass er sie unterstützen würde?

Die Villa der Montegiallos hatte bessere Tage gesehen. Die Dachrinne war löchrig, dunkelgrüne Schlieren liefen an den Mauern hinunter. Ein merkwürdiger Anbau störte das Bild des alten Gebäudes, eine Garage, wenn Heidi sich nicht täuschte. Es dämmerte bereits. Da im Haupthaus kein Licht brannte, wandte sie sich zum Nebengebäude.

Ein Mechaniker im Overall lag unter einem Auto. Musik dudelte aus dem Kofferradio.

»Entschuldigung«, rief sie.

Der Monteur hörte sie nicht.

»Hallo – Sie!« Heidi bückte sich. »Entschuldigung!« Sie ging neben ihm auf die Knie.

Auf einer Rollvorrichtung kam der Mechaniker unter dem Wagen hervor. »Hallo«, lachte Peter. »Wie kommen Sie denn ins Berner Oberland?«

»Ich … Ich bin …« In diesem Moment verflog Heidis Hoffnung, dass er auch nur das Geringste für sie tun konnte.

»Sie brauchen Hilfe«, sagte Peter mit plötzlichem Ernst. »Du brauchst Hilfe?«

Heidi nickte.

»Komm erst mal mit rein.« Er stand auf, schaltete das Radio aus und wollte gehen. Als sie zögerte, setzte er hinzu: »Ich habe alles gelesen, im *Bund*. Eine blöde Sache. Vor allem für Seematter.«

Ein Geräusch von draußen ließ Heidi aufhorchen. Sie legte die Gitarre beiseite. Durch das Fenster sah sie einen roten Wagen die Einfahrt hochkommen.

»Ein Ferrari«, rief sie überrascht.

»Mein Onkel vertritt die Marke in der Schweiz. Der Wagen gehört ihm nicht, er hat ihn nur in Kommission. Ich glaube, er ist damit nach Bern gefahren, um bei seiner Braut Eindruck zu schinden.«

»Dein Onkel heiratet?« Heidi hängte die Gitarre an die Wand.

»Das ist eine längere Geschichte. Lass uns zu deiner Geschichte zurückkehren. Wie soll es mit dir weitergehen?«

»Keine Angst, ich störe dich nicht lange«, beeilte sie sich zu sagen. »Ein paar Tage, bestimmt nicht länger.«

»Du kannst bleiben, solange du willst.«

»Das ist großzügig von dir, aber wird dein Onkel nichts dagegen haben?«

»Das wäre ja noch schöner, wenn Rosalino mir vorschreibt, wen ich mitbringen darf und wen nicht.«

»Du lebst in seinem Haus.«

»Das macht mich nicht zu seinem Leibeigenen. Du bist willkommen, bis du etwas Besseres gefunden hast.« Übergangslos fragte er: »Was wird dein Vater jetzt tun?«

»Er will mich möglichst rasch aus der Schweiz fortschaffen. Aber ich gehe unter keinen Umständen wieder nach Grenoble.«

Peter setzte sich auf. »Du bist minderjährig. Er ist dein Vater. Er hat jedes Recht, so zu verfahren.«

»Ich dachte … du hilfst mir. Könntest du mich nicht hier verstecken?«

»Heidi, das ist keine Dreigroschengeschichte und kein Märchen, in dem die Prinzessin vor ihrem bösen Vater verborgen wird. Die Schweizer Gesetze sind streng. Ich helfe dir, aber du darfst dich nicht in Fantastereien verlieren. Bis zu deiner Volljährigkeit entscheidet dein Vater, was mit dir geschieht.«

Heidis Blick wurde gläsern und hart. »Fantastereien? – Meinst du etwa die *Pseudologia phantastica*? Siehst du mich auch als notorische Lügnerin?«

Er wollte ihre Hand nehmen, sie entzog sie ihm. »Ich kenne dich doch erst seit Kurzem. Wie soll ich wissen, wer du wirklich bist?«

»Du hast versucht, mich zu küssen.«

»Ich würde dich auch jetzt liebend gern küssen, aber das würde unserer Bekanntschaft eine Richtung geben, die du im Augenblick als Letztes brauchen kannst.« Herzlich sah er sie an.

Sie verstand sofort. »Du meinst meine angebliche *Unzucht*. Ich soll Unzucht mit dem liebenswürdigsten, sanftesten und scheuesten Menschen getrieben haben, den ich kenne.«

»Bist du sicher, dass Seematter nichts dergleichen im Sinn hatte, als er dich bei sich aufgenommen hat?«

Heidi kniete sich neben Peter auf die Couch. »Du verstehst das nicht. Seematter hat meine Mutter geliebt. Durch ihre Heirat mit Georges hat sich seine Liebe nie erfüllt.«

»Und hier liegt der Hase im Pfeffer.« Diesmal nahm Peter ihre Hand mit mehr Entschlossenheit.

»Der Hase im Pfeffer?«

»Da ist dieser einsame Mann. Er war nie verheiratet, von ihm sind keinerlei Liebesgeschichten bekannt. Einmal im Leben hat er geliebt, wurde aber nicht erhört. Nach vielen Jahren klopft es eines Tages an seine Tür, und die Tochter seiner großen Liebe steht da, die der Mutter ziemlich ähnlich sieht. Der einsame Mann sieht die Gelegenheit, im Leben vielleicht doch noch zu lieben: das Ebenbild seiner toten Angebeteten.«

»Du glaubst im Ernst, er wollte …?«

»Nicht ich, nein, ich denke das nicht. Aber unsere braven Berner Eidgenossen sehen das so. Deshalb schicken sie ihre minderjährigen Töchter nicht mehr zu Seematter. Er ist ihnen unheimlich geworden.«

Zum zweiten Mal nahm Heidi die Gitarre von der Wand. Sie suchte die richtigen Griffe und sang eine zarte Melodie der Beatles.

»*Who knows how long I've loved you?*
You know I love you still.
Will I wait a lonely liftime? …«

Es wurde still in Peters Zimmer.

27

Léon Seematter tanzte die *Puppenfee*. Er erschuf einen Pas de deux, der in Wirklichkeit nicht existierte. In der realen Ballettkomposition war dem Puppenmacher keine Choreografie mit seinem Geschöpf zugedacht.

Im Nachthemd stand Léon vor dem Spiegel – wer sah es denn schon? Kein Mensch beobachtete ihn bei seiner Eskapade, auch Heidi nicht. Sie wohnte hier nicht mehr. Georges Szell hatte sie in Begleitung der Polizei abgeholt. Der überhebliche Mensch, der seinen Triumph auskostete und vor den Polizisten den erzürnten, sorgenvollen Vater spielte. Heidi hatte sich an Léons Seite gestellt und den wahren Sachverhalt zu erklären versucht.

»Sie können Ihre Aussage später machen«, hatte der Polizist erwidert. »Jetzt müssen Sie mitkommen.«

»Wer darf bestimmen, dass ich nicht hierbleiben kann?«, rief Heidi.

»Ihr Vater«, erwiderte der Polizist nüchtern.

»Heidi, komm, mein Kind, sei vernünftig.« Georges stimmte einen gütigen Ton an, in dem er die Engelsgeduld eines hundertmal enttäuschten Vaters mitschwingen ließ. Léon beherrschte sich und griff in die Amtshandlung nicht ein. Es hätte alles nur noch schlimmer gemacht.

Heidi tat das Dümmste, das Schädlichste in diesem Fall. Sie flüchtete vor den Beamten durch die Wohnung, rannte auf ihr Zimmer und sperrte sich ein.

Bekümmert wandte sich Georges zu den verdutzten Polizisten. »Was habe ich gesagt? Dieser Mann hat mein Kind gänzlich in seinen Bann geschlagen.«

Die Beamten trotteten hinter der Flüchtenden her. Léon hinderte sie auch daran nicht, zeigte ihnen sogar den Weg und klopfte an Heidis Tür.

»Komm doch bitte heraus. Es hat keinen Sinn. Mach es nicht noch schwerer.«

Als sie sich taub stellte, schickten sich die Männer an, die Tür mit Gewalt zu öffnen.

»Das wird nicht nötig sein«, versuchte Seematter sie abzuhalten.

»Wir sind im fünften Stock. Was ist, wenn sie aus dem Fenster springt?«, ging Georges dazwischen. »Wollen Sie dafür die Verantwortung übernehmen?«

»Aus diesem Fenster kann sie unmöglich springen«, beschwichtigte Seematter. »Es ist zu klein.«

Die Polizisten ließen ihn nicht einmal ausreden. Der Wachtmeister warf sich gegen die Tür, die sofort nachgab. Alles Schreien und sich Wehren half nichts, Heidi wurde abgeführt. Seematter begleitete sie bis zur Tür.

»Sie bleiben hier«, fuhr Szell ihn an. »Sie werden mein Kind nie wiedersehen!«

»Ich möchte eine Aussage machen«, sagte Léon zum Wachtmeister und zog seinen Mantel an.

»Sie erhalten eine schriftliche Vorladung. Bis dahin haben Sie sich dem Kind nicht zu nähern.« Er überreichte ihm ein amtliches Schreiben.

Während die Polizisten mit Heidi im Treppenhaus

verschwanden, drehte sich Szell noch einmal um. »Sie Schwein.« Lächelnd spuckte er Seematter ins Gesicht.

Léon war durch den Hass des anderen so verblüfft, dass er vergaß, sich den Speichel abzuwischen. Aus Angst vor Seematters Reaktion rannte Szell davon und folgte den Beamten mit großen Sprüngen nach unten.

Léon war in die Wohnung zurückgekehrt, hatte sich ausgezogen und von oben bis unten gewaschen. Danach hatte er Heidis Bett abgezogen und das Zimmer gelüftet.

Das lag nun eine Woche zurück. Die Tanzschule war geschlossen. Seematter verließ seine Wohnung kaum noch. Das Alleinsein war die einzige Möglichkeit, nicht den Verstand zu verlieren. Als er nichts mehr zu essen zu Hause hatte, ging er einkaufen. Im Lebensmittelladen bediente man den langjährigen Kunden, doch der Besitzer raunte ihm an der Kasse etwas zu.

»Würden Sie von nun an bitte einen anderen Laden wählen, Herr Seematter?«

»Warum?«

»Es ist nicht wegen mir. Ich verstehe ja, dass Sie …«

»Dass ich was?«, fragte Seematter, obwohl er genau verstand.

Der Lebensmittelhändler schlug die Augen nieder. »Meine Kundschaft … Wir sind ein Geschäft von untadeligem Ruf.«

»Untadelig?« Léon sah den Besitzer so lange an, bis dieser ihm wortlos die Tüte in die Hand drückte.

»Bezahlen Sie ein anderes Mal«, flüsterte er. »Gehen Sie jetzt.«

Léon stand vor dem Spiegel. Unter dem Nachthemd wölbte sich sein kleiner Bauch. Behäbig war er geworden, alt kam er sich vor, doch es fühlte sich angenehm an, im Nachthemd den Tag zu verbringen. Da er nicht mehr aus dem Haus ging, brauchte er sich auch nicht anzukleiden.

Léon tat den ersten Sprung. Musik war dazu nicht nötig. Er hatte die ganze Ballettmusik im Kopf. Dutzende, vielleicht hunderte Male war er in der Figur des Puppenmachers aufgetreten. Er sprang auf seine Partnerin zu, die ihn im Spitzentanz erwartete.

Nelly absolvierte einige komplizierte Sprünge. Dabei kam es auf die Kraft und Standfestigkeit ihres Partners an, der sie heben und auffangen musste. Nelly begann mit einer Sisonne, sprang mit beiden Füßen ab und landete auf dem linken Bein. Durch eine unmerkliche Stützung ihres Rückens verhinderte Léon, dass sie den rechten Fuß beistellen musste. Für die folgenden Jetés führte er Nelly quer durch das Wohnzimmer. Sie erreichte den tänzerischen Höhepunkt, ein Echappé, bei dem sie in der ersten Position absprang, die Position in der Luft wechselte und in der zweiten Position landete. Nach dieser Sprungfolge machte sich Nelly bereit für das Presto im Walzerrhythmus.

Léon hatte sich verausgabt, er wollte das vor Nelly aber nicht zeigen. Er rang nach Atem und stützte die Hände auf die Knie. Er war zu alt für diese Choreografie, ihm fehlte die Ausdauer. Seine Atemnot wurde noch schlimmer. Lag es nur an der Anstrengung? Er hob den Kopf.

Léon war in seine Traumwelt geflohen, weil die Wirklichkeit ihn abstieß. Doch in der Wirklichkeit wärmte er gerade das gekochte Rindfleisch von gestern auf. Es war noch genügend da, er hatte keine Lust, etwas Frisches zu kochen. Auf nackten Füßen lief er in die Küche. Das Backrohr stand offen. Er hatte den Topf hineingestellt und das Gas aufgedreht. Doch die Flamme musste ausgegangen sein. Es roch nach Gas.

Hatte er die Flamme überhaupt angezündet, fragte sich Léon. Im Aschenbecher fand er kein abgebranntes Streichholz. Er hatte das Gas angedreht, aber nicht entzündet. So ein Fehler passierte manchmal. Es war nicht schlimm, er hatte es ja rechtzeitig entdeckt. War es wirklich nur ein Fehler gewesen? In seiner Mutlosigkeit war ihm nicht aufgefallen, was er tat. Oder hatte ihn seine Trauer etwa dazu verleitet, war er für einen Augenblick der Vorstellung erlegen, wie es wäre, sein Elend zu verkürzen?

Hätte er das Gas nicht bemerkt, wäre er mit Nelly weiter durchs Zimmer gesprungen, so lange, bis ihm die Kraft und der Atem ausgegangen wären. Auf dem großen Teppich im Wohnzimmer hätte er sich zu Boden sinken lassen, wäre nicht mehr aufgestanden und langsam, den Blick auf Nellys Fotografie gerichtet, hätte Léon Seematter das Bewusstsein verloren.

Vor dem Herd richtete er sich auf. Im Nachthemd durchs Zimmer zu tanzen und von der großen Liebe zu träumen, war eine Sache. Was ihm beim Anblick des offenen Backrohrs, beim fauligen Gasgeruch durch den Sinn ging, machte ihm aber Angst. Er löschte das Gas, riss alle Fenster auf, lief ins Schlafzimmer und kleidete sich hastig an. Er musste hinaus, ins Freie, unter Menschen, egal, wie sie ihm begegnen, ob sie ihn schmähen und verachten würden.

Ein Mensch unter Menschen, das war er immer noch, darum wollte er die fantasierten Tänze mit Nelly von nun an einstellen.

Léon griff zu Mantel und Hut und eilte die Treppe hinunter.

28

Rosalino Montegiallo sah sich als untypischen Schweizer. Er hatte der Schweizer Automobilbranche neue Impulse gegeben, war mit eigenen Modellen auf den Markt gegangen, wie man sie einem eidgenössischen Konstrukteur nicht zugetraut hätte. Er hatte das Alpenland für Autos zugänglich gemacht, die sonst nur in der Ebene unterwegs waren. Wegen Rosalino kraxelten Ferraris und Bentleys inzwischen auch durch das Gebirge. Doch Montegiallo hatte die Bereitschaft seiner Landsleute für Veränderung überschätzt und sich finanziell verspekuliert. Er war in Schieflage geraten, musste bei seiner Hausbank zu Kreuze kriechen, hatte seinen Stolz beiseite geschoben und die Bankdirektorin um ihre Hand gebeten.

Allerdings sah Rosalino das gar nicht so! Er schätzte sich im Gegenteil glücklich, dass ihn ein Missgeschick gezwungen hatte, die kluge, einsichtige und sensible Ursula Burckhardt zu heiraten. Sie gedachten, mit ihrer Ehe eine respektvolle Freundschaft einzugehen. Der gutaussehende Montegiallo und die mächtige Frau aus Bern – welch eine gelungene Verbindung!

Weil Rosalino bester Stimmung war, weil er seinem Neffen vergeben hatte, hörte er Peter und Heidi aufmerksam zu, als die beiden mit ihrem Anliegen zu ihm kamen. Das Fräulein, das trotz seiner Jugend bereits einen veritablen Skandal auf ihre Schultern geladen hatte, wohnte jetzt anscheinend bei ihnen.

»Heidi hat recht«, sagte Peter. »Wir müssen etwas unternehmen.«

Der Salon der Villa Montegiallo hatte ein großes Fenster, durch das man nicht ins Freie sah, sondern in die lichtdurchflutete Garage, wo die motorisierten Geliebten Rosalinos standen. Der historische Ferrari 125 C Sport, der Quattroporte I von Maserati und natürlich der Bentley S2; zusammengenommen stellten diese Fahrzeuge ein Vermögen dar. Doch sie gehörten Rosalino nicht, er vertrieb sie nur, und es brach ihm jedes Mal das Herz, wenn er ein Stück verkaufen musste.

»Ich fürchte, das ist eine juristische Angelegenheit«, antwortete er den jungen Leuten mit Blick auf seine Schätze. »Ich sehe nicht, wie wir da helfen könnten.«

Für sein Leben gern hätte sich Rosalino jetzt einen Campari Americano gemixt, aber es war erst Vormittag, er wollte nicht mit schlechtem Beispiel vorangehen.

Da Heidi aus dem Jugendamt geflohen war, hatte sie keine frischen Sachen zum Anziehen dabei. Peter wollte aber kein Risiko eingehen und in dem kleinen Ort Kleider für ein junges Mädchen kaufen. Heidi trug daher Männerunterwäsche. Der zierliche Rosalino hatte ihr einen seiner Monteur-Overalls geliehen. Sie ergaben ein erstaunliches Trio: Der elegante Onkel im sandfarbenen Dreiteiler mit grüner Krawatte, Peter in Jeans und weitem Hemd, und Heidi verkleidet als Automechaniker.

»Es ist ein Schneeballeffekt eingetreten«, erklärte

sie. »Sobald eine Berner Familie den Tanzkurs für ihre Tochter absagt, betrifft das natürlich auch den Tanzpartner der Tochter. Und schon sagt die nächste Familie ab. Alle versichern sich untereinander ihre moralische Entrüstung, und Seematter, der nichts getan hat als mich freundlich aufzunehmen, wird aus der Gemeinschaft ausgestoßen.«

»Aber was sollen wir dagegen tun?« Rosalino hielt es nicht länger im Sessel. Er wollte jetzt doch einen Campari.

»Wir halten den Schneeballeffekt auf«, antwortete Heidi.

»Wie?« Mit wenigen Handgriffen mixte Rosalino Vermouth rosso und Campari, kippte das Ganze auf Eis und tat einen Spritzer Sodawasser dazu. Er bemerkte Heidis neugierigen Blick.

»Willst du auch einen?«

Sie sah Peter an. »Ich weiß nicht …«

»Um die Moral ist es in diesem Haus nicht besonders gut bestellt.« Peter lächelte. »Ich denke, ein kleiner Schluck wird keinem von uns schaden.«

»Also Americano für drei«, rief Rosalino. »Kommt prestissimo.«

»Wir haben mit Regula gesprochen. Sie macht mit«, erläuterte Peter Heidis Plan. »Aber sie wird es nicht über den Kopf ihrer Mutter hinweg tun.«

Konzentriert mixte Rosalino die Getränke. »Und ich soll also mit meiner Verlobten ein Wörtchen reden?«

»Genau.« Heidi nickte enthusiastisch.

Rosalino reichte ihr das Glas. »Wohl bekomm's.«

Eine Stunde später machten sich die Montegiallos und ihr Gast auf den Weg nach Bern. Da der Shark für drei zu eng geworden wäre, chauffierte Rosalino den Bentley. Weich und geschmeidig legte sich die riesige Limousine in die engen Kurven des Berner Umlands. Von Ostermundigen aus fuhren sie in die Stadt und überquerten die Untertorbrücke. Selbst in der reichen Stadt Bern wurde ein Fahrzeug wie dieses bestaunt.

Heidi trug zu ihrer Montur eine freche Schiebermütze und Sonnenbrille. Unterwegs erzählte Rosalino, dass er diese Mütze bei jedem großen Rennen getragen habe.

Sie erreichten die Adresse des Bankhauses Burckhardt. Rosalino sprang aus dem Wagen. Ohne den Portier, der die Stufen herunterkam, eines Blickes zu würdigen, warf er ihm die Autoschlüssel zu.

»Hier dürfen nur Mitglieder des Direktoriums parken«, schnurrte der Pförtner seine Litanei ab.

»Waschen und volltanken«, gab Rosalino zurück.

»Was? Wie kommen Sie dazu …« Der Angestellte war im Begriff, sich zu ereifern.

»Hören Sie schlecht? Sie sollen meinen Wagen waschen und volltanken. Ich erwarte ihn in einer Stunde blitzblank auf dem Parkplatz.« Rosalino ließ den versteinerten Mann zurück und betrat das Bankhaus Burckhardt.

Eine weitere halbe Stunde später hatte Ursula den Plan begriffen. Regula wurde gerufen, begrüßte Peter und stimmte dem Vorhaben freudig zu.

»Wir brauchen etwas zum Anziehen für sie«, sagte Frau Burckhardt mit Blick auf Heidis burschikose Erscheinung.

»Ich leihe dir etwas«, rief Regula.

Als der Nachmittag heranrückte, klemmte sich

Mutter Burckhardt hinters Telefon und machte einen Anruf nach dem anderen. Ihre Gespräche konnte man getrost als Berner Gipfelkonferenz bezeichnen. Ursula verständigte Utz, die Frau des Wirtschaftskammerpräsidenten, danach Bundesrat Loris und seine Frau, sie rief beim befreundeten Bankhaus Annelli an, bekam die gute Verena an die Leitung und erklärte der alten Freundin ihr Anliegen. All das tat Ursula, während ihr Verlobter sich auf der Chaiselongue räkelte und seiner Braut bewundernd zusah.

Die Berner sind keine schlechten Menschen, dachte Rosalino, sie sind nur ein wenig schwerfällig. Wenn man ihnen eine Angelegenheit vernünftig erklärt, ist der Berner bereit, seine Meinung zu ändern.

»Hallo, Elvezia«, sagte Frau Burckhardt gerade. »Ich komme mit einem ungewöhnlichen Vorschlag zu dir. – Aha – aha –« Sie lauschte, da Elvezia ihrerseits etwas zu erzählen hatte. Als Ursula ihr Anliegen schließlich vorbrachte, erhielt sie eine befriedigende Antwort.

»Elvezia verständigt ihre Tochter Brigitte«, sagte sie zu Rosalino nach dem Auflegen.

Er kam hoch und küsste seiner Verlobten die Hand. »Was täte ich ohne dich?«

Im selben Moment trat Regula mit Heidi ins Zimmer. »Sieht sie nicht wunderbar aus?«, rief die Burckhardttochter.

»Ich hätte nicht gedacht, dass dir ein Kleid von Regula passen würde«, entgegnete Ursula.

»Wir haben im Busen viel Watte reingetan«, sagte Heidi. »Jetzt passt alles perfekt.«

29

Vollkommen klar.

Die Welt im Inneren.

Die größte vorstellbare Welt.

Das Reich der unbegrenzten Möglichkeiten.

Neulich hatte Nelly etwas darüber gelesen. *Neulich,* ein sonderbarer Begriff. In Nellys zeitloser Zeit bedeutete neulich irgendwann. Ein Ereignis konnte vor einem Tag oder einem Jahr stattgefunden haben. Wenn man nur in seinem Kopf lebte, veränderte sich das Kontinuum. Das Vorher und das Nachher waren nicht mehr einzuordnen.

Außer im Kopf.

Im Kopf war alles –

vollkommen klar.

Wenn Nelly sich ein Bild von sich selbst machte, sah sie nichts als einen großen Kopf. Darin befand sich alles, was sie ausmachte. Ein Frauenkopf mit Brille. Unterhalb des Kopfes existierte nichts. Vielleicht war es nicht einmal ein Kopf, sondern ein Gehirn. Das Gehirn schwamm in einer nutzlosen Hülle, deren Funktion deshalb in Betrieb gehalten wurde, damit das Gehirn weiterlebte. Ein Geschöpf war sie geworden, ein Wesen, vielleicht ein Monster.

Kein Monster.

Der Reichtum ihres Innenlebens sagte ihr, dass sie ein Mensch geblieben war. Nellys Augen ließen nach.

Sie konnte nicht mehr so gut lesen. Doktor Am-Rhain hatte eine neue Brille bestellt. Bis die da war, musste es die alte tun.

Was hatte sie zuletzt gelesen?

Astrologie?

Aber nicht das Horoskop im *Bund*, sondern Astrologie sachlich betrachtet. Das Zusammenwirken der Planeten. Das System ließ sich auf das Größte und das Kleinste übertragen. Mars stand für Aggression. Mond repräsentierte die Mutter, Saturn war der Lehrer. Nelly versuchte, das Gehirn dazu zu bringen, folgerichtig zu denken. Man konnte denken, was man wollte, aber konnte man auch wollen, was man wollte?

Jupiter, dachte Nelly. Sie hatte über Jupiter gelesen. Jupiter bedeutete Erweiterung.

Erweiterung des Horizonts.

Jupiter bedeutete Reisen. In ihren gesunden Jahren war Nelly viel gereist – London, Wien, Oslo, New York. Die Reise nach Japan hatte sie nicht mehr angetreten; ihre Diagnose war dazwischengekommen. Obwohl Heidi damals noch klein war, hätte Nelly ihr Japan gern gezeigt.

Jupiter.

Reisen – nicht nur nach außen.

Reisen nach innen.

Nelly verstand, weshalb das Gehirn danach gesucht hatte. Jupiter. Die innere Welt. Das Reich der unbegrenzten Möglichkeiten. In diesem Sinn war Nelly eine Reisende, der nichts und niemand Grenzen setzte.

Das ist Glück.

Der Kopf nickte kaum merklich.

Sobald der Kopf nickte, schaltete sich das Gerät ein. War das Gerät in Betrieb, brauchte Nelly nur ihren einzigen beweglichen Finger zu bewegen, den rechten Ringfinger, schon war sie mit der Außenwelt verbunden. Im Zimmer der Tagesschwester ging ein Licht an. Meistens erschien sie sofort.

Auch jetzt.

Aber Nelly brauchte nichts. Sie hatte nur mit dem Kopf genickt, weil sie ihren letzten Gedanken mochte. Doch da die Schwester schon einmal da war, sollte sie nicht umsonst gekommen sein. Mit den Augen deutete Nelly, dass sie lesen wollte.

Die Tagesschwester zeigte auf Nellys Buch: *Der Hausierer* von Peter Handke. Ein junger Autor. Den wollte sie jetzt nicht. Etwas Leichteres.

»Ein Magazin?«, fragte die Schwester. »Oder die Zeitung?«

Nelly entschied sich für den *Bund*.

»Die Ausgabe ist schon ein paar Tage alt.« Die Schwester legte die Zeitung auf Nellys Notenpult und schlug sie auf. »Politik, Ausland, Inland?« Die Schwester blätterte bis zum Lokalteil weiter.

Da sah Nelly, was sie noch nie gesehen hatte. Was ihr die Tränen in die müden Augen trieb. In der Zeitung sah Nelly Maisonge sich selbst. Das war sie nicht, denn Nelly existierte nicht mehr. Sie war nur noch ein Kopf. In der Zeitung blickte ihr die wahre Nelly entgegen, so wie sie gewesen war, vor vielen Jahren. Das Foto.

Die junge Nelly.

Vollkommen klar.

* * *

Léon Seematter konnte sich nicht erklären, wer bei ihm klingelte. Früher wären um diese Zeit Schüler und Schülerinnen zur Tanzstunde gekommen. Jetzt nicht mehr. Wahrscheinlich hatte sich jemand in der Klingel geirrt.

»Hoffentlich nichts Unangenehmes«, schickte er sein Stoßgebet zum Himmel und öffnete mit bangem Gefühl.

Draußen stand Heidi.

Er erschrak über alle Maßen. »Was willst du denn? Um Gotteswillen, du Unglückskind, was willst du bei mir?«

»Tanzen möchte ich, Herr Seematter.«

»Mach dich nicht lustig! Heidi, ich flehe dich an, geh! Geh sofort wieder.«

»Aber ich bin nicht allein hier.«

»Hast du deinen Vater mitgebracht? Oder die Polizei?«

»Wo denken Sie hin?«, erwiderte Heidi leichthin. »Kommen Sie, Herr Seematter. Alle warten schon auf Sie.«

»Auf mich? Wo?«

»Vor der Tanzschule. Sie müssen aufsperren.«

»Alle? Wer? Was tust du mir an?« Er wollte sich in seine Höhle zurückziehen. Heidi ließ das nicht gelten. Sie fasste ihn am Ärmel und zog ihn sanft die Treppe hinunter.

Dort standen sie. Ein gutes Dutzend Halbwüchsiger, adrett anzusehen in ihren Anzügen und Krawatten, ihren Röcken und Kleidern. Alle, wie sie da standen, begrüßten Seematter, den Verfemten, höflich, freundlich.

»Was wollt ihr?«, fragte er auf der untersten Stufe.

»Tanzen!«, kam die Antwort im Chor.

»Tanzen? Aber ...«

»Jetzt ist doch der Kurs für die Mittelstufe«, sagte Ruedi, der Sohn des Bundesrats aus dem Kanton Schwyz.

»Die Mittelstufe?«, stammelte Seematter. »Aber die Tanzschule ist geschlossen.«

»Dann sperren Sie sie doch wieder auf«, rief der dicke André Spyri. »Im Treppenhaus lässt es sich schlecht tanzen.«

Darüber lachten alle.

Der Anblick der vielen jungen Leute überwältigte Seematter. Diesen Anblick hatte er vermisst. Er trat mitten unter sie. »Wisst ihr, leider kann ich im Augenblick keine Stunde abhalten, weil ich keinen Klavierspieler habe. Ohne Musik können wir unmöglich tanzen.« Als Seematter den Blick hob, staunte er ein weiteres Mal. »Wieso brennt da drinnen Licht?«

Aus der Tür des Seematterschen Etablissements trat Uli Ungefahr, der Pianist, den Schlüssel in der Hand.

»Ich habe Licht gemacht, Herr Chef«, sagte er, halb fröhlich, halb ängstlich, ob der Meister ihn anschnauzen würde. »Eingeheizt habe ich auch. Um diese Jahreszeit ist es schon ziemlich klamm im Saal.

»Da haben Sie Ihren Pianisten!«, lachte Spyri.

»Uli?«, murmelte Léon. »Wo kommst du denn her?«

»Herausgeklingelt haben wir ihn«, lachte Heidi. »Genau so, wie wir Sie herausgeklingelt haben.« Sie trat vor Léon. »Jetzt werden Sie uns doch unterrichten, nicht wahr?«

Er ließ den Blick über die jungen Gesichter

schweifen. Nie im Leben war er so sprachlos gewesen. Er schüttelte dem treuen Ungefahr die Hand und betrat die Tanzschule. Keiner außer Heidi bemerkte, dass der kleine Mann sich heimlich über die Augen wischte.

30

»Sie tanzen wieder«, sagte Brigitte.

»Wer tanzt?« Georges genoss es, so viel Geld in der Hand zu haben. Er hatte die meisten Bündel bereits gezählt, doch es gefiel ihm, sie vor Brigitte noch einmal zu zählen.

Sein Leben lang waren die grünen, roten und blauen Scheine seltene Gäste in seiner Brieftasche gewesen, heute legte er eine Banknote nach der anderen aufeinander. Alles lief wie am Schnürchen. Die Tanzschule entwickelte sich besser, als Georges in seinen kühnsten Hoffnungen erträumt hatte. Die Kurse waren bis in den Frühling ausgebucht. Nach all den erfolglosen Jahren konnte er behaupten, es geschafft zu haben. Dass sein Konkurrent so schnell in die Knie gezwungen worden war, bestätigte Georges die Wirksamkeit seines Plans. Doch auch ohne diesen Schachzug hätte Georges der Tanzschule Seematter über kurz oder lang die Schüler abgeworben. Wen interessierte denn heute noch die Quadrille oder die verstaubte Polka? Seematter war in Bern viele Jahre damit durchgekommen. Aber jetzt brach die neue Zeit an. Beat, Rock und Swing waren da! Amerika hielt Einzug in der Schweiz, und Georges war der Mann, der den Backfischen das neue Tanzen beibrachte. Sein wichtigster Sieg erschien ihm seine Freiheit. Befreiung vom Konkurrenten, Befreiung von seinem missratenen Kind, auch die Befreiung von Corinne gehörte dazu.

»Es ist an der Zeit«, hatte sie gesagt.

»Wofür?« Eine Frage, auf die Georges die Antwort kannte.

»Ich möchte mit meinen Eltern Frieden schließen.«

Georges und Corinne hatten im Bett gelegen, einem Treffpunkt, dem nichts Erotisches mehr anhaftete. Es war nur der Ort, an dem sie in Ruhe reden konnten.

»Mein Vater hatte einen Schlaganfall.« Sie zog die Decke bis unters Kinn. Die Heizung funktionierte immer noch nicht so richtig.

»Wie geht es ihm?« Obwohl sein Krimi spannend war, legte Georges das Buch auf die Brust.

»Es besteht die Gefahr eines zweiten Schlages.« Sie sah ihn an. »Ich will nicht länger warten.«

»Wie lange fährst du nach Genf?«

»Das kann ich noch nicht sagen.«

Georges hielt den Blick auf die Bettdecke gerichtet. »Ich verstehe. Bloß die Schule … Was machen wir so lange mit der Schule?«

Sekundenlang blieb es still.

»Die Schule funktioniert auch ohne mich«, antwortete Corinne. »Du wusstest von Anfang an, was die Stadt braucht, Georges. Und du bietest es ihr. Ich gratuliere, das hast du dir verdient.«

Hinter ihren Worten hörte er die wahre Botschaft und wusste, dass sie recht hatte. Er musste Corinne endlich ziehen lassen. Sie hatte ihm ihre Jugend geschenkt und wenig dafür zurückbekommen. Es war Zeit. Aber es gefiel ihm nicht, dass sie es war, die den

Zeitpunkt bestimmte. Sie sollte gehen, wenn er es richtig fand. Georges machte einen letzten Versuch.

»Du bringst mich in ziemliche Schwierigkeiten. Ist dir das klar? Du bist das Aushängeschild unserer Schule.«

»Unsinn.« Sie zog die Decke noch höher.

»Die jungen Burschen kommen, um von dir unterrichtet zu werden.«

»Ich reise ja nicht schon morgen ab.«

»Könntest du wenigstens so lange warten, bis ich einen Ersatz gefunden und eingearbeitet habe?«

»Nein, Georges. Das kann Wochen dauern. Er ist mein Vater. Ich weiß nicht, wie lange er noch lebt.«

»Dann mache ich dir einen anderen Vorschlag«, ging er darauf ein. »Fahre gleich nach Genf, von mir aus morgen. Kümmere dich um deinen Vater, und wenn es ihm besser geht, kommst du zurück.«

Corinne musterte ihn. »Und was machst du so lange mit der Schule?«

»Ich improvisiere. Ich könnte die Tänze mit einer begabten Schülerin vorführen.«

»Dazu wärst du bereit?«

Unter der Decke nahm er ihre Hand. »Es gibt Dinge, die wichtiger sind als eine Tanzschule.« Georges sah sie mit einem Ausdruck an, den er für gütig hielt.

Corinne schmiegte sich in seinen Arm. »Das finde ich sehr anständig von dir.«

Eine Weile lagen sie nur da.

»Wie wäre es mit Brigitte?«, schlug Corinne vor. »Sie ist die Beste im Fortgeschrittenenkurs.«

»Brigitte?« Georges tat überrascht.

Oh ja, alles lief wie am Schnürchen! Corinne selbst

hatte ihm das Mädchen vorgeschlagen, das auch seine erste Wahl gewesen wäre. Drei Tage nach ihrer Aussprache war Corinne abgereist. Sie hatte nicht viel mitgenommen, aber beide wussten, dass es ein Abschied auf immer war. Sie hatten einander lange genug behindert, nun ging jeder seiner eigenen Wege. Das war der Lauf der Dinge.

Der Lauf der Dinge gefiel Georges in Gestalt von Brigitte besonders gut. Die Siebzehnjährige war eine erstklassige Assistentin. Dieses Jahr sollte sie das Lyzeum beenden und hatte sich noch nicht entschieden, wie ihre nächsten Schritte aussehen sollten. Georges hatte Brigitte bisher keinerlei Avancen gemacht und beabsichtigte nicht, es in nächster Zeit zu tun. Sie war seine Assistentin, dafür bezahlte er sie, das war alles. Er würde nicht in die gleiche Falle tappen wie Seematter.

Bevor sie bei ihm anfing, hatte Georges ein Gespräch mit Brigittes Mutter Elvezia geführt. Sie war die Frau eines renommierten Anwalts. Georges hatte sich daher gutbürgerlich gekleidet und sein inneres Chamäleon auf Seriosität getrimmt.

»Tanzen ist die gesündeste Form der Körperkultur«, hatte er vor der Mutter schwadroniert. Brigitte war nicht anwesend, sie sollte zu gegebener Zeit gerufen werden. »Ihre Tochter bringt eine hohe Begabung für diese Kunstform mit.«

»Brigitte ist im Lyzeum die Klassenbeste«, erwiderte Elvezia. »Es kommt nicht infrage, dass ihre schulischen Leistungen unter dem neuen Hobby leiden.«

Daher wehte also der Wind – Georges ging auf das Argument der Mutter ein. »Da kann ich Sie beruhigen. Der Unterricht im Lyzeum geht bis ein Uhr mittags. Meine erste Tanzstunde beginnt um vier. Es bleibt Brigitte also genügend Zeit, sich zu erholen.«

»Und um ihre Hausaufgaben zu machen«, präzisierte Elvezia und griff nach einem der Mandelbärlis, die sie dem Gast aufgetischt hatte. »Der Vorteil läge allerdings darin …« Nachdenklich biss sie hinein. »Dass Brigitte abends meistens ausgehen möchte.«

»Aha?« Georges konnte noch nicht folgen.

»Wenn sie ausgeht, weiß ich manchmal nicht, wohin und mit wem.«

»Aha, aha.« Um nicht unhöflich zu erscheinen, nahm Georges sein drittes Mandelbärli.

»Wenn Sie allerdings für Ihre Tanzschule arbeiten würde …«

»Wissen Sie immer genau, wo Ihre Tochter ist«, vervollständigte Georges mit erleichtertem Lächeln.

»Und sie verdient noch ein bisschen Taschengeld«, setzte Elvezia hinzu.

»So ist es, natürlich.«

»Brigitte soll den Wert des Geldes früh kennenlernen. Wie viel ist es denn?«

»Wie viel ist was?«, fragte er begriffsstutzig.

»Das Taschengeld, das Sie zahlen?«

Überrascht stellte Georges fest, dass er sich darüber noch keine Gedanken gemacht hatte, und nannte aufs Geratewohl eine Zahl.

»Das scheint mir angemessen«, nickte die geschäftstüchtige Frau des Assessors.

Fünf Minuten später wurde Brigitte hereingerufen und die Abmachung bei einer Tasse Holunderblütentee besiegelt.

Georges schichtete das Bündel mit den Zwanzigfrankennoten neben das Bündel mit den Zehnern. An ihm war es, zu entscheiden, welches Schicksal diese Scheine nehmen würden. Sollte er Brigitte mithilfe des grünen Fünfzigers zum Essen ausführen oder den blauen Zwanziger dafür verwenden, ihr im Hutterli Kakao und Kuchen zu spendieren? Brigitte war ein großes, blendend gewachsenes Fräulein, zugleich fast noch ein Kind. Kakao mit Schlagsahne ging ihr über alles. Neulich hatte er ihr den *Kakaobart* von der Oberlippe gewischt.

Auf dem Zehnfrankenschein blickte der grimmige Gottfried Keller vor sich hin. Der Titelheld des blauen Zwanzigers war ein gewisser Henri Dufour, der den Besitzer des Geldscheines skeptisch anzusehen schien. Für die Scheine fünfzig bis fünfhundert hatte sich offenbar keine weitere Schweizer Prominenz gefunden; Knaben- und Frauenköpfe zierten die Banknoten.

»Gottfried Keller kenne ich, aber wer ist Henri Dufour?«, fragte Brigitte, die Georges beim Zählen zusah.

»Keine Ahnung. So ist das eben mit den Schweizer Berühmtheiten, keiner kennt sie. Die Deutschen haben Gemälde von Albrecht Dürer auf ihr Geld gedruckt und die Österreicher Johann Strauss. Wir Schweizer sind ein erfolgreiches Land, aber wir bleiben lieber anonym.«

Er legte das letzte Bündel zu den anderen. »Ich habe dir diese Woche dein Honorar noch nicht gegeben.« Er nahm drei Scheine und breitete sie vor Brigitte aus.

»Danke.« Gefaltet steckte sie das Geld ein. »Dort wird wieder getanzt«, wiederholte sie, da Szell ihre Mitteilung nicht gehört zu haben schien.

»Wer tanzt?« Er sah in ihr schönes Gesicht mit den irisierenden Katzenaugen.

»Seine Schüler.«

»Wessen Schüler?«

»Die von Seematter.«

»Was meinst du mit – *sie tanzen*?«

»Er hat die Tanzschule aufgesperrt. Die meisten Schüler von früher sind zurückgekommen.«

Sein Lächeln war verschwunden. »Was … was?«

»Sie haben auch meine Mutter angerufen«, bekräftigte Brigitte. »Ob ich vielleicht dazukommen möchte.«

»Zu Seematter?«

»Zu Seematter.«

»Aber die Schule ist zu.« Georges war bleich wie die Wand. »Er hat sie schließen müssen.«

»Als ich am Kornhausplatz vorbeigegangen bin, habe ich Musik gehört. Sie haben gelüftet.«

Langsam stand Georges Szell auf. »Das ist unmöglich.« Hoch aufgerichtet stand er über Brigitte. Die Scheine und Bündel auf dem Tisch bedeuteten ihm plötzlich nichts mehr.

31

Sie lehnten am offenem Fenster. Nach zwei Schnellpolkas und einem Quickstep war die Luft so dick geworden, dass gelüftet werden musste. Die anderen holten sich Limonade aus dem Automaten und verschnauften drüben bei der Empore.

»Du bist nach Bern gekommen, um Seematter mitzuteilen, dass deine Mutter ihn geliebt hat«, begann Peter.

»Wie kommst du jetzt darauf?« Aus großen Augen sah Heidi ihn an.

»Weil wir hier sind.« Eine Geste in den Saal. »Hier, wo alles begonnen hat.«

»Ich weiß nicht mehr genau, warum ich nach Bern gekommen bin. Für mich sind die Dinge hier nur schlimmer geworden.«

»Das kannst du noch nicht sagen.«

Peter sah auf den Kornhausplatz hinunter. Ein Motorradfahrer gab nach dem Starten übertrieben laut Gas.

»Ach, nein? Mein Vater hat mich von der Polizei abführen lassen«, rief Heidi über den Lärm hinweg. »Man verlangt, dass ich gegen Herrn Seematter vor Gericht aussage!«

Der Mopedlärm endete so abrupt, wie er begonnen hatte. Heidis letzter Satz hallte durch den Saal. Die Schüler drehten sich zu den beiden am Fenster um. Ängstlich betrachtete Heidi Seematter; er schien sie nicht gehört zu haben.

»Das letzte Wort ist in der Sache noch nicht gesprochen«, beschwichtigte Peter. »Sag mir bitte: Woher konntest du das wissen?«

»Was?«

»Du bist die weite Strecke aus Grenoble hergefahren, um Seematter zu besuchen. Du hast dich in seinen Kurs geschummelt –« Er schmunzelte. »Genau wie ich.«

»Du hast dich auch in den Tanzkurs reingemogelt?«

»Im Unterschied zu dir habe ich dafür bezahlt.«

»Wieso hast du das getan?«

»Weil du einen Stiefel nach mir geworfen hast.«

»Du bist mir bis in die Tanzschule nachgestiegen?«

»Wie du siehst, hat es funktioniert.«

Verwundert sah sie Peter an. »Aber du hast damals nicht mit mir getanzt.«

»Weil du mir einen Korb gegeben hast.«

Heidi tippte auf Peters Nasenspitze. »Weil du mir so affig vorgekommen bist.«

»Affig?«, entgegnete er mit gespielter Entrüstung.

»Rotes Sakko und blaue Hose, das nennst du nicht affig?«

»Du lenkst ab.« Er berührte ihren Arm. »Woher wusstest du, dass deine Mutter Seematter geliebt hat?«

»Weil ich einen Brief von ihr bekommen habe.«

»Deine Mutter hat dir geschrieben?«

»Wegen der Krankheit hat sie ihn schreiben lassen, nehme ich an. Der Brief hat mich Jahre nach ihrem Tod erreicht.«

»Das verstehe ich nicht.«

»Der Notar, der ihre Angelegenheiten geregelt hatte, rief mich an. Er sagte, dass in ihrer Hinterlassenschaft ein Brief gefunden worden sei.«

»Deine Mutter starb, als du vier warst. Wieso wurde der Brief erst Jahre später entdeckt?«

»Er war in einem Buch versteckt und ist herausgefallen.«

»Wieso hat der Notar den Brief nicht deinem Vater gegeben?«

»Auf dem Kuvert stand: *Für Heidi, meine Tochter.*«

»Szell kennt den Inhalt also nicht?«

»Nein.«

»Was stand drin? – Sag schon: Was stand drin?«

Sie schüttelte den Kopf. »*Für Heidi, meine Tochter,* stand auf dem Kuvert.«

»Du willst sagen: Das geht mich nichts an.« Peter legte den Kopf schief. »Zwölf Jahre nach dem Tod deiner Mutter bist du aus Grenoble nach Bern aufgebrochen. Wieso? Was hast du dir davon versprochen, Seematter die Neuigkeit nach so langer Zeit mitzuteilen?«

»Ich will, dass die Dinge endlich in Ordnung kommen«, antwortete Heidi nach einer Pause.

»Welche Dinge?«

»Mein Leben.«

»Wie hat Seematter es aufgenommen?«

»Was?«

»Dass sie ihn geliebt hat. War er verwirrt, erschüttert, weil deine Mutter ihn liebte, aber einen anderen geheiratet hat?«

Schneidend rief eine Stimme quer durch den Saal. »Wenn Sie sich ausgeruht haben, wenden wir uns wieder der Rumba zu!«

Seematter erklomm die Empore. Ein neuer Mensch stand dort neben dem Flügel. Als wäre er zum zweiten Mal geboren worden, hob er beide Arme und forderte die Söhne und Töchter gutsituierter Berner auf, ihre Positionen einzunehmen. Léon war der Hirte, sie waren seine Herde.

»Den Grundschritt kennen wir ja schon«, fuhr er fort. »Daraus entwickeln wir die neue Figur: die kubanische Verfolgung.«

32

Jupiter.

Jupiter bedeutete den Schritt nach draußen.

Den unmöglichen Schritt für diejenige, die ihn nie mehr tun konnte. Jupiter war die Außenwelt, die Welt von Nellys Tochter.

Unverändert lag der *Bund* aufgeschlagen auf dem Notenständer. Sie hoffte, dass die Tagesschwester nicht so bald zurückkommen und umblättern würde. Nelly wollte das Bild immer weiter ansehen. Das Bild löschte die Zeit endgültig aus. Das Bild war die Welt, und die Welt stand still.

Einmal, ein einziges Mal hatte Nelly ihr eigenes Gesetz gebrochen. Nelly Maisonge war tot, lautete das Gesetz. Innerhalb seiner Regeln konnte sie ein unbehelligtes Leben führen. Es war immer noch ein Leben. Sie vegetierte nicht, Nelly lebte, und indem sie ihr eigenes Gesetz verletzte, formte sie das Leben da draußen mit.

Es machte sie unglücklich, dass ihr Kind so wenig über seine Mutter wusste. Eigene Erinnerungen an Nelly standen Heidi kaum zur Verfügung. Als sie vier war, hatte sich die Mutter von den Lebenden zurückgezogen. Was Heidi wusste, wusste sie von Georges. Heidis Vorstellung von ihrer Mutter war also Georges' Vorstellung. Von den zahllosen Dinge, die Nelly in ihrem Kopf aufbewahrte, die nicht mit der offiziell

Gestorbenen gestorben waren, sollte Heidi einige kennenlernen.

Nelly konnte nicht schreiben.

Sie konnte nicht sprechen.

Ihre Verbindung zur Außenwelt war das Gerät.

Und Doktor Am-Rhain.

Am-Rhain war kein gewöhnlicher Nervenarzt mehr, sondern zum Leiter der Novy-Klinik aufgestiegen. Die Schwestern redeten ihn mit Professor an. Er war Heidis Freund geblieben. Obwohl er sie nicht täglich besuchte, hatte sie das Gefühl, er vergaß sie nicht. Manchmal saßen sie schweigend beisammen und betrachteten die Weide.

Nelly hatte Professor Am-Rhain zu ihrem Boten auserkoren. Drei volle Wochen *schrieb* sie an ihrem Brief. Sie tat es zuerst, ohne dass jemand davon wusste. Nelly ließ den Brief in ihrem Kopf entstehen. Jeder Satz wurde mehrmals gedreht und gewendet und auf seine Brauchbarkeit geprüft. Da Nelly jedem Satz so viel Gewicht gab, kannte sie diese Sätze auswendig: Und so setzte sich der Brief in Nelly allmählich zusammen. Hunderte Male repetierte sie ihn, im Schlaf hätte sie ihn hersagen können. Als sie endlich zufrieden war, diktierte Nelly ihren Brief.

Da dies viel Zeit in Ansprach nahm, bat sie nicht den Professor um den Gefallen, sondern Vreni, die Schwester mit dem Dutt. Nicht weil sie Vreni mehr als die anderen Schwestern mochte, aber Vreni hatte die schönste Handschrift. Nelly beurteilte die Schriften der Schwestern, wenn sie die Patientin morgens untersuchten und Puls, Blutdruck und Temperatur notierten. Nelly beobachtete jede Einzelne beim Schreiben. Schwester Vreni hatte eine leserliche, elegante Schrift. Nelly bat sie um den Gefallen, Nellys Gedanken aufzuschreiben.

Mit Hilfe des Gerätes arbeiteten sie tagelang daran. Die Schwester erfuhr, was niemand sonst auf der Welt wusste; keiner Menschenseele hatte Nelly diese Dinge je anvertraut. Der Brief handelte von Liebe, Nellys Liebe zu ihrer Tochter, auch von der Liebe zu Georges. Georges, der Theateragent, der Ehemann in Wien, der junge Vater, Georges, der an Nellys Krankheit zerbrach. Die Liebe zwischen ihnen war vielgestaltig, sprunghaft und schwer in Worte zu fassen.

Ein Mensch, den Heidi nie kennengelernt hatte, war ein Mann namens Léon. Nelly verwandte in ihrem Brief viel Zeit auf ihn. Sie schilderte Léon Seematter in so vielen Facetten, dass Schwester Vreni beim Schreiben manchmal aufschaute, doch sie fragte nie etwas. Vreni schrieb mit Füllfeder und blassblauer Tinte. Nelly war begierig, diese blassblauen Worte auf dem Papier entstehen zu sehen. Sie machte aus ihrem Gefühl für Léon kein Geheimnis, verpackte ihr Liebe nicht in Kindersprache, sie sagte die Wahrheit, sie tat es für Heidi, aber auch für sich selbst. Léon Seematter war die große Liebe ihres Lebens gewesen.

Mit Vrenis Hilfe füllte Nelly mehrere Seiten, gestochen klar, ohne Interpunktionsfehler, ohne etwas ausstreichen zu müssen. Gefaltet steckte Schwester Vreni den Brief in ein Kuvert. Nelly kannte Heidis damaligen Aufenthaltsort nicht. Sie wollte den Brief nicht Georges überlassen. Daher sollte das Schreiben an den Notar gesandt werden, der Nellys Testament aufgesetzt hatte und ihren Nachlass verwaltete. Er würde die richtigen Schritte unternehmen. Zuletzt lag das Schreiben säuberlich verschlossen vor Nelly. Zufrieden überantwortete sie es Doktor Am-Rhain. Der Professor machte sich damit auf den Weg.

Nellys Augen waren auf die Zeitung gerichtet. Es strengte sie an, die kleingedruckte Schrift zu entziffern. Was da über Heidi stand, ließ nichts Gutes vermuten. Von Schuld war die Rede. Nelly wusste, dass keiner die Schuld an dem Vorgefallenen trug. Sie begriff als Einzige, dass drei Menschen durch eine besondere Kraft zusammengehalten und zugleich auseinandergesprengt wurden. Léon, Heidi und Georges. Das Schicksal hatte sie zusammengepfercht, und keiner konnte diesem Schicksal entkommen. Doch die Auslöserin, Verursacherin, die Nabe des Rades und damit die eigentlich Schuldige war niemand anders als Nelly selbst. Durch sie wurden drei Menschen lebenslang aneinandergekettet. Nur sie konnte deren Fesseln wieder lösen. Sie musste es tun. Eine Gelähmte, der vor Jahren gesagt worden war, sie hätte nur noch kurz zu leben, eine Tänzerin, die es nicht ertragen hatte, in ihrer Erstarrung von den anderen Menschen wahrgenommen zu werden, ein Mensch, der die Entscheidung getroffen hatte, sich zu verstecken, vor Léon, vor Heidi.

Nelly durfte sich nicht länger bequem in ihrer Vergessenheit einrichten. Das Foto auf dem Notenständer zerrte sie gewaltsam in ein Leben zurück, mit dem sie abgeschlossen hatte.

Mit ihrem einzig beweglichen Finger tippte Nelly auf die Armlehne. Das Gerät setzte sich in Gang. Gleich würde die Tagesschwester erscheinen.

33

»Nun zu unserem heutigen Tanz!«, rief Georges. »Man nennt ihn den Popop Art. Es ist ein fröhlicher Swing mit einem ins Ohr gehenden Rhythmus. Die Schritte sind einfach und doch wirkungsvoll.«

Vom Podest aus blickte er in den Saal, der längst nicht mehr die Atmosphäre einer Gewerbehalle verströmte. Rote Vorhänge bauschten sich vor der Fensterfront, Scheinwerfer beleuchteten die Wände von unten, sogar die gute alte Spiegelkugel, einziges Erinnerungsstück aus Grindelwald, kam zu Ehren.

»Zunächst bitte ich ein Paar in die Mitte, dem ich die Schritte vorweg schon gezeigt habe. Auf diese Weise sehen Sie, wie der Popop Art korrekt getanzt aussieht. Herr Rös und Fräulein Brigitte, darf ich Sie aufs Parkett bitten?«

Brigitte trug zum roten Minirock einen mitternachtsblauen Pulli. Das Haar hatte sie zum frechen Knoten hochgesteckt. Ihrem Partner war die Nervosität anzumerken. Er wollte sich vor den anderen Schülern nicht blamieren, vor allem aber bemühte er sich, bei Brigitte einen guten Eindruck zu machen.

Georges senkte die Nadel auf den Plattenspieler. Ein Vierertakt, gespielt von einer Bläsercombo, erklang. Nach der Einleitung machte Brigitte einen Schritt nach links, ließ die Arme dabei schwingen, kreuzte rechts rückwärts und vollführte einen Hops nach vorn. Wegen seiner Aufregung verpasste Herr Rös den Einsatz und stieß mit ihr zusammen. Sie warf ihm einen bösen Blick zu, weil er nicht nur seine, sondern auch ihre Darbietung beeinträchtigte.

Der Popop Art verlangte, dass die letzten Takte des Refrains gesungen wurden. »Hoppel di Moppel di Poppel die Kuh«, sang Brigitte mit glockenheller Stimme.

Der Tanzkurs applaudierte. Georges stellte die Musik ab.

»Danke, Brigitte, danke auch Ihnen, Herr Rös. Während der Darbietung haben Sie die Tücke des Popop Art gesehen: Man kann leicht zusammenstoßen. Wenn wir nun beginnen, seien Sie vorsichtig, damit Sie einander nicht ins Gehege kommen.«

Er trat vor die Klasse. »Formieren Sie sich bitte zu zwei Reihen, damit es übersichtlich bleibt. Der Herr und die Dame stehen nebeneinander. Man kann den Tanz auch in Gegenüberstellung tanzen, aber dazu später.« Georges streckte den Arm aus, ein freundlicher Blick zu Brigitte. »Darf ich Sie bitten, mir zu assistieren?«

Sie verließ Herrn Rös und kam zu Georges. Aus ihren grünen Augen warf sie ihm einen koketten Blick zu.

Georges fasste Brigittes Hand. »Drei, vier – und Kick links! Das Gleiche machen wir mit dem rechten Fuß und verbinden das Ganze.« Brigitte folgte Georges synchron.

»Kommen wir nun zu den Armen.« Er wartete, bis sie die richtige Haltung eingenommen hatte. Ihm fielen die unsichtbaren Härchen mit den Schweißperlen auf ihrer Oberlippe auf. Brigittes Atem ging vollkommen ruhig, während Georges seine Kurzatmigkeit zu verbergen suchte. »Während unsere Hände erhoben sind, ziehen wir den linken Fuß an!«

Sechzig Teenager kreuzten das rechte Bein, hopsten auf das linke und machten einen Kick. Sechzig Kursbeiträge an einem Abend bedeuteten Einnahmen von dreihundert Franken. Nachmittags hatte er die Anfänger unterrichtet, weitere zweihundertfünfzig Franken. Später kamen noch die Senioren, einhundertachtzig Franken. Georges fand es inzwischen lächerlich, dass er sich wegen Seematter Sorgen gemacht hatte. Wenn der Kauz seine verstaubten Tänze weiter unters Volk bringen wollte, was kümmerte das den neuen Matador von Bern?

Eine Frau im langen Mantel betrat den Tanzsaal. Sie wirkte unauffällig, wenn man von ihrem akkurat hochgesteckten Dutt absah. Obwohl Georges sie noch nie gesehen hatte, sagte ihm eine Stimme, dass diese Frau von Bedeutung war. In dem bunten Raum, der von Lärm und Musik erfüllt war, vom Schweißgeruch junger Menschen, wirkte sie fremd. Eine Besucherin von einem fernen Stern hätte sich nicht staunender und fremder benehmen können.

»Hoppel di Moppel di Poppel die Kuh«, sang die Klasse so laut im Chor, dass die alte Gewerbehalle erbebte.

Die Frau erschrak vor dem ungebremsten Ausbruch jugendlicher Energie.

»Das Ganze noch einmal!«, rief Georges und führte Brigitte zu Herrn Rös zurück.

Während der Popop Art von Neuem losging, schlängelte er sich an den jungen Leuten vorbei und begrüßte die Frau am Eingang.

»Kann ich Ihnen behilflich sein?«

»Guten Abend. Ich bin Schwester Vreni.«

* * *

Georges war froh, dass die Schwester im gedämpften Bürolicht nicht sehen konnte, dass ihm übel wurde. Er saß in seinem Drehstuhl, gedrechselte Eiche – der Sessel hätte einem Ministerpräsidenten zur Ehre gereicht –, und legte die Stirn in die Hand. Gleich musste er sich übergeben. »Entschuldigen Sie, ich habe nicht gefragt, ob Sie etwas trinken wollen.«

»Danke, nein.«

Er öffnete die Schreibtischtür und brachte einen Birnenbrand und Gläser zum Vorschein. »Nach der langen Fahrt –« Ohne auf ihre Zustimmung zu warten, goss er ein und hoffte, der Schnaps werde ihm helfen. Sie stießen an und tranken.

»Ich kann das auf keinen Fall machen«, sagte er. »Es verstößt gegen Nellys Anordnung.«

»Ich kenne diese Anordnung nicht. Ich weiß nur, welchen Auftrag Frau Szell mir gegeben hat.« Auf sein Schweigen setzte sie hinzu: »Ich werde auch ihrer Tochter Mitteilung davon machen.«

Er hatte damit gerechnet und erschrak trotzdem. »Ich weiß nicht, wo Heidi ist. Sie sollte ins Internat zurückgebracht werden, doch meine raffinierte Tochter ist entkommen.« Eine resignierte Geste. »Ich sehe mich außerstande, sie zu finden.«

Die Schwester stand auf. »Ich verstehe.«

»Was werden Sie jetzt unternehmen?«

»Zunächst suche ich mir eine Unterkunft.« Sie schloss den Mantel. »In Bern gibt es ein Schwesternheim. Morgen gehe ich zur Polizei. Gute Nacht, Herr Szell.«

Kaum hatte sie das Büro verlassen, hielt es Georges nicht länger. Wie er da saß, übergab er sich in seinen Papierkorb. Er säuberte sich und beendete den Tanzkurs vor der Zeit. Die Halbwüchsigen mit ihren geröteten Gesichtern bedankten sich für den *pfundigen* Unterricht, während sie ihre Fünffrankenscheine hinblätterten. Brigitte fragte ihn, ob sie ihm beim Aufräumen helfen solle. Mit einer Lüge komplimentierte er sie hinaus. Er fühle sich nicht wohl, ein Infekt vielleicht, er wolle sie nicht anstecken.

Kaum war er allein, lief Georges auf die Münsterplattform. Er rannte auf den Platz, den Menschen aufsuchten, wenn sie ähnlich verzweifelt waren wie Georges in dieser Nacht.

Dabei war alles so wunderschön. Jede Nacht in Bern, ob neblig verhangen oder von Sternen umfunkelt, erschien Georges erhebend. Er liebte seine nächtlichen Spaziergänge durch die alten Gassen. Auf solchen Streifzügen fühlte er sich wie ein König, der um Mitternacht darüber philosophierte, wie wunderbar sich sein Leben doch gewandelt hatte.

In diesem Sinn war Georges Heidi ähnlich. Er lebte sich so plastisch in seine Fantasien hinein, dass sie zur Realität wurden. Er war Georges, ein Mann in den besten Jahren, der die Stadt eroberte, den Frauen gefiel und nur mit dem Finger hätte zu schnippen brauchen, um Brigitte zu seiner Geliebten zu machen. Er war der zauberhafte Georges, der in der Hauptstadt mit offenen Armen aufgenommen worden war und alles Vergangene hinter sich ließ, auch Nelly, die tot sein und nie wieder auferstehen wollte.

»Auferstehung«, seufzte Georges. »Auferstehung, Auferstehung! Warum?«, schrie er zum Münster hoch, der größten mittelalterlichen Kirche in der Schweiz.

Nelly wollte auferstehen. Nach zwölf Jahren beendete sie ihr melodramatisches Versteckspiel. Sie wollte Heidi sehen und ihr offenbaren, dass die Mutter lebte. Sie wollte Georges sehen. Doch damit nicht genug. Er lachte. – Lichtstrahl! Blitzschlag! – Sie wollte auch den anderen sehen, den guten Menschen, den albernen Zwerg, den ewigen Feind, den Georges nicht abzuschütteln vermochte.

Die Schwester mit dem Dutt nahm ihren Auftrag ernst. Sie würde nicht ruhen, bis sie ihn ausgeführt hatte. Es war nicht mehr zu verhindern. Mit schleppenden Schritten lief Georges über die historische Plattform, bis an die Balustrade aus verwittertem Sandstein. Zur Aare hin wurde die Terrasse von zwei Eckpavillons begrenzt, die sich im nächtlichen Dunst erhoben. Unter einer Rosskastanie blieb Georges stehen und beugte sich vor.

Seit Jahren kündigte die Kantonsverwaltung an, man werde Absperrungen an der Plattform anbringen; zu viele Menschen hatten sich von hier aus in den Tod gestürzt. Georges beugte sich so weit vor, dass er unten in der Badgasse die ameisenhaft spazierenden Menschen sah. Die Straßenbeleuchtung entriss sie der Dunkelheit. Fünfzig, vielleicht hundert Meter ging es hier in die Tiefe. Schließlich war die Kantonalverwaltung von ihrem Plan einer Absperrung abgekommen, mit der Begründung, man zerstöre damit das architektonische Ensemble und verstoße gegen den Denkmalschutz.

Es wäre so einfach. Ein paar Zentimeter weiter, und Georges könnte das Gleichgewicht nicht mehr halten. Ein kurzer Flug, danach das Schwarz. Plötzlicher konnte ein Tod nicht sein. Wünschenswert einfach. Die großen Dinge waren einfach.

»*Tanzmeister zu Tode gestürzt*«, murmelte er die Schlagzeile, die sich vor ihm auftat. »*Rätselhafter Tod eines Anerkannten. – Vater einer Sechzehnjährigen begeht tragischen Selbstmord.*«

Mit einem raschen Atemzug richtete sich Georges gewaltsam auf. »Nein.«

Wegen eines einzigen schwachen Moments sollte sein Bild in der Nachwelt nicht besudelt werden. Georges war sich seiner Lebensschwäche stets bewusst gewesen. Georges, der Schwache, fand die Stärke, seinen Charakter zu ertragen. Es musste schließlich auch Mittelmäßige geben auf der Welt. In diesem schwarzen Moment, zu Füßen der ehrfurchtgebietenden Kirche, fühlte sich Georges eins mit den Mittelmäßigen aller Länder. Er grüßte sie und fand es nicht einmal lächerlich, sie und sich selbst zu segnen. Mit diesem Gefühl, das irgendwie doch an Größe heranreichte, machte Georges kehrt und verließ die Münsterplattform, um ins Bett zu gehen.

34

Seematter hätte jauchzen, springen, die Fenster aufreißen und es in die Welt hinausposaunen mögen. Aber er sprang nicht, jauchzte nicht, saß still auf der Empore seines Saals und beobachtete die bewegten Füße des Pianisten.

»Gott«, murmelte Léon. »Lieber Gott.«

Ungefahr blickte von den Tasten auf, sagte aber nichts.

»Was spielst du, Uli?«

»Kreisler, *Schön Rosmarin*.«

»Warum spielst du immer Sachen, die für die Violine komponiert wurden?«

»Ich transkribiere gern, Chef.«

»Spiel etwas anderes.«

»Mögen Sie *Schön Rosmarin* nicht?«

»Es ist mir zu lustig.« Léon war zum Weinen zumute. »Spiel den Schubert, Uli, den traurigen.«

Das ließ sich Ungefahr nicht zweimal sagen. Er stimmte die Ballade in g-moll an.

Das Gesicht in die Hände gelegt, saß Léon da. Glück, Schmerz und Verzweiflung packten ihn nicht um seinetwegen oder wegen Heidis, nur um ihretwillen. Als er Nelly zum letzten Mal gesehen hatte, war sie in den tosenden Applaus hinausgelaufen, ins Jubelschreien des Publikums. Ganz Bern war sich einig gewesen, dass Tschaikowskys Dornröschendarstellerin nicht von dieser Welt sei. In Nellys Interpretation schien Dornröschen den Boden kaum zu berühren. Es war Nellys Abschiedsvorstellung. Tags darauf verließ sie Bern in Richtung Wien, an der Seite von Georges Szell. Dort reihte sich Erfolg an Erfolg. Die größten Opernhäuser der Welt rissen sich um sie.

Irgendwann hatte Léon Nellys Werdegang nicht mehr so aufmerksam verfolgt. Eine sonderbare Lücke klaffte in seiner Erinnerung zwischen Nelly, die zu den Sternen unterwegs war, und ihrem Tod. In Léons Erinnerung schloss das eine direkt an das andere an, dabei mussten qualvolle Jahre dazwischen vergangen sein. Er wusste nichts von ihrem Kind, von ihrer Krankheit, ihrem unentrinnbaren Schicksal.

Seematter weinte, weil ihm bewusst wurde, dass Nellys Qual nach ihrem angeblichen Tod nicht aufgehört hatte. Sie, die Schwerelose, saß seit Jahren in einem Rollstuhl, bis heute. Schwester Vreni hatte Nellys Zustand genau geschildert, ihre Unfähigkeit, auch nur das Geringste selbst zu tun.

Der Rollstuhl weckte in Léon eine Erinnerung. Es gab Eindrücke, die keine Bedeutung für das eigene Leben hatten und doch im Gedächtnis festgehalten wurden. Ein solches Bild tauchte nun auf, unerklärlich, denn das Ereignis lag über ein Jahrzehnt zurück.

Léon war während einer Nachmittagsmatinee aufgetreten. Sie hatten eine schlampige Vorstellung mit vielen Fehlern getanzt, was ihn ärgerte. Er sprach den Intendanten darauf an: Ein Ballett, das länger als drei Wochen nicht gespielt wurde, müsse vor der Aufführung geprobt werden. Kohlund war auf diesem Ohr taub und hatte Léon stehen lassen.

Missmutig überquerte er die Straße und lief auf eine Frau im Rollstuhl zu. Jemand aus dem Publikum wahrscheinlich, der darauf wartete, nach Hause gebracht zu werden. Léon hatte sich die Frau nicht genauer angesehen. Doch nachdem er an ihr vorbeigegangen war, packte ihn ein unerklärliches Gefühl. Er hatte plötzlich an den heiligen Martin denken müssen, der in einer kalten Nacht seinen Mantel mit dem Schwert zerschnitt und eine Hälfte einem Bettler schenkte. Léon wusste mit dem Einfall nichts anzufangen, außer vielleicht, dass er der Frau im Rollstuhl helfen könnte. Als er sich umwandte, um sie anzusprechen, war jemand an sie herangetreten und führte die Gelähmte fort.

Was, wenn das Nelly gewesen wäre? Der Gedanke packte Seematter mit Wucht. Er hätte sie sehen und alles über sie erfahren können. Wie anders wären die Jahre dann verlaufen!

Das Weinen schüttelte Léon so heftig, dass es Ungefahr unheimlich zumute wurde. Der Pianist wollte seinen Arbeitgeber trösten, doch der Respekt eines Schweizers verlangte, sich nicht in Dinge zu mischen, die ihn nichts angingen. Ungefahr spielte die G-moll-Ballade bis zu ihrem dramatischen Höhepunkt.

»Die Polizei konnte Schwester Vreni nicht weiterhelfen«, sagte Léon. »Keiner weiß, wo Heidi ist. Aber ich weiß es.« Langsam kam er hoch. »Uli, ich fahre nach Herzogenbuchsee.«

Ungefahr schaute auf die Uhr. »Und der Unterricht am Abend?«

»Bis dahin bin ich längst zurück.«

Seematter hätte jauchzen und springen, die Fenster aufreißen und es in die Welt hinausposaunen können, dass Nelly lebte. Er tat nichts davon. Es war zu groß. Bei den großen Dingen wurde man ganz still.

* * *

»Ich habe Angst.« Heidi zog die Beine an und umfasste sie mit beiden Armen. »Ich weiß nicht, wann ich je solche Angst gehabt habe.«

»Es wird bald hell.« Peter umarmte sie.

Sie drängte sich an ihn. »Es kann unmöglich schon Morgen sein.«

Nachdem sich Seematter vergangenen Abend verabschiedet hatte, waren sie spazieren gegangen. Peter glaubte, Heidi wolle über alles reden, doch sie liefen schweigend nebeneinander. Als Heidi zu frieren begann, kehrten sie um.

Rosalino war in Bern, das Haus stand leer. Peter betrat mit Heidi die große Halle. Von dort führten Türen nach allen Seiten, die Treppe wendelte sich an den Wänden hoch. Es war der ungeschützteste Raum des Hauses, doch Heidi wollte genau hier bleiben. Peter machte Feuer. Große Birkenscheite prasselten. Die Flammen verwandelten den Raum.

Auf dem Sofa mit dem Büffelfell, das Rosalino von einem Rennen mitgebracht hatte, liebten sie einander. Heidi sagte nicht, dass es ihr erstes Mal war und dass sie es nicht besonders genoss. Sie errichtete die Liebe wie eine Mauer zwischen sich und dem Kommenden. Hinterher fühlte sie sich einsamer als davor.

Das Feuer ging aus. Peter brachte Heidi nach oben und deckte sie zu. Zusammen schliefen sie ein. Er erwachte früh. Der Lichtspalt zwischen den Vorhängen sagte ihm, dass es Zeit sei. Er wollte Frühstück machen. Heidi ließ ihn nicht gehen. Bis zum letztmöglichen Augenblick lagen sie beisammen. Peter trank Kaffee. Heidi versuchte, ihr Haar zu bändigen.

Ein alter Volvo kam die Auffahrt hoch. Georges war pünktlich.

Als Heidi an der Schwelle zögerte, sagte Peter: »Ist schon in Ordnung. Jetzt kommt alles in Ordnung.«

»Guten Morgen, Heidi«, sagte Georges. Nachdem sie eingestiegen waren, ließ er den Volvo im Leerlauf den Hang hinunterrollen.

»Um nach Thun zu fahren, müssen wir nach Bern zurück.« Peter überlegte. »Vielleicht nehmen Sie besser die Strecke über Burgdorf.«

»Nein, wir fahren über Bern.« Georges trug einen dunkelblauen halblangen Mantel.

»Warum?«, fragte Heidi.

»Weil ich Seematter abhole.«

Von hinten musterte sie ihren Vater. »Du machst den ganzen Weg nach Herzogenbuchsee, holst uns ab und fährst die gleiche Strecke zurück, um Seematter mitzunehmen?«

Georges ließ die Kupplung los. Der Motor griff im zweiten Gang. »Ich wollte ihn nicht jetzt schon die ganze Strecke über im Auto haben.«

»Wir hätten zu dir nach Bern kommen können«, gab sie zu bedenken. »Seematter könnte mit dem Zug nach Thun fahren.«

»Möglich.« George lenkte. Er schaltete, er fuhr so vorsichtig wie immer.

»Steckt da wieder etwas dahinter, Georges?«

Im Rückspiegel sah er sie an. »Ich bin auch früher immer im Volvo zu deiner Mutter gefahren. Als du noch klein warst. Heute fahren wir zu deiner Mutter. Ich will, dass heute alles richtig ist.« Seine Augen suchten ihre. »Verstehst du?«

»Für Nelly?«, fragte sie leise.

»Für Nelly.«

Heidi betrachtete die Silhouette seines Kopfes. Die Locken waren weicher geworden, das Haar wirkte dünner. Hier und da hatte sich das Blond in Grau verwandelt. »Warum hast du mir nie etwas gesagt? Auch später nicht, als ich groß war?«

»Weil sie es nicht wollte.«

»Hast du mich deshalb ins Internat gegeben, weil dir das Schweigen dann leichter fiel?«

Vor der nächsten Kurve drehte sich Georges um und sah sie an.

»Vorsicht«, sagte Peter.

Georges korrigierte. Ein Traktor kam ihnen entgegen. »Danke.«

Eine Weile fuhren sie schweigend.

»Warum gibt man sein Kind weg?« Georges sprach so leise, dass Heidi sich erneut vorbeugen musste. »Kann es darauf irgendeine richtige Antwort geben?«

Die Hügel, die Herbstfarben, abgetönt vom Morgennebel. Land, Himmel, der schnurrende Motor.

»Es tut mir leid«, sagte Georges. »Es tut mir so schrecklich leid.«

»Was denn, Georges?«

»Dass ich zugelassen habe, dass du so wirst.«

»Dass ich …« Sie hielt inne. »Dass ich so werde wie du?«

Er drosselte das Tempo. »Vielleicht … verzeihst du mir irgendwann.«

Es folgten viele Kurven.

Sie legte die Hand auf seine Schulter. Er saß regungslos da, weil er nicht wollte, dass Heidi die Hand wegnahm.

»Holen wir Seematter bei sich zu Hause ab?«, fragte Peter.

»Er wollte uns nach Ostermundingen entgegenkommen.«

»Den ganzen Weg?«, rief Peter überrascht.

»Er braucht Zeit.« Heidi sah ihn an. »Wir alle brauchen Zeit.«

Als sie die Anhöhe bei Ostermundingen erreichten, stand ein kleiner Mann am Straßenrand und blickte auf Bern hinunter.

»Er hat sich den schönsten Fleck ausgesucht«, sagte Peter.

»Die beste Aussicht.« Georges hielt respektvoll neben dem Feind.

Seematter wollte hinten einsteigen, doch die Plätze waren belegt. Georges öffnete ihm die Beifahrertür.

»Wenn Sie hier Vorlieb nehmen wollen«, begrüßte er Seematter.

»Guten Morgen.« Der kleine Mann war bleich und ernst. »Guten Morgen, Heidi. Guten Morgen, Herr Montegiallo.«

Beide erwiderten seinen Gruß.

Léon stieg ins Auto.

»Nach Thun also«, sagte Georges, als gebe es daran den geringsten Zweifel.

»Ja, nach Thun.« Léon öffnete den Mantelknopf.

Gestern Abend war er, wenn auch in letzter Minute, aber doch rechtzeitig, zurück in Bern gewesen. Vom Bahnhof aus nahm er die Tram zum Kornhausplatz, lief die vier Stockwerke hoch, warf Hut und Mantel ab und wollte mit dem Unterricht beginnen.

Am Eingang zu seinem Saal blieb er stehen. Plötzlich war dies ein Tor, das er nicht durchschreiten konnte. Er verbat sich, an diesem Abend eine Kursstunde in südamerikanischen Tänzen abzuhalten. Fräulein Lori hatte keinen Dienst, niemand war da, der Seematter hätte vertreten können. Ohne Licht zu machen, setzte er sich in sein Büro. Nach einer Viertelstunde wurde es unruhig im Saal. Léon hörte die Stimme Ungefahrs, der sich für das Fernbleiben Seematters entschuldigte. Gleich darauf kamen missmutige Schüler und Schülerinnen heraus und verließen die Tanzschule. Als Letzter erschien Ungefahr. Er wollte an den Schaltkasten im Büro, um die Lichter zu löschen. Durch die Glaswand entdeckte er seinen Chef im Dunkeln. Ungefahr erschrak, wagte nicht, den Mann am Schreibtisch anzusprechen, nickte ihm nur wortlos zu und ging.

Léon löschte die Lichter selbst, schloss ab und stieg in seine Wohnung. Er aß nicht, zog sich nicht aus, warf keinen Blick auf Nellys Bild. Er setzte sich in seinen Sessel. Dort saß Seematter die ganze Nacht. Wie ein Novize, der am nächsten Morgen ein Gelübde ablegen sollte, bereitete er sich vor. Als der Morgen dämmerte, wusch und kleidete Seematter sich um und machte sich ohne Frühstück auf den Weg nach Ostermundingen.

Léon wandte sich zu Georges. »Entschuldigen Sie bitte, aber ich habe zu frühstücken vergessen. Ich sollte vielleicht etwas essen.«

Der Ort Wichtrach lag bereits hinter ihnen, sie

steuerten auf Opplingen zu. Der Tag versprach, sonnig und klar zu werden.

»Ich habe auch nichts gegessen«, rief Heidi.

»Ich hatte nur Kaffee«, sagte Peter.

Georges hörte sich die Frühstückswünsche an. »Ich könnte auch etwas vertragen.«

»Warum gehen wir nicht ins Guillaume?«, schlug Seematter vor.

Nach einer Haarnadelkurve sah Georges ihn an. »Ausgerechnet ins Guillaume? Hatten wir dort nicht ...?«

»Ich weiß, was dort geschehen ist. Ich weiß aber auch, dass das Guillaume früh aufsperrt.«

»Wenn ich mich recht erinnere, waren wir letztes Mal im Frühling dort.« Georges atmete einmal durch.

»Im Frühling, stimmt. Allerdings war es kühler als heute.«

Heidi beugte sich zwischen die beiden. »Wann habt ihr euch in Thun getroffen?«

»Das ist lange her.« Seematter lächelte. »Wenn wir Glück haben und der Tag schön bleibt, können wir vielleicht wieder draußen sitzen.«

Hinter Heimberg wurde es hügeliger.

»Wenn es euch recht ist, will ich noch tanken.« Georges fuhr von der Straße ab.

Der Tankwart fragte, wie viel es sein dürfe. Georges ließ vollmachen und stieg aus, um sich die Beine zu vertreten.

Im Auto machte sich das Gefühl breit, man sei zu einem Ausflug unterwegs. Der strahlende Herbsttag, der Thuner See, eine Leichtigkeit befiel die drei, als wäre dies kein schicksalhafter Weg, sondern eine fröhliche Landpartie.

Der Kellner des Guillaume staunte, als eine Vierergruppe ins Lokal drängte.

»Um diese Jahreszeit servieren wir nicht mehr draußen«, schob er Seematters Vorschlag einen Riegel vor.

»An einem Tag wie diesem könnten Sie auf der Terrasse ein gutes Geschäft machen«, übernahm Georges die Verhandlung.

Der Kellner fragte den Besitzer, der sich Georges anschloss. Es wurde im Freien gedeckt. Sie bestellten Mostbröckli und Sbrinz, Basler Brot und Mandelbärli. Heidi trank Rivella, die übrigen Kaffee.

»Ihr gestattet, dass ich ihn mir ein wenig abkühle?«, fragte Peter.

Das Rätsel löste sich, als der Kellner eine doppelt gebrannte Himbeere brachte; Peter kippte den Schnaps in die Kaffeetasse.

Léon schaute von einem zum anderen. »Das ist eine gute Idee. Mir ist ziemlich flau im Magen. Für mich das Gleiche«, bestellte er.

»Sonst noch jemand?«, fragte der Kellner.

»Ich muss fahren«, seufzte Georges.

»Die Klinik liegt gleich dort hinten, haben Sie gesagt«, mischte sich Peter ein. »Sie brauchen nicht mehr zu fahren.«

Es wurden zwei weitere Himbeerbrände bestellt. Schließlich hielten die beiden Tanzschulbesitzer ihr Schnapsglas am dünnen Stiel.

»Auf Nelly«, sagte Georges.

»Auf Nelly«, antwortete Seematter.

Die Gläser klangen aneinander.

Heidi erhob die Rivella-Flasche. »Auf Nelly.«

Da sie einander nur schwer in die Augen sehen

konnten, blickten alle auf den See. »Wer hätte gedacht, dass der Tag so schön wird?«

»Ja, wer hätte das gedacht?« Auch Léon schaute aufs Wasser.

»Ich.« Peter betrachtete die glitzernden Wellen. »Ich habe das gewusst. Es stand in den Wetternachrichten.«

Nach und nach stellte sich die Empfindung ein, dass ihr Ausflug zu Ende ging. Peter zahlte, sie brachen auf. Der Gang zur Novy-Klinik wäre angespannt gewesen, hätte Peter nicht munter weitergeplaudert. Schließlich verstummte auch er. Schweigend betraten sie das Gebäude. Seematter war bleich. Heidi ließ Peters Hand nicht los.

Man hatte die Patientin in einen abgetrennten Bereich des Aufenthaltsraums gebracht. Georges kannte den Weg und ging voraus. Im letzten Moment besann er sich und ließ den anderen den Vortritt. Heidi scheute sich, und so war es Peter, der als Erster eintrat.

Léon und Georges gingen nebeneinander. In ihrer Unfähigkeit, die Wunde zu schließen, die ihr Leben unter Nellys Einfluss erfahren hatte, waren sie gealtert. Léon hatte sich mit den Jahren seiner Einsamkeit gestellt. Georges war durch das Schwinden der Jugend auf sein wahres Wesen gestoßen. Heute fanden die verlorenen Teile zusammen, das Bild vervollständigte sich. In der Mitte dieses Bildes ruhte Nelly. Sie war das Herz der beiden Leben, war es immer gewesen. Die Männer spürten die Erlösung des Augenblicks. Alles, was davor gewesen war, kam ihnen unbedeutend, lächerlich vor.

Nellys Augen gingen von einem zum anderen,

nicht etwa überwältigt oder staunend – ruhig sah Nelly ihre beiden Männer an. Als hätten sie eine Aufforderung von ihr erhalten, reichte Georges dem Tänzer die Hand. Léon ergriff sie mit dem Ausdruck vollkommener Zufriedenheit.

Als Heidi auch ihre Hand auf die Hände der Männer legte, wurde sie Teil der Erlösung. Ihr ganzes Leben hatte sie in dem Unverständnis verbracht, warum sie dieser Mensch geworden war. Heidi fühlte die Hände von Léon und Georges, sie betrachtete das Gesicht der Mutter. In Nellys Zügen lag Schwerelosigkeit. Ihre Seele hatte sich losgelöst. Heidi wusste, dass ihre Mutter glücklich war.

Wie lange würde sie noch bleiben, nun, da ihre Aufgabe erfüllt war?

Heidi entdeckte in Seematters Gesicht das Unnennbare, das Unfassliche. »Komm, Papa«, sagte sie.

Zum ersten Mal seit vielen Jahren benützte sie das Wort, zum ersten Mal, seit Georges sie im Lycée au ciel ouvert zurückgelassen hatte. »Es ist so ein schöner Tag. Lass uns in den Park gehen, Papa.«

Georges dankte seiner Tochter mit den Augen. »Ja, das machen wir.«

Georges beugte sich zu Nelly und streichelte sie zart. »Bis später, meine Liebe.«

»Wir sehen uns gleich, Mama.« Heidi bemerkte, dass Peter hinausgegangen war. Was hier geschah, gehörte nur vier Menschen.

Während sich die Tür hinter Heidi und Georges schloss, schlüpfte Seematter aus dem Mantel und zog sich einen Stuhl heran. Er ergriff Nellys Hand und verschränkte seine Finger in den ihren.

»Heidi hat recht. Es ist wirklich ein herrlicher Tag.

Vielleicht sollten wir später auch einen Spaziergang machen. Würde dir das gefallen?«

Während er dasaß und sie betrachtete, während Nellys Blick auf ihrer Weide ruhte, die trotz des windstillen Tages zitterte, während Léon sich fragte, womit er das Glück verdient hatte, nahm er das Geschenk des Schicksals schweigend entgegen. Er hatte alles gewonnen. Das Ganze, das Höchste.

Was nun geschah, war unmöglich und daher auch nicht zu glauben. Léon selbst glaubte es nicht gleich. Im Moment, da er Nellys Hand an seinen Mund führte und ihr den ersten Kuss seines Lebens schenkte, in diesem Moment hob ein Atemzug die Brust der Gelähmten. Ihr Kopf sank ein wenig zur Seite, und sie lächelte.

»Nelly«, flüsterte Léon. »Mein Leben. Meine Liebe.«

Die Krankheit, der Tod, das Schicksal traten ein wenig beiseite, damit Nelly ihren Liebsten besser ansehen konnte. Das Lächeln in ihren Augen. Das Lächeln des Lebens. Das Lächeln.